台湾文学ブックカフェ〈1〉女性作家集

蝶のしるし

編者 呉佩珍 白水紀子 山口守
訳者 白水紀子

LITERATURE FROM TAIWAN
作品社

台湾文学ブックカフェ〈1〉女性作家集

蝶のしるし

もくじ

コーンスープ

江鵝

江鵝（こう・が、チアン・オー）

一九七五年生まれ。二〇一四年に初めてのエッセイ集『ハイヒールとキノコ頭（高跟鞋與蘑菇頭）』を刊行。一六年に二冊目のエッセイ集『俗女養成記』を刊行。邦訳には「はい、私は日本へお花見に行ったことがないんです」（『我的日本』白水社、二〇一九）がある。

「コーンスープ（玉米濃湯）」◉初出・使用テキスト＝『新活水』第十七期（二〇二〇年五月）

もし弟が台北にやって来てしばらく居候することがなかったら、張先生《チャンさん》は水餃子を作って食べようとしなかったし、もし水餃子でなかったら、ラー油を探して冷蔵庫の中をかき回すこともなく、そこに白小姐《バイさん》のあのスープを見つけることもなかっただろう。

一本。一碗ではない。スープがもし普通の食器に入っていたら、とっくに気づいていたはずだ。独身男の冷蔵庫の中に家庭用の食器はめったにお目にかからない。前の日の残り物があったとしても店がくれた紙の使い捨て容器で代用する。しかしそのスープはヨーグルトの容器に入っていた。緑の蓋が付いた四角い透明の容器に、オフホワイトのスープが九割がた入っていた。それが、開封して一度きりしか食べていない腐乳《フールー》、麺筋《ミエンジン》〔グルテンを揚げて味付けした麩に似た常備食〕、辣椒醬《チリソース》、沙茶醬《サテソース》〔エビや干したシタビラメを使って塩辛く仕上げたペースト状のソース〕、干貝醬《ホタテソース》、小管醬《ヤリイカソース》、鵝油《ガチョウオイル》など各地のさまざまな調味料の瓶といっしょに、閲兵隊形に整列して冷蔵庫のドアポケットに並び、まるで迷彩服を着てジャングルに潜伏している兵隊のように姿を隠していたのだ。新型コロナウイルス感染症の流行が始まったばかりのころ、張さんは一時は緊張して、周りに合わせて山ほど麺類やソースを買いこんで自炊しようと考えた。ところがあにはからんや何回かやってみると自分がそういうのに向いていないことに気づいた。肉を切り野菜を洗うのはたいしたことではないが、水加減や火加減などあれこれ細かいことに耐えるには修練が必要だ、ということであっさり手を引いてしまった。幸いにも飲食業者は機転が利くとみえ、都会の若旦那やお嬢さんたちがそのうちキッチンに適応不良をおこすだろうと見込んで、すでに過去一年のあいだに衛生条件とデリバリー業務を荘敬自強[*1]の頂点まで押し上げていたので、彼らはどうにかこの大揺れの中で飯の種を守り抜き、ついでに張さんの胃袋もいっしょに満たしてくれたのだった。

冷蔵庫の中の見捨てられた調味料はどれもひどく脂っこくてしょっぱいものばかりなので、一年じゅう入れっぱなしでも平気だが、乳製品を含んでいるスープはだめだ。張さんは突然スープがまだそこにあるのを発見して、胸がズシンと重くなった。蓋を開けると、北極の氷層のように黒カビの塊が浮き、黒カビの下は水、水の底にはクリーム色をしたゼリー状のかたまりが見えた。その中にはトウモロコシの粒が混じり、かすかに黒コショウの粉も見え隠れしている。その臭いたるや半端ではなく、悪臭で卒倒するかと思った。弟が驚き顔をして言った、「これって、何なの？」

コーンスープだ。スープができあがったときの香りは別の意味で半端なかった。香りが布団の中にいる彼のところまで匂ってきて二つの瞼がパチリと開くくらい半端なかった。白さんが料理をする気になるのは珍しい。今までの恋愛が実らなかったのは、真心を込めて作った料理をまずいと言われるのが許せなかったからで、それなら楽してその分いちゃついていたほうがましだと白さんは言っていた。張さんはもともと大いに賛成したのだが、後にそれも残念に思えてきた。睦み合っている最中、その前、その後、それ以外のときに、いつも我慢できなくなって「愛してる」と彼女に告白する。だが白さんは清らかな朝でも、しっぽりと熱い夜でも、彼の話を引き取ることがなかった。残念と言えば残念だが、どうしようもない。テレビや映画ではしょっちゅう「私のこと愛してないのね」とさも大げさに演じているが、実際、人が恋愛をしているとき、いちばん緊張するのは抱けるかどうかだ。もしも見ているだけで食べることができないなら、その痛みとむずがゆさは燎原烈火のごとく激しく燃え盛り、愛しているかどうかなどよりずっと苦しいものとなる。この方面で張さんはかなり現実的だった。言いたくないのに問い詰めるのはつまらないし、二人の関係はいったい何なのかなんて、どのみち口先で伝えるものとも限らない。彼女が寝入る前に目をとろんとさせて顔を彼の肩に擦りつけてくる惚《ほう》けたような姿がどんな答えよりも明らかに思えた。

彼女はいつも彼の手を引き寄せて自分の腰に回し、背中を彼にぴったりくっつけてスマホをいじる。ゴシップを読んで全身を震わせてケラケラ笑う姿はまるで思春期の少女のようだ。あるとき、彼女が彼の手の甲をせっかちに叩いて、ターザンとジェーンの笑い話を知ってるかと訊いた。白さんは笑い話をするのがあまり得意ではなく、完全な文章で伝えることができない。木の洞《ほら》とミツバチ、この二つのキーワードを除けば、残りはぜんぶケラケラという笑声ばかりで、いったい何を言っているのかわからないが、彼も笑う。自分名義の株や債券をぜんぶ賭けてもいいが、この女性はプライベートではこんなに笑わない、彼が傍にいるのが嬉しいのだ。

「おかしいでしょ！　ターザンはいったい何回ハチに刺されたのかしらハッハッハッハッハッハッハッ、やだぁ、笑い過ぎて顔が痛くなっちゃった……」。言い終えると顔をぜんぶ彼の盆のくぼに押しつける。耳の後ろの髪の生え際のところに鼻で上下に何度も輪を描き、深く息を吸って、ほーっと長いため息をつく。少女は笑い疲れて眠りにつこうとしている。毎回、白さんの顔がほぞとほぞ穴のように張さんの盆のくぼにはまるたびに、彼はからくり人形に変わり、七巧連環《ちえのわ》が、カチャカチャと耳の後ろから心の中まで

＊1　荘敬自強 處變不驚（礼を持って自らを強め、状況の変化に驚いてはいけない）より。一九七一年に台湾が国連を離脱した際、蔣経国総統が発したスローガン。

つながる。彼女の顔が近づくと、カギが開く。彼女の顔が近づくと、カギが掛かる。こんなときの張さんはとりわけやる気満々になり、自分の中のどの男意気かは知らないが、それもすべて相手が彼女だからこそわき上がってくるのだった。人はからくり人形に変わると目がないので、自分がカギを開けようとしているのか掛けようとしているのか見えなくなり、すべて他人の手中に握られる。

スープのいい匂いで目を覚ましたあの朝、張さんはかなり意外に思った。二人とも忙しいので、デートの流れはいつも金曜日の夕食からスタートすることになっていて、一週間の主な出来事についておしゃべりしながら、それをご飯のお供にしていた。世間話をするのは重要で、話のきっかけさえあれば、女心をつかむ口説き文句をタイミングよく差し挟むことができる。聡明でつれない女を口説くのはなかなか難しいが、しかしたまにうまくいったときの、心では嬉しいくせにはにかんでいる白さんの様子は、たまらないほどかわいい。眉も目も口元も曲げて、まず横を見てから、つぎに元に戻して彼のほうをちらっと見て、また横を見る。そのしぐさを一度見てからというもの、張さんはもうその目が忘れられなくなり、まるでほかの人の目はどれも偽物で、彼女だけが彼を見ることができるような気がするのだった。張さんが白さんを口説くときの勝率は、いつも一万賭けて三千の勝ちといったところだ。

前の晩どんな事があってわざわざ白さんを台所に立つ気にさせたのか思い出せなかった。夕食はいつも通り趙家小館《ちょうさんのみせ》からテイクアウトした。二人とも北方風味の麺や酸菜《スワンツァイ》〔中国東北地方の発酵させた白菜の漬物〕が好きなのだ。

「私たちの会社ではもうすぐマスクをして仕事をすることになるんだけど、各自で用意せよってあんまりだわ……」白さんはため息をついた。

「マスクをつければ神のご加護ありさ、ほら、僕らみんなマスクしているから死者が出てないんだよ」。

彼はおおげさに目と眉を吊り上げて、彼女に恨めしそうな目つきをさせるようにからかった。

「でも私のは箱に半分しか残ってないの……あなたはまだどれくらいある？　少し分けてもらえないかしら？」恨めしそうな目は現れず、反対に二つの黒目でせっつくように見つめてきて、すこし張さんに無理強いしているように見えた。張さんは頭の中で素早く家にあるマスクのストックを計算した。十分だ、彼一人で使うのに十分な量だ。ほんとうに必要なら白さんといっしょになんとかしのいでもいいと思ったが、しかしとにかく自分の分は足りていなくてはならない。これをそつなく話すのは難しいので、適当に嘘をついてやり過ごすしかない。

「君とだいたい同じくらいだ……ねえ、汚したらダメだよ、乾かせばもう一度使えるってフェイスブックに書いてなかった？　あっそうだ、なんなら僕と結婚しないか。僕と結婚したら僕のマスクはぜんぶ君のもの、僕はぜんぶ君のものだハッハッハッハッハッ！」

白さんはぽかんとして、何を言っているのかわからないようだった。

彼女はすぐにまた箸を伸ばして烙餅《ラオビン》〔小麦粉の生地に刻み葱を練り込んでゴマ油で焼いた軽食〕をつまんだ。今がちょうど食事中だったのを思い出したみたいに。

「スープ、いる？　刻み葱をすくいとってやるね、今日はどうしてまたこんなにたくさんかかってるんだろう？」張さんは急に酸辣湯《スワンラータン》に関心を持ち始めた。

「ありがと」。趙さんの店の餅《ビン》はもちもちしているところが特によくて、白さんの口の中でずいぶん長いあいだ噛まれている。金曜日の夕食の後半、二人は食べ物について以外のおしゃべりはしなかったし、たとえ食べ物という安全な話題であってもより一層注意を払ってなんとかコロナウイルスの流行に関する話を避けることができた。いったんコロナウイルスの話に近づくと、二人はすぐにマスクを思い出し、マスクを思い出すと、心がざわざわした。

翌日、食べ物の香りで目が覚めた張さんは、白さんが仲直りを求めているのだと思い、おおいに心が和んだ。彼は匂いでコーンスープだとわかったが、普通のコーンスープではない。コーンスープはどこでも売っている。ファストフード店にも、朝食店にも、餃子のチェーン店にも、スーパーマーケットの棚にもある。でも個人の家で小麦粉とバターを使ってホワイトルーから作る家庭料理のコーンスープはめったにお目にかかれるものではない。「家庭的」という文字は今や人の住む都会では「稀少」の意味を持つ。張さんはドアを出て、白さんのそばまですり寄っていくと、ゴールデン・レトリバーがご飯を待っているときのような媚びた目をして、白さんの動作に合わせて首を回した。白さんはちょうど生クリームを一パック全部スープに加えたばかりで、ガスの火を切ると、一方の手で張さんを押しのけ、もう一方の手で引き出しを開けた。そして黒コショウの瓶を取り出し、鍋に向かってミルを数回回した。張さんはせがんだ、「もうちょっと！　コショウは多いほうがうまいんだ」。白さんはようやく顔を彼のほうに向け、目をまっすぐ見て、口をすぼめた。何か考えている様子だ。張さんが急いでゴールデン・レトリバーの比率を大きくした表情にすると、白さんは鍋に戻って、ゴリ、ゴリ、ゴリ、ゴリ、ゴリ、連続五回ミルを回して、彼に向かってニコリとした。

「あぁ、うまいなあ！　こんなに美人で、こんなに料理の上手な人はどこにもいないよ」。張さんは耳鼻咽喉科の医者からきつく止められているスピードでスープを二杯続けて飲んだ。だが長居はできなかった。午後に近隣の人たちと水漏れ対策をする約束をしていたからだ。白さんは熱いのが苦手なので、碗の中のスープをかき混ぜていて、ときどき匙の先でコショウの粉をすくい取ってお碗の縁に貼りつけている。彼女は言った、「持って帰って夜に飲むといいわ、私はこんなにたくさんコショウはかけないのよ」。彼女は調理台の上のプラスチック容器を指した。

「あれってヨーグルトの容器じゃないの？　熱いスープはガラス容器に入れたほうがよくないか？」

「少し冷めてから入れるわ」。白さんはスープを飲み始めた。

「あれはチンできる？」

「移し替えてからチンして。私、思うんだけど、私たちしばらく会わないことにしましょう」

「はぁ？　なんだって？」張さんは話の進行についていけない。たった今持ち帰りの話をして、それから温め方の話をして、そのあと、もう会わない？「どうして？」

「なぜって……」、なぜならたとえそれが生死にかかわる問題だとしても、あなたとは結婚したくないからよ。白さんは言いいかけてやめ、匙を置き、顔を上げて彼を見た。彼は髪をとかしてないので、左耳の後ろの毛が跳ねている。そこは時が経つのも忘れるくらい彼女がとりこになるところだ。首の後ろのにおいはとてもそそられる。彼女は確かにこの人が好きだ。でもマスクのために結婚するほどではない。張さんがもしあんなからかうようなことを言わなかったら、彼女はこの事実に気づかなかっただろう。これは本来どうでもいいことだった。彼といっしょにいるのはもともとただ好きだからで、ずっと好きでいられるなら、そのまま成り行きに任せ、どこにたどり着こうとどうでもよかった。でも彼がマスクを前提に結婚を口にしたそのとき、道は断たれた。

理性的に断ち切ったのではない。少し近い譬えで言えば、突然の地震で横貫公路〔台湾の中央部を東西に横断する公道〕の一部が寸断されて、車が通行できなくなり、ケーブルは切れ、水道管は破裂して、こちら側の村の人、車、水、電気が突然向こう側の村に届かなくなって、二つの村が遮断されるようなものだ。譬えがなぜ地震なのかは、彼女にはわからない。道理で言えば、マスクは白さんにとって大きな問題ではなく、なんならほかの誰かに頼むことだってできた。実際、彼女が凄腕の有能な友人たちに頼まずに、まず先に彼に打診したということ自体、すでにこれが理性的な事柄ではなく、感情的な事柄だということを物語っている。表向きはマスクの調達だが、実は生死にかかわるときでも、果たして私はあなたがずっと公言しているいちばん大切な人かどうかの検証だった。とはいえ白さんはこの問題にまで発展するとは思ってもみなかった。この点は彼女の理性上のブラインドゾーンだ。彼女はこれまで自分が道理をわきまえていると自負していたので、昨晩寝る前にもまだ悩んでいた。張さんはただ口でからかっただけでその罪は死に値するものではないことくらいよくわかっているし、こんなに熱烈な恋人にいつでも巡り合えるものではないこともよくわかっている。それでもやはり電線をつなぎなおすことができないのだ。彼女はもはやウエディングドレスを着るのが一生の夢だと思っているような少女ではない。ではなぜ結婚しないと決めたからといって、これ以上交際を続けることができないのか？　ものすごく変だ、説明のしようがないくらい変だ。

「なぜって、危険な接触を避けるためよ。私たち毎日オフィスでたくさんの人に出会っているし、大陸から台湾のビジネスマンが春節のためにこぞって帰ってきて、ほら、高雄じゃダンスホールに行ったたって、ニュースで言ってたじゃない」。白さんはごまかすことに決めた。やはり心苦しかった。彼女から見れば、まさにこのひたむきに愛してくれる人を自分はいわれなく裏切ろうとしているのだ。相手は彼女のことをなにくれとなく大切にしてくれているのに、彼女は電気がどうやって切れたのかもちゃんと説明できない。それで、あのスープを丁寧に作り、償いをみなその中にこめたのだった。前にあるドイツの夫人が秘訣を伝授して、コツは玉ねぎとセロリを加えることだと言っていた。セロリについては、いちばんいいのはセロリの根で、それがなければ、台湾の細芹菜《セロリ》よりも西洋セロリのほうがよい。これらをみじん切りにして少し加えるのだが、多すぎてもいけない。スープの中で形がなくなって飲んでも口に残らなくなるまで煮込むと、明らかにコーン味だけれど、普通のコーンスープとは一味違うものが出来上がる。この作り方は一人の主婦のごくありふれたレシピに過ぎないが、白さんにとっては別れの境地に至ってようやく、においが強烈なこの二つの野菜に手で触れる気になったのだった。だが、彼女が別れる理由を口に出せなくて幸いだった。鍋一つ分のスープで済んだ償いが、口に出していたら、その償いはもっと大きなものになっていたかもしれない。

張さんは彼女の話が本心ではないと聞いてわかったが、反論はしなかった。白さんの顔つきが静かで淡々としており、恋人なら当然見せるはずの表情ではないからだ。彼はなんとなく、その静けさは前の晩の二人の沈黙から続いているのがわかった。もう少し正確に言えば、おおかたマスクの件のせいだ。だが、もしマスクに関わることなら、ほんとうにどうしようもない。彼は彼女を愛し彼女を大切にしている。しかしまだ自分に対して責任が持てず、自身の安全と健康がちゃんと守れていないときに、まず誰かを優先すべきだと言うのはまったくの空論だ。白さんは昨晩電気が切れた後、身も心も張さんから遠く離れていったので、感覚のない木のからくり人形は操る人がいなくなり、張さんの意志はこのため大幅に確固たるものに変わっていた。彼は言った、「いいよ、君の考えに従う。安全第一だ、ウイルスが死滅したら僕たちまたデートしよう」。「ええ」

張さんが顔を洗い歯磨きをしている間に、白さんはスープを容器に移して、手提げ袋に入れた。彼が浴室から顔を突き出して訊いた、「汚れた服は洗っておいてくれないか？　僕はきれいなのを着て帰る」。白さんはいいわよと言った。彼女は二人が今後も交際するとは考えていないので、服をここに置いていけば彼はおそらく長期間受け取ることができないだろう、すべてのものを彼は受け取ることができないだろうと思った。しかし今はこんな話をするときではない。あるいは、こんなときに服をどこに置くかとか、着るものがあるかどうかなんて、まったく重要ではないかもしれない。人はたくさんの悩みを抱えており、最もつらいことは往々にして最も重要な事に由来する。ただ、どちらが軽くどちらが重いかはえてして事が目前に迫ってからようやく比較できるものだ。世の中が平和なときなら、ロマンチックな恋に出会えば身の危険を顧みず命がけで戦うのは当然だと感じるが、しかし突然治療薬のない伝染病がやってくると、ある人にはロマンチックになる前にわざわざ人情を検証させ、別の人には正々堂々とまず先に自分の命を守りたいと言わせる。つまるところ、これほどまでにものごとの軽重を書き換えるこの世の災難に遭遇するのは必ずしも悪いことばかりではない。早いうちに真実を暴いて明らかにすれば人々の多大な苦心と労力の節約になるのだが、人はなかなかそこまで思いつかないものだ。白さんも思いつかなかった。彼女はただ最後の別れ際にできるだけ優しくしておいて、将来の精神衛生のために余地を残しておきたいと思っただけだ。張さんが玄関まで歩いていって靴を履いているとき、彼女は手提げ袋をもってついていき、彼がドアを開けて足を踏み出すのを目で追いながらスープを手渡した。彼が彼女をちらっと見ると、彼女は視線を逸らして、言った。「車の運転、気をつけて。スープはすぐ飲まないなら冷蔵庫に入れてね」

張さんは確かに飲まなかった。その日の午後いっぱい水漏れ対策に追われて腹が減ったので、ほんとうは飲みたかったのだが、プラスチックの容器の蓋を開けたとき、白さんが移し替えてチンするように言ったのを急に思い出した。必ず温めなければならないのがわかっていながら、加熱できないプラスチックの容器を渡した。そのうえ、スープを作り終えるとすぐ容器を調理台に置いて準備していた……彼女は計算済みだったのだ！　プラスチックの容器なら返さなくていい。この種の機転を、他人に利かせるのを見るのは可愛げがあるが、こんな細かいことに頭を使う番が、今や自分に回ってきたとは、まったく彼女の薄情には腹が立つ。すると、今朝彼はもう赤の他人になっていて、このスープだって仲直りのために作ったのではなかったことになる。白さんが朝早く起き出して大いに手間をかけて作ったのは何のためだったかなんて、知ったことではない。彼はこれまでずっと、白さんはなかなか言おうとしなかったけれど、心では愛してくれているものと思ってきた。こうなってみるとどうやら、自分が勝手にのろけて理性を失い、いいように解釈していたことになる。朝、彼をふわふわうきうきさせたスープの匂いは、夕方になると彼を腹の底から冷たくした。彼は蓋をしなおして、スープを冷蔵庫に戻した。二日経ってもう一度取り出したが、また戻した。さらに二日経ったとき、やっぱり戻してしまった。

ウイルスが完全に死滅したらまたデートしようと言ったものの、ウイルスは完全に死滅するどころか、反対にあちこちに根をはやしてしまった。同僚たちは、万一イタリアみたいに都市封鎖になったら、この独身男は餓死するかもしれないと心配してくれ、まるで学校の保護者会よろしく張さんをつかまえていっしょに食材のまとめ買いをさせた。張さんは教わった通り何回か、小児レベルだと言われている腐乳麻醤麺〔腐乳と胡麻ダレの汁なし麺〕、瓜子鶏湯〔胡瓜の醤油漬と鶏肉のスープ〕、叻沙《ラクサ》鍋を作ってみたが、ほんとうにもうくたくたに疲れてしまった。作る速度が、まとめ買いの品物が届く速度に追いつかなくなり、冷蔵庫はすっかり宇宙に変わり、コーンスープはこうしてブラックホールに落ちていった。LINEの中の白さんもそうだった。LINEのトークリストは最もよく現実を反映している。好きでも嫌いでも、最初の十行の名前がアカウント使用者の生活の主なシーンなのだ。張さんはときおり白さんがとても恋しくなった。とりわけ彼を見つめるあの二つの目が恋しくなって、何回かメッセージを送って白さんの様子を偵察してみたが、終始一貫、冷たくお茶を濁されてしまった。以前の情熱に比べるとまったくの別人だ。白さんはもはやあの白さんではなくなり、恋しい思いは行き場を失った。張さんは彼女の名前がLINEのトークリストの谷底へだんだん沈んでいくのをただ眺めるしかなかった。

世界中に感染拡大した伝染病は張さんに一つの恋を終わらせた。なくしたのは人命ではなく、甘い生活だ。この件は、説明しづらいので、彼は誰にも話していない。ある人がある人を失い、これ以降誰もほんとうにその人に会えなくなる。こんな孤独な結末を迎える物語がもし二〇一八年あるいは二〇一九年に起こったのなら、まだ人々の同情を引いて、それ相応の文学か芸術を生み出す強い刺激になったはずだが、しかしこれは二〇二〇年の春のはじめに起こった。この世界が感応のレベルを高く調整し始めた頃のことだ。以前はみんな一人の死に驚愕し、一つの企業の倒産にため息をつき、少数の政治家の下劣さを怒ったが、今みんなが目にしているのは幾千万という夥しい数の人の死であり、産業全体の消失であり、政権の崩壊なのだ。張さんの損失は時局の側面から見れば極めて軽微であり、損失と定義することすらできないものだ。

彼は何度か考えたことがある。かりに最初からやり直せたとして、もし手元にあるマスクを思い切って白さんにわけてやる約束をすれば、自分がほんとうに彼女を愛している証明になるのだろうか？　答えはノーだ。彼は間違いなく彼女を愛していた。たぶん前の何人かよりずっと愛していた。彼女を失ったことは彼を深く悲しませたが、しかし彼は気づいたのだ。入手したマスクをつけ、ウイルスに対する予防効果が非常に優れているというニュースを聞くたびに、命が保障されたというある種の安心感が、彼に極めて大きな幸福と慰めをもたらすことを。それはもう一人の人間を抱きしめる必要がないからこそ得られる幸せと慰めだった。これも人には説明しにくいし、災難の中で主張するのはどうも都合が悪い。自分が健康で、何の不足もなく生きているのがとても嬉しい。生きることがなんとこんなにも素晴らしいものだったとは。事実は確かにそうなのだ。ただ、人が愛情あるいは経済あるいは政治などの活動をひとたび命よりも優先する位置に置くなら、この種の幸せと慰めは感じることはできないだろう。何か世界を書き換える大きな出来事が起きない限り。

張さんは弟に答えた、ああ、それはコーンスープだ。長く入れたままにしていたから飲めないんだ。中身を捨ててきてくれ、容器も残さなくていいからね。

二〇二一年春のことである。

別の生活

章緣

章縁（しょう・えん、チャン・ユアン）

一九六三年生まれ。一九九五年「更衣室の女（更衣室的女人）」で第九回聯合文學小説新人賞部門で短篇小説一等賞を受賞、その後も文学賞を多数受賞している。作品には短篇集『更衣室の女（更衣室的女人）』、『洪水の夜（大水之夜）』、『別の生活（另一種生活）』など、長篇小説には『伝染病（疫）』、『旧愛（舊愛）』などがある。

「別の生活（另一種生活）」◉初出＝『小説界』二〇一六年六期（二〇一六‐十二）　使用テキスト＝『另一種生活』（聯合文學、二〇一八）所収のものできるだけ七時半前には虹橋駅《ホンチャオ》に到着して、まず台胞証〔正式名称は台湾居民来往大陸通行証〕をもって出発フロアに行き、チケットを受け取ってください。チケットに乗車ゲートの番号が書かれています。八時十六分の高鉄〔新幹線〕ですが、発車の三分前には乗車ゲートが閉まりますから、くれぐれも忘れないでくださいね！

社長秘書の艾娃《アイワー》が昨晩九時過ぎに彼女に電話をしてきて、厦門《シャメン》に台風が来ているため、明日の飛行機はすべて欠航になった、代わりにとりあえず高鉄のチケットを購入しておいたが、午後二時過ぎには到着できるので、三時半のオープニングレセプションにはなんとか間に合うはずだ、と言った。

彼女はもとから早起きが苦手だった。小さいときからそうで、大学のときは朝の授業に出たためしがない。だが出張となると問答無用だ。彼女は携帯のアラームをセットした。七時半に駅に着くには、どんなに遅くても六時十五分には起きなければならない。しかし、彼女が駅に到着したときは、すでに八時近かった。上海の虹橋駅は途方もなく大きくて迷宮のように入り組んでいる。店がひしめき合い、複数の出入口とエレベーターがあり、吹き抜けの大ホールはいつも人の波でごった返している。彼女が地下鉄の出口を出て、やっとの思いでチケットの受け取り窓口にたどり着くと、そこにはまさかの長蛇の列ができていた。身分証のある人なら、ネットでチケットを予約し、身分証を直接機械にタッチして乗車ゲートを通過する。でも彼女はもえぎ色の台胞証を持参してチケットを受け取りに行かねばならない。列の最後尾に立ったとき、心臓の鼓動が速くなった。右手でキャリーケースを引き、左手に握り拳《こぶし》を作り、唇がかすかに震えている。彼女はこの緊張に気づくと、自分に注意を与えた、落ち着いて、深呼吸するのよ、たとえ今日のレセプションがぜったいに欠席できないものだとしても。だが心臓の鼓動は加速し続け、右の瞼が勝手にぴくぴくし始めた。どうも年をとるにつれて、緊張しやすくなったようだ。かつて上海に来たばかりのときは怖いもの知らずだったのに。おそらく初めのころは自分に対してだけ責任を負っていればよかったが、今は営業部門全体に責任を負わなければならないからだろう。

チケットを機械に通して急ぎ足で乗車ゲートを通過した。キャリーケースを上に持ち上げ、ビジネスカバンをしっかりつかんで、エスカレーターに乗り、プラットホームに着くまで足を片時も止めなかった。ホームに出ると自分の乗る車両が進行方向からすると最後尾だとわかった。彼女は一つ深呼吸をすると、再び猛烈にダッシュした……もし、一秒後にこうなったとしたら。彼女は次の一秒でつまずいて派手に地面に倒れる。ビジネスカバンは線路にころがり落ち、キャリーケースの中のスーツと化粧品が散乱する。恥ずかしくて顔から火がでる。だが、車両の中の男も女もみんな無表情で彼女を見ている。同情の余地なし、この女が、乗り遅れるのは、決まりだな。

おまえはもっと別の生活をすべきだ……誰かが耳元で言った。

誰？　しかし彼女は気をそらして見たりしない。このとき列車の車掌がさきほどから彼女に向かって手を振っており、近くの車両から乗車するよう合図しているのが目に入った。そうだった、なぜ何としても自分の車両に乗ろうとしたのか？　まず乗車してからそこへ移動すればいいのだ、少なくともこんなに慌てふためいて走らなくて済む。彼女はとっさに近くの車両に飛び乗ると、長い車両を二つ通り抜け、ようやく自分の座席にたどりついた。このとき列車が発車して、みるみるスピードを上げ、時速三〇〇キロで風のように走りだした。三人掛けの座席は、窓側が彼女で、残りの二つは空席だった。キャリーケースを頭上の荷物棚に載せ、座って前のテーブルを出して、ビジネスカバンとレザーのリュックを置いた。初春の肌寒い天気だったが、全身にびっしょり汗をかいている。コートを脱いで横の座席に置くと、ふうぅーっと長い息を吐いた。よかった、間に合った！　ティッシュを取り出して顔の汗をぬぐう。朝、お化粧をする時間がなかったけれど、駅が近づいたときにまた考えよう、六時間もあるんだから。こんな長旅を、一人でできるとは、まさに「偸《かりそめ》に得たり浮生半日の閑」[*1]の心境だ。もうどれくらいになるだろう、彼女は久しくこんな贅沢をしたことがなかった。何もしないで長時間ただぼうっとしていられるなんて。厳密にいえば、何もしていないのではない、まさに時速三〇〇キロのスピードで目的地に向けて疾走しているのだ。彼女は急に晴れやかな気分になって、興味津々あたりを見回した。

　もともと自分が最後に乗った客だと思っていたのに、このとき一人の若い母親がこちらのほうに歩いてきた。空色のベビー用タオルケットでくるんだ赤ん坊を抱き、手に大きなバッグを提げている。そのすぐ後ろを一人の小さな女の子がくっつくようにして歩いてきた。車内に空席は少なかったので、彼女は無意識に横の席に置いているコートを手に取った。若い母親は思った通り彼女のところで足を止め、後ろの女の子を呼んだ。「ここよ、中に入って、そこに座りなさい」。それから自分も大きなバッグと赤ん坊を抱えたまま狭苦しそうに女の子の横の席に座った。

「バッグを上の棚に載せましょうか？」

「えっ？　いえ大丈夫です、ここに置きますので」。その女性は女の子の座席の前のテーブルを出して、大きなバッグを置き、女の子にも背中のリュックを下ろさせて、そのバッグの上に載せた。女性は誠実で善良そうに見えた。平べったい丸顔、奥二重の目、小さく丸い鼻の上に玉の汗が噴き出ている。唇はぶ厚

＊1　慌しい浮世の中のんびりと静かなひと時を得る。唐代の詩人李渉の七言絶句「題鶴林寺僧舎」の「終日昏昏酔夢間　忽聞春尽強登山　因過竹院逢僧話　又得浮生半日閑」より。のちに「偸得浮生半日閑」として流布した。

くて、鼻と上唇の間の産毛がとても長い。黄褐色に染めた長髪を赤いシュシュで束ねているけれど、生え際の黒髪はすでに三、四センチ伸びている。席に着くとすぐに抱いている赤ん坊に目をやり、赤ん坊がしっかり目を閉じて熟睡しているのを見ると、薄い黄色のハンドタオルを取り出して、そっと口元のよだれを拭いた。この母親の身なりや表情には苦労の歳月の跡が見られたが、しかし赤ん坊のすべては、着ている服やタオルケットも、あの口を拭いたタオルも、どれもがみんな真新しくやわらかで、赤ん坊のあの白く、やわらかで、すぐ真っ赤になる小さな顔はもちろんのこと、すべてが始まったばかりだ。二人っ子政策によって二人目を産むことが許されて間もないというのに、この若い母親はチャンスをつかむのがほんとうに上手い。

「お母ちゃん？」女の子が呼んだが、母親は赤ん坊を見ていて、聞こえないようだ。女の子は小さな赤い口をとがらせた。目は大きくはないが、まつげが長く上を向いていて、色白の肌にほんのり赤みがさしている。髪は適当に二本の三つ編みにして、頭の上のあちこちに色とりどりのヘアピンをとめているので、前髪がぱらぱらと丸い顔の上に並んでいる。

「お母ちゃん！」女の子が大声で呼んだ。

「しーっ、声を小さくなさい、弟が眠ってるでしょ！」

「お母ちゃん」、女の子はひそひそ話をするみたいに吐く息だけで言った、「ビスケットが食べたい」

「汽車に乗ったらビスケット買ってくれるって言った」

「たった今おにぎりを食べたばかりなのに、なんでビスケットなの？」

「売りに来るまで待ちなさい、売っている人を見たの？」母親がうるさそうに言った。

「売りに来るのを待つの？」

「そうよ、いい子にしてなさい、リュックの中に絵本が入ってるでしょ」

「携帯のゲームがいい」

「携帯は電池が切れてるの」

若い母親は赤ん坊を覆っているバスタオルの隅をめくった。おそらく子どもが暑くないか心配なのだろうが、かといって全部めくりはしない。眠っている間に風邪を引かないか心配なのだ。口で女の子の要求を適当にあしらいながらも、目は一秒たりとも懐の赤ん坊から離れない。

彼女は傍でこのすべてを見ていて、横にいる女の子に同情し始めた。「お嬢ちゃん、年はいくつ？」

女の子が彼女を見つめた。澄んだ目で、視線をじっとこちらに注いでいる。まるで彼女をしっかり覚えておこうとしているみたいに。

「おばさんが訊いてるよ、何歳ですかって？」そして母親が女の子の代わりに答えた、「四歳になります、小燕《シャオイエン》は四歳になります」

「わたし、四歳」。小燕が小さなたけのこの先のようなまるまる太った短い指を四本伸ばして、頭をちょっと傾けたので、そのかわいい仕草に彼女は思わず笑ってしまった。

母親は彼女が穏やかで少しもお高くとまっていないのを見ると、彼女とおしゃべりを始めた。子どもを連れて母の家に帰るところなんです。夫婦二人で上海で小さな閩南《びんなん》*2粥のお店をやってますが、娘は去年よ

*2　福建省南部の漳州・泉州・厦門一帯を指す。台湾人の祖先は福建から移住してきた人が多く、閩南語を話した。現在の台湾語は閩南語から派生したもので類似性が高い。

うやく母のところから引き取ったばかりです。母の体の具合が悪くなり、世話をするのが大変になったものですから。何年かこうして少しばかりお金がたまりましたので、娘を手元においておくはずだったんです、上海で育つほうがずっといいですからね。でもしばらくして妊娠して、生まれたのが男の子でしたから、家の者はそれはもう大喜びしてくれました。でも、こうなるとほんとうに忙しくて、手が回らなくなってしまい……。

「じゃあ小燕はまた外祖母《おばあさん》の家に戻って暮らすのですか？」

「そうしないならどうします？」若い母親は娘をちらっと見た。小燕は無表情で、大人たちがちょうど今、彼女の未来について話しているのがわからないようだ。「この子は年寄りに甘やかされすぎて、これが欲しいあれが欲しいって、言うことを聞かないんですよ」

若い母親のこのときの愚痴は、言い訳に過ぎないだろう。息子を選び、娘を犠牲にする言い訳。母親の心は明らかに新しく生まれた赤ん坊に注がれている。そのうえ娘と別れるからと言って、ことさらいたわるふうもない。

「母は体の具合が悪くて、癌なんです」。若い母親は鼻をちょっと上に向けて力いっぱい息を吸った。まるで運命に対して不満があるようでも、またしかたなく受け入れているようでもある。こうやって息を吸うと、たくさん皺ができて、顔つきも老けて見えた。ふと彼女は、ほとんどの女性が母親になると、急に内面が強くなり、運命に抗うことができるようになるのに気づいた。結婚と子どもの存在が母親に手堅く着実であるよう求め、かつての少女の優しく夢見る表情は現実的で抜け目のないものにとって代わる。一方の彼女は来年で四十になるが、顔にはまだ少女の表情が残っている。敏感でこだわりがあり、喜びや怒りをはっきり表すことができ、実際の年齢よりもずっと若いと感じている。彼女は自分が今も若い頃の世界観を持ち続け、ほとんど変わっていないのを自慢に思った。

若い母親は閩南なまりで老人の病気のことや、上海の小さな店のこと、店舗の賃料がどうしてこうもつぎつぎに値上がりするのか、将来はやはり郷里に帰らねばならないなどと話したが、彼女はうなずいて聞くばかりだった。この見知らぬ人の世界は、彼女のものとはあまりに違いが大きすぎて、共鳴することも参考にすることもできない。上海では、人々は通常自分の生活圏内の人としか交流しないため、粥店をやっている地方出身の女性にどんな悲しみや苦労があるかなど誰が関心を持ったりするだろう。交差するわずかな可能性があるとすれば粥を買うことくらいだろうが、しかし彼女はそういうところへ買い物には行かない。しかしこのとき、このつかの間のどこにも行けない車両の中で、小さな女の子への同情から、それに「偸に得たり浮生半日の閑」の休暇を過ごす気分も手伝って、彼女は見知らぬ人の物語に辛抱強く耳を傾けていた。

「おばさん！」小燕が彼女の袖を引っ張って訊いた、「おばさんもおばあちゃんの家に行くの？」「えっ、いいえ、私はその、友達のところに遊びに行くところ」。若い母親は彼女にどこに行くのか？　どんな仕事をしているのか？　と尋ねた。彼女は簡単に、自分は会社を代表してあるイベントに参加するため厦門へ行くところで、会社は様々な品質の高級茶葉の缶を専門に扱っており、台湾、福建とはひんぱんに取引き上の行き来があるのだと話した。

「あなたは台湾の人？」

彼女は一瞬ぽかんとした。まさかこの「田舎の人」が彼女の身分を言い当てるとは。若い母親は笑って、自分の故郷でも閩南語を話しているし、台湾には遠い親戚もいる、いつか台湾に遊びに行ってみたい、と言った。

「あなたのお子さんは何歳？」

彼女はまた一瞬ぽかんとした。これはごく普通の質問であり、女がある年齢に達するとよく直面するものだ。しかし彼女の生活圏内では、とっくに誰も訊かなくなっている。彼女のすべての心配事と顔の皺は仕事のせいであり、親密な恋人のせいではない。

「子どもはいないの？」

「いません」

「私の従姉《いとこ》もいなくて、結婚して五年になるけど出来ないの」。若い母親は彼女をじっと見つめながら、「従姉は子どもを欲しがってて、道で他人の子を見ると抱きしめてキスしたくなるんですって」

「女の人の中にはことのほか母親になりたがる人がいますよね」

「彼女はうちの小燕に会うたびに、抱きしめて離さないの。私が二番目の子を妊娠すると、彼女こう言ったのよ、小燕を私に頂戴！　って。実を言うと、従姉のところで暮らすのもいいんです、従妹の夫は自分の茶畑を持ってますから」。若い母親が娘にちらっと目をやった。小燕はちょうど彼女の膝の上に身を乗り出して窓の外の風景を見ていた。体半分の重みが彼女にのしかかっている。「この子はあなたと気が合うんですねえ！」

彼女はもともと子どもに好かれるタイプではない。母性に欠けている、そう自分では感じている。他人の子どもがどれだけかわいくても、仲良くする気にはなれないのだ。母がこう言ったことがある、結婚しようがしまいが、私はもう知りませんよ、でもいつか母親になれなくなるのよ、その時になって後悔しないことね。こう言われて彼女は鼻先でせせら笑った。女は必ず母親にならねばならないものでもない。

今でも、自分が後悔しているとは言わない。ただ異なる道を歩いただけだ。どの道の女性もみんな泣いたり笑ったり叫んだりしている。それぞれ違う理由で、寂しかったりむなしかったり。しかし彼女にはとても素晴らしい日々があった。ほかの女性が家事や育児に縛られて徐々に消耗していき、夫にもっと注目してと騒いでいるときに、彼女は仕事でどんどん成果を上げ、彼女の知恵と能力、存在価値は高く評価された。旅行や精神修養や充電をし、資産運用をやり、ジョギングやヨガもした。部屋にはいつも彼女の好きな草花や音楽があり、週末の何もすることがないときは、ソファーに横になって薔薇のモイスチャーパックをして、生活をきちんと規則正しく整えた。男も実際のところ不足したことはない、少なくとも三十五歳までは。その後は、青春が少しずつ去っていったからではなくて、ちょうどいいデートの相手がますます少なくなり、相手が結婚してしまうか、自分が引け目を感じて追いかける勇気がなかったまでだ。激しい情欲の炎は勢いを失くしていき、最後は静かになった。彼女は一人に慣れてしまい、自分のノートパソコンとデートをするようになった。

中年が目前に迫っている。少しずつ水分が抜けていく顔、だんだん固くなっていく関節、胸にじわじわと寂しさが忍び寄る。時にはいっそ何も欲しくなくなることもある。何かを追求する欲望を失い、ただ慣性で動いている軌道の上で、まるでランニングマシーンの上を歩くように、ちょっと立ち止まる勇気はなく、だがどこにも行けないでいる。これからどうする？　彼女はすでに人生の半分を使って職場で自身の有能さを証明した。しかし彼女にはもっとたくさん、開発できるもっとたくさんの潜在能力が、演じることのできるもっとたくさんの役割があるはずだ。もっと別の生活をしてもいいはずなのだ。

「あのう、年はいくつです？　どうして産んでみようと思わないんですか？」

彼女は苦笑して頭を振った。「産まないわ、もう年だから」。昔、堕ろしたあの子は、男だったのか女だったのか？　もし堕ろしていなかったら、何歳になっているだろう……

「養子をもらえばいいんです。もし私にあなたのような条件があったら、もっと産む、ほんとうよ。子どもがこの世に転生するのも運次第、うまく生まれてくれれば、一生幸せに恵まれる……」

「ビスケット、ビスケット！」女の子が突然叫び出した。乗務員が小さなワゴンを押してこちらに向かっている。スナック類と冷たい飲み物の車内販売だ。

「大声出さないで。ほら弟が目を覚ましたじゃないの！」

「ビスケット、いる！」女の子は泣き声で叫んだ。乗務員は二種類のビスケットを高く持ち上げた。一つはミルクソルトクラッカー、もう一つはチョコサンドビスケットだ。「要りますか？」

彼女は財布を取り出して、「チョコサンドビスケットを一つください、それと水も」。ビスケットの包みを開けて、女の子に渡した。

「おばさんにありがとうって言いなさい！」

「おばさんありがとう」。女の子はあまえた声で言い、すっかり満足している。

彼女も一つつまんで、自分が朝食を食べる間もなかったのを思い出した。

女の子はビスケットを半分くらい食べて、残りは小さなリュックにしまった。そして中から絵本を一冊引っ張りだして、彼女に押しつけた。

それはかなり読み古された絵本で、あちこち破れ、角が折れ曲がっているところもある。「人魚姫」。彼女が小さな声で読み始めると、女の子は一心に耳を傾け、ときどき顔を近づけて挿絵をのぞきこんだ。彼女は、人魚姫が深く愛する王子と結ばれずに、あぶくとなって天国に飛んでいく結末まで読んだ。

「もっと」

そこで彼女はもう一度読んでやった。こんな愛のために犠牲になる話を女の子がどこまで理解できるのかわからない。彼女自身の小さい頃からの感想は、人魚姫はとてもかわいそうだというものだった。だが今は、人魚姫は勇敢な選択をし、人生における優先順序を明確に決めている、と思った。

三回目を読み終えると、読むのをやめて水を飲んだ。女の子はきらきら光る目を大きく開けて彼女を見ている。二人はもう大の仲良しになったのだ。小燕はおばあちゃんの家に住むの好き？　とは訊かなかった。ただ女の子といっしょに、窓の外を飛ぶように消えていく田畑を眺めていた。牛！　女の子が言った、花！　家……

窓の外の事物は稲妻のように一瞬現れて、その名前を言おうとしたときには、すでに消えていた。女の子はあっけにとられて目の前を絶えず流動する、似通った景色を見ている。この子は同年齢の子どもに比べると言葉が少ないようだ。おそらく、文字を知らない外祖母は女の子に最良の早期教育をしてやることができなかったのかもしれないし、働いてお金を稼ぐのに忙しく二番目の子を授かった両親は女の子の相手をする時間が持てなかったのかもしれない。ときおり列車が駅に入って停車し、わずか二分の間に乗客が乗り降りをする、その一時停止の二分間はとても貴重で、二人はこの静止画面を隅々まで見て回り、プラットホームやホームにいる人や遠くの景色に目をやった。彼女は今回こうして高鉄で厦門に行くのは「災い転じて福となる」だと思った。びっしり詰まったスケジュールが緩み、引き伸ばされて、彼女もゆっくり、のびのびできた。そう、心のある部分がまさにゆっくりと開いている。まるで月下美人がしっかり閉じていたつぼみを夜ついに開くように。

赤ん坊はいつ目が覚めたのか、若い母親が体を半分こちらの窓のほうに向け、服を緩めて授乳をはじめた。大きく膨らんだ乳房の皮膚は張り詰めて薄くなり、何本も青筋が浮き出ている。赤ん坊は小豆色の乳首を口に含むと、すぐに目を閉じて力いっぱい吸い始め、そのうち額に汗が吹き出てきて、髪もだんだん濡れてきた。「ふぅ、二時間おきに授乳しなくてはならないんです」。若い母親は彼女の視線を受けて、甘ったるく不平を言った。このとき、見捨てられたと感じたのか、女の子がそっと体を寄せて、もたれかかったので、彼女はとても自然に受け止めた。二人は親子のように見えた。彼女は女の子のおさげを解いて、もう一度編み直してやった。まだ三つ編みの仕方を忘れていなかった。女の子の髪は量が少なくさらさらしているので、痛がらないよう手に力は入れられない。ようやく一本の三つ編みができあがり、まわりに色とりどりのヘアピンをとめて、小さな蝶が一匹ずつ頭に止まっているようにしてやった。

授乳を終えた若い母親は子どもを抱き上げて言った、「おむつを替えに行ってきますね」。こんなふうに荷物と娘を託されると、彼女もまた引き受けるのが当たり前のように思われた。

そのうちお昼になった。彼女は駅弁を買い、女の子にはアイスクリームを買ってあげた。若い母親は大きなバッグから一袋の肉まんとカットした果物を取り出し、まるで家族のようにいっしょに食べ始めた。食べ終わると、交代でトイレに立った。このとき雨が降り出し、雨水が車窓に張りつくとすぐに後方へ飛び散っていった。厦門はもう暴風雨圏に入っているのだろう。

小燕は彼女に寄りかかって眠ってしまった。体全体が柔らかくてずっしり重く、すっかり信頼しきっている。こんなふうに頼られ愛される感覚は久しぶりだったので、胸がジーンとしてきた。他にはもう海外旅行も、新しいブランドバッグも、注文書や昇給もいらない、そんな気がしてくる。そうしたものからこれまで彼女はほんとうの喜びを得たことがあるだろうか？　これまでの喜びは、濃さを増し、時間では希釈されない、蓄積できて継続性のある喜びだっただろうか？　若い頃の彼女はわからなかった、ほかの人はみんな重要だと言っていたけれど。でも、人それぞれ求めるものは違う。一枚のパックマスクはどの顔にもぴったりというわけにはいかず、目の穴が大きすぎるか、そうでなければ鼻筋が短かすぎたり鼻の下が長すぎたりする。だから妥協する、みんな妥協している。人それぞれ違うものを求めることができるはずなのに。

彼女はあのことを思い出した。少しのあいだお腹の中に身を寄せていたが、彼女が迷わず捨てたあのことを。もう何年も思い出したことはなかったし、後悔したこともなく、一つの不測の事態に過ぎなかった。もし当時あの不測の事態を受け入れていたら、今ごろは母親になって、別の道の上で泣いたり笑ったり叫んだりしているのだろう。一人のために。一つの仕事のためではなく。

彼女が自分のコートを女の子の体に掛けてやり、頭をそっと女の子の額に寄せると、そこはとても暖かかった。彼女は一つあくびをして、今日はずいぶん早起きをしたものだと思った……

あなたは別の生活をすべきだ。

彼女が急いで目を上げると、若い母親の顔にとらえどころのない深遠な笑みが浮かんでいる。あなた、なんて言いました？　子どもはあなたにあげます。私にくれる？　あなたなら子どもにいい生活をさせることができる。台湾に連れて帰ってください、いつか、あなたたちに会いに台湾に行きます。まさかそんな？　このとき、小燕が彼女に寄りかかったまま頭を上げて、白黒はっきりした目で彼女をじっと見つめた。中に二つの渦巻きがある。ママ！

彼女が何かを言おうとしたちょうどそのとき、男の人の呼ぶ声が聞こえた。「お客さん！」彼女は頭を上げた。「切符を拝見します」。車掌だった、切符の検札に来たのだ。

彼女は慌ててあちこちをさがして、最後にようやくコートのポケットの中から切符を取り出した。小燕は彼女のコートを羽織ってすやすや眠っている。車掌は女の子をちらっと見ると、そのまま行ってしまった。高鉄では、大人一人につき子ども一人を無料で同行できる。でも、あの若い母親と赤ん坊は？　座席にはいない。座席のテーブルの上に女の子の小さなリュックがあるだけで、大きなバッグがみあたらない。たぶんトイレに行っているだけじゃないの？　彼女は思った、でも大きなバッグまで持っていく必要があるかしら？　五分が過ぎた、あるいはもっと長かったかもしれない。彼女にはもっと長く感じられて、座っていられなくなった。ちょっとトイレを見に行きたいと思ったが、トイレは車両のいちばん端にある。それに子どもに体を押さえつけられていて、十五キロはありそうだ、少なくとも。さらに十分待ってみたが、まだ戻ってこない。心臓の鼓動が速くなり、左手は習慣的に握り拳《こぶし》を作り、唇がかすかに震え出した。数回深呼吸をした。もうじき右の瞼が勝手にぴくぴくし始めるのを止めたいと思ったのだが、その動作は自分でもひどく滑稽に見えた。若い母親との会話を思い起こしてみた。彼女のほうは警戒心をもっていなかった、だが実は、相手は彼女が思うような田舎者ではなかったのだ。一目で彼女が台湾人だと見抜くと、子どもを人にやることをほのめかしておいて、道中ずっと女の子に思うまま彼女と親しくさせた。そしてとうとう子どもにより良いすべてを与えることができるのは彼女だと見定めたにちがいない。

このまま子どもを車内に置き去りにするのは彼女の教養が絶対に許さない。ましてすべての人が、車内販売の乗務員と検札に来た車掌も含めて、二人を親子だと思っていてはなおさらだ。彼女は通報してもよかった。通報して、調書を取ってもらう、だが彼女の身分が事情をさらに複雑にするのではないか？ すると三時半のオープニングレセプションに行けなくなってしまう、それはこのはるばるやって来た長い道のりの目的なのだ。

ほんとうに小燕を連れて帰って、自分の娘にすることができるだろうか？ 小燕にあの薄情な母親を忘れさせるのは、そんなに難しくはないはずだ。身分の問題が解決したあと、順調にもう一つの軌道の上にジャンプすれば、彼女はおそらくいい母親になれるだろう……そんなことを考えていると、寄りかかっている小燕がますます重く感じられてきた。腕はすでにしびれている。「二時間に一回飲ませなくてはならない」、終わりのない繰り返しと要求、ずっしりと重い荷物、白黒はっきりした渦巻き、底なしの穴……彼女には、自分が女の子を抱いてよろめきながらオープニングレセプションの会場に入って行き、貴賓たちから冷ややかな視線をあびせられている姿が見えた。同情に値しないね、この女は、列車の中で子どもを引き取ってくるほど馬鹿なんだ。

彼女は急に、女の子がこうやって彼女に全身の重みをかけ、強引に自分の体を預けているのは、実際はごろつきのやることで、我慢ならない一種のつきまといに思えてきた。彼女はコートをめくって、女の子を揺り起こした、「小燕、小燕！」

女の子は目を見開いたが、全身がぐったりしている。「ママは？ ママがどこに行ったか知ってる？

おばあちゃんの家はどこ？　どの駅で降りるの？」

　女の子は彼女の機関銃のような質問と厳しい表情に驚いて、何か言いたげに唇をかすかに動かしていたが、しばらくしてためらいながら一言「ママ？」と言った。

「私をママって呼ばないで、私はあなたのママじゃないわ！」しかし女の子は彼女を呼んでいるのではない。女の子が呼んでいるのは生みの母親のほうだ。「ママ、ママがいい……」

　乗客が数人振り向いて彼女たちを見た。ああ、そういうことね。今度は彼女が人さらいになったのだ。彼女はレザーのリュックを背負うと、力いっぱい女の子を抱き上げた。ほんとうにずっしりと重い。彼女は女の子を強く抱きしめて車両の突き当りに向かって歩いていった。一つのトイレのドアは「空き」と表示されている。彼女の手が緩んで、女の子をあやうく滑り落としそうになった。

　もう一つのトイレは使用中だ。彼女は待った。ありえない、子どもをこんなふうに見知らぬ人間にぽんと捨ててよこすなんて。母親がもしここにいなければ、彼女はほかの車両のトイレを探しに行き、車掌に探すのを手伝ってもらおうと考えた。彼らがまだ下車していないことを祈りながら……。この狭い通路に二人の男が立っていた。一人はリュックを背負い、もう一人はスーツケースを足元に置いて、それぞれ下を向いて携帯をいじっている。なぜ座席に戻らないで、トイレの外で携帯をいじっているのか？　彼女は突然すべてを悟った、無賃乗車だ！　行先までの切符を買わず清算する気もない、あるいは動車〔高速列車〕の切符を買って、値段の高い高鉄に乗車する……。トイレのドアが開いた。一人の男の老人が出てきて、よろよろと車両につかまりながら立ち去った。

　座席に戻ると、小燕が口をへの字にまげて泣いた。女の子はおばさんがいっしょに母親を見つけてくれるとばかり思っていた、でもママは？　これまでの数時間にこの大人と子どもが築き上げた信頼と友情は一瞬にして瓦解した。二人は肩と肩がすれ違っただけの見知らぬ者同士に過ぎない。子どもはすぐに信用するけれど、またすぐに忘れるものだ。

彼女は小燕を胸に抱きよせて、目じりの涙を拭いてやった。「泣かないで。ママはすぐに戻ってくるから」。小燕が彼女の腕を振り切り、座席から飛び降りて叫んだ、「ママ！」

果たして、若い母親が赤ん坊を抱いて、大きなバッグを提げてやってきた。小燕は悔しそうに母親の胸に飛び込んだ。「どこ行ってたの？」

「小燕はぐっすり眠ってたでしょ、おばさんも眠っていたし。だから起こさなかったの。弟がお乳を吐いてね、体じゅうにかかってしまったから、服を着替えさせなくちゃならなくて。食堂車のところが広いから、母さんはそこに行ってたのよ」

母親は、無賃乗車をしているから、服を着替えに行ってきたのか、それとも子どもを人にやろうと思ったけれど後悔して戻ってきたのか？　一方の彼女は、母親になる機会を逸して、自分の最も嘘偽りのない渇望を垣間見てしまったのか、それとも運命の神様のちょっとしたいたずらだったのか？　彼女はすぐには答えが出せない。

「あなたがいなくなったのかと思いました……」。小燕がまた泣いた、今度はもっと激しく泣いている。彼女はこの泣き声が理解できた。母親に捨てられる感覚は、弟が生まれてからずっと頭から離れなかったにちがいない。そのうえ大人はまた女の子を外祖母に預けるとか、人にやるとか話していたのだから。旅の日程が本人の同意を得ずに、いとも簡単に変更されたりしたら、誰だって我慢できない。姉が悲しくて泣いているのに、弟は笑っている。歯のない口を大きく開けて、ピンク色の歯茎と舌は、新鮮でみずみずしく、世界の混沌の始まりのようだ。別の生活の可能性、数えきれないほど多種多様な生活の可能性が、まさにそこにあった。

私の vuvu

ラムル・パカウヤン

Lamulu Pakawyan（ラムル・パカウヤン）

一九八六年生まれ。プユマ族。二〇一三年に「私のvuvu（不是、她是我vuvu）」で第四回台湾原住民族文学賞小説二等賞を受賞した。

「私のvuvu（不是、她是我vuvu）」◉初出＝『102第4屆臺灣原住民族文學獎得獎作品集』（二〇一三）　使用テキスト＝『九歌一〇二年小説選』（二〇一四）所収のもの

長くはないが、短いとも言えない私の人生のなかに、かつてあんなときがあり、私はほんとうに、徹底的に、いわゆる「人生に対する自覚」をひしひしと感じることができた。たとえ当時の私が、ほんの五歳に過ぎなかったとしても。

この感覚が初めてわいてきたのは、美しくて優しい王先生《ワン》が、もはや美しくも優しくもなくなったあのときだ。目から巫婆《きとうし》のように恐ろしい炎を噴き出し、両手で私の肩をつかんで、鋭い声で訊いた。「門のところに立っている人は誰？」

そう訊かれて、私は視線を幼稚園の門のところに立っているvuvuのほうに漂わせた。vuvuは、片時も口から離したことのない檳榔《びんろう》をくわえていて、檳榔をかんでいるせいで口が吸血鬼のようになっている。保護者たちが行ったり来たりして、子どもの手を引いて帰っていくなかで、彼女はまるでリビングルームのガラス戸棚の中に置かれている、あの幅広の丸い陶器の壺のように、まだ歩けない赤ん坊の私の妹を背負って、静かに立っている。そのとき私が苦しみと恐怖に直面しているのには、まったく気づいていない。

王先生の声がますます甲高くなり、私を門からずっと遠く離れた職員室の前まで引っ張っていくと、もう一度同じ質問をした、「あの人はあなたの誰？」

質問の意味がわからない私は、きょとんとして先生を見た。すると先生がしゃがんで、私をつかみ、一言ずつ区切って言った。「あの——人を——何て——呼んで——るの？」

あぁ、それならどう答えるか知っている、「vuvu」

王先生はこの答えに不満のようで、もう一度訊いた。それで私ももう一度答えた。もともと私の顔に浮かんでいた「？」が、王先生の顔の上に伝染した。

「じゃあ、あの人を奶奶《ナイナイ》〔中国語でおばあちゃん〕って呼んでる？」

奶奶《ナイナイ》？　私は首を振った、ママがvuvuと呼びなさいと言っていたから。

「阿嬤《アーマ》〔台湾語でおばあちゃん〕かな？」

阿嬤《アーマ》？　阿嬤って何？　私はまた首を横に振った。

そのあとは、宿題をするとき一題間違えるたびにママにこっぴどくぶたれるのと同じだ。今は、正しい答えが言えないために、家に帰れない事態に直面していた。

幼稚園バスは園児をいっぱい乗せて園を出発した。門のところにひしめいていた保護者や子どもたちも、次々に帰っていった。幼稚園の中はがらんとして、王先生と、私、それに檳榔を嚙み、妹を背負い、遠くで彫刻のように身動きもせず立っているvuvuだけになった。

「あの人はもう一人の奶奶《ナイナイ》なの？」

もう一人の奶奶《ナイナイ》？　私にはこれまで奶奶なんていたことがないのに！　私は恐れおののいてもう一度首を振った。「違う、あの人は私のvuvu」

そのときの王先生の顔をはっきり覚えている。ママがいつもぶとうとするときの表情とそっくりだったので、恐怖でどうしたらいいかわからなくなった。先にごめんなさいを言う？　それとも今すぐ逃げる？　私は自分が陰謀にはまったと思い、怖くて今にも泣き出しそうになった。ママが私のこと要らなくなったの？　だから幼稚園に捨てて、物語の中でパパが子どもを汽車に乗せたみたいに、親切な人に拾われ養ってもらおうとしてるのかな？　だからvuvuはあそこに立っているのに助けに来てくれないのかな？

ママが言い残していった言葉を思い出した、「ママは台北《タイペイ》にいるパパに会いに行くから、いい子にしててね。vuvuが妹の世話をするときはお手伝いして、王先生の言うことをよく聞くのよ」

ママは週末はずっと荷物の準備に忙しく、屏東《ピンドン》にも行って、vuvuを高雄まで連れてきた。以前は長い休暇があると、ママはvuvuに会いにいつも私を連れて屏東の山の上に帰り、妹は瑪姆《マム》〔アミ族の言葉で父方の祖母〕に預けて面倒を見てもらっていた。ときどきママが台北で働いているパパに会いに行くときも、瑪姆が私と赤ん坊の妹の世話をしに来ていた。王先生は瑪姆を知っていて、瑪姆のことを面と向かって褒めたこともある。「すごいですね、中国語と台湾語を話せて、そのうえ日本語も話せるんですね」。でも瑪姆は最近桃園にいる生まれたばかりの従妹の世話をしに行っていた。それでママは山を下りたことがないvuvuを呼び寄せて私たちの世話を頼んだのだ。ママはvuvuを連れて幼稚園と食品市場のルートを実際に歩いてみたり、vuvuに幼稚園の行きと帰りの時間を説明し、さらになんとあの吐き気がする生乳《せいにゅう》を必ず毎日一杯私に飲ませるよう何度も念を押していた。

朝、ママはvuvuに家で赤ん坊の妹の世話を頼んでから、そのあと私を連れて幼稚園に行き、別れ際にまた「いい子にしててね」と言った。ママが読んでくれた物語の中で、どのパパもママも子どもを捨てるときは、決まってこう言っていたようだ。でもまさかそんなこと……。

ママはなぜ私を捨てたいと思ったのか？　昨日私は何か間違いをしたのだろうか？　頑張って思い出してみたけれど、実際思いあたることが多すぎて、どれがそうなのかわからない。幼稚園で友達がくれた乖乖桶《フルーツグミボックス》のグミをこっそり食べたから？　ママは私がこんな「ゴミ」を食べるのをすごく嫌う。それとも宿題をやってるってママに嘘をついて、こっそり『赤毛のアン』の絵本を見てたから？　それともママが気づかないときに、朝食の生乳を妹の哺乳瓶の中に移したから？　私はびくびくしながらいったいどれがバレたのだろうと考えていた。もしかしてママはぜんぶ気づいていた？

そう思うと、涙がザーッと猛烈な勢いで流れ出した。王先生はちょっとぎょっとして、立ち上がった。先生がついに親切心から私を帰してくれると思ったのに、反対に私を職員室に引っ張りこんで、片方の手でぎゅっと私の手を握りしめ、もう一方の手で電話をかけ始めた。

うわっ、うわっ、どうしよう。王先生は電話をかけて親切な人に私を引き取ってくれるよう頼もうとしている！　どうする？　逃げる？

そう思ったとたん、王先生の魔の手を力いっぱい振り払い、職員室のドアめがけて突進した。背丈はいつも人より負けているけれど、走る速さには自信がある——幼稚園のかけっこでは、一度も負けたことはない、そのうえ年上の子をしょっちゅう負かしている。ママが言っていた、それは瑪姆《マム》とパパの「アミ族の水桶《シュイトン》〔水おけ。血統（シュエトン）の聞き間違い〕」が私に遺伝したからだって。

職員室をまだ飛び出していないのに、王先生はすでに電話を切り、もう一度タカがヒヨコをつかまえるみたいに*1私をむんずとつかんだ。

アニメで見たことのある、魔女につかまったお姫様を思い出した。美しく温かい世界がまさに私の目の前で徐々に崩壊しつつあった。未来の悲惨で孤独で心細い日々に、親切なあしながおじさんは現れるだろうか？

「あなたのママがたった今電話で、あなたの阿嬤《アーマ》にお迎えを頼んでいるって言いました。だから、外のあの人はほんとうにあなたの阿嬤なの？」

私はちょっとためらった。vuvu は vuvu だ、でも先生はその答えは間違っていると思っているようだ。

私は王先生が瑪姆《マム》のことを間違って奶奶《ナイナイ》って言うのが好きなのを思い出した。いい子は嘘をついてはいけないとママは言うけれど、今はもう、私が温かい世界で幸せに生き続けられるのなら、答えが正しかろうと間違っていようとどうだっていい。先生を満足させられるものこそ、唯一の答えだ。もうじたばたしないで、一か八か嘘を言うことに決めた。

「うん」。強くうなずくのも忘れないで。

王先生は美しくて優しい微笑みを浮かべて、私の手を引いて職員室を出た。門のところまで歩いていって、丁重に私の手をvuvuの手のひらに置き、vuvuに言った。「安妮《アンニ》の阿嬤《アーマ》、ほんとうにすみません、最近子どもをさらっていく事件がひんぱんにおこっているので、どうしても安妮のママに確認をとる必要があったんです」

vuvuはぽかんと先生を見ていたが、檳榔の汁に染まった口元をちょっと動かした。「安妮媽《アネマ》?」〔パイワン語で「何ですか?」。中国語の「アンニマー(アンニのママ)」に音が似ている〕

王先生の美しくて優しい顔にさっと疑惑が浮かんだけれど、そんなことかまっていられない、早く家に連れて帰ってと懸命にvuvuを引っ張った。王先生の気が変わって、私がほんとうに住む家のない乞食の子にならないように。

帰り道、vuvuは私の手をつないで、看板にきまって「7」の字が書いてある「便秘商店《コンビニ》」〔正しくは「便利商店」〕に入った。ママがご飯を作っている途中でときどき醤油とか塩がないのに気づくと、ここに買いに来る。ママが

＊1　原文は「老鷹捉小鶏」。子どもの遊びの一つで、一人がタカ役に、もう一人が親鳥になり、残りの人がヒヨコ役になって、親鳥に守られながらタカから逃げる遊び。

言うにはここで買い物をするのはとても便利だけど、値段はとても高いらしい。それがつまり、ママが「便秘商店」だって悪口を言う理由じゃないかな？　vuvuは商品棚から瓶入りの「味の素」と生乳を一パック取り、それから、驚いたことに、なんとvuvuはスナック菓子の棚から「蝦味先《えびせん》」を取った——ママが絶対に禁止している「ゴミ」の一つだ。

　これ私にくれるの？　私は夢ごこちでvuvuの手から、神聖かつ邪悪な蝦味先《えびせん》を受け取った。ママへの罪悪感と、権威に挑戦する快感を抱きながら、家に着く前にはもう蝦味先を全部平らげ、さらに袋の中に残ったクズまできれいになめていた。

　幼稚園の帰り際にあの心身ともに疲れはてた体験をし、そのうえちょうど口の中に充満している、蝦味先《えびせん》のしょっぱくてぱさぱさした味のせいで、家の玄関を入ったとき、急にものすごいのどの渇きを覚えた。私はすぐにvuvuを引っ張ってお願いした、「咪子《ミズ》」

　ちょうどご飯の支度で忙しいvuvuは私をちらっと見て言った、「安妮媽《アネマ》？」

　ママですって？　ママに会いたいんじゃない、のどが渇いて死にそうなの。「私は咪子《ミズ》が欲しい」。顔を上げて調理台の上に置かれている水差しを指さした。

「挨秋《イツ》〔これ〕？」

　vuvuがくれた哺乳瓶を見て、ブチ切れそうになった。私は赤ん坊じゃないってば。「違う！　咪子《ミズ》！私は咪子が欲しいの！」

　vuvuは調理台の上にあった、ママが唯一認めているおやつの「クラッカー」をくれた。のどが渇いて死にそうなのに、ぱさぱさのクラッカーなんてちっとも食べたくない。私はvuvuの手を押しのけて、力を込めて水差しを指さした。「咪子《ミズ》」

vuvuは眉根をしかめて私の指の方向を見ていたが、調理台の横の冷蔵庫を開けて言った、「挨努《イヌ》〔それ〕？」

「違う！」恐怖が走った。ありえない！　たった今、孤児になる運命から逃れたばかりなのに、今度はのどが渇いて死ぬ運命に直面している。「咪子咪子《ミズ》」

vuvuは少しうんざりした顔をして、向こうを向いて料理に戻り、もう私をかまってくれなくなった。彼女の太った体がマンションのとても小さなキッチンに押し込められているのを見ていると、涙がまた零れ落ちた。

おしまい、おしまいだわ。私はたった五歳で死ぬ、それも、のどが渇いて死ぬんだ。

私はずっと泣き続け、泣けば泣くほどのどが渇き、のどが渇けば渇くほど泣きたくなり、vuvuが私を椅子に座らせて、お茶碗いっぱいのご飯とスプーンを私に押しつけるまで泣き続けた。

テーブルの上のおかずはみんな苦く、スープまですこし苦い。肉は固くて、そのうえちょっと臭い。これらの野菜と肉はどれもvuvuが山からビニール袋に一袋ずつ入れて持ってきたものだ。ママと屏東の山に帰ったとき、そのたびに食べたことがある。でもそれはたいていママが二十センチ定規を手にもっていたからこそむりやり食べさせることができたのだ。のどがカラカラの私は、苦労してご飯を一口一口食道へ送り込んだけれど、あの恐怖の野菜には死んだって手をつけなかったし、たとえ食べれば食べるほどのどが渇いても、あの苦くて吐き気のするスープは絶対に飲まなかった。vuvuは私を見ながら、一言「卡努《カヌ》〔食べなさい〕」と言って、あのものすごく苦い野菜と臭い肉を箸で挟んで私のお碗の中に入れた。

最初はあやうく家に帰れなくなるところだった、その次はのどが渇いて死にそうになった、そして今はこのプンプン臭うものを食べなくてはならない。私は自分がまるで物語に登場する、大人にいじめられる小さな子どものような気がしてきた。いつもちゃんと食べることも、眠ることもできなくて、ちっとも幸せじゃない人生。そう思うと、涙がまた思わず零れ落ちた。vuvuは私をちらっと見て、一つため息をついた。そして太ったおしりとお腹を揺らして、お腹を空かせて泣いている妹にミルクを飲ませにリビングルームへ行ってしまった。残された私は一人でテーブルいっぱいのまずくてのどを通らないおかずに向きあった。よりによってそのとき、小さな影がちょうどテーブルに向かって突進してきた――「阿布拉木蟋《アブラムシ》!」私が悲鳴を上げると、vuvuがすぐに立ち上がり、私を見て言った、「安妮媽《アネマ》?」

また安妮媽《アンニマー》? 勇気あるママは家にいないんだってば! まだ涙が乾ききっていない私は、テーブルの脚を指さして大声で叫んだ、「阿布拉木蟋《アブラムシ》!」vuvuがテーブルの脚のほうを見たとき、憎っくきアブラムシはすでにどこかへ姿を消していた。vuvuは長いことあたりを見回してから、また一つため息をついて、もっとたくさんの野菜を箸で挟んで私のお碗の中に入れた。そしてまた赤ん坊の妹にミルクを飲ませに行き、もう私にかまわなくなった。

私は絶望的になってお碗の中のさらに増えた野菜を見つめていた。泣きながらお碗をすっかり空にしたときには、言葉が出ないくらいのどが渇いていた。vuvuが私の手から静かに空のお碗を取って、キッチンに向かったとき、突然vuvuの口から一言が飛び出した、「宿題しなさい」

私は驚いてvuvuのほうを見た。彼女が初めて私が聞いてわかる言葉を話したのだ。少しばかり状況を推察したあと、私は決心をして、生存のためにもう一度奮闘することにした。

「咪《ミ》……咪子《ミズ》」。vuvuを引っ張って、必死に水差しを指して、ひしゃげた声で哀願した。vuvuは眉根に皺を寄せて、少し考えていたが、もう一回冷蔵庫を開けると、買ったばかりの生乳を取り出し、マグカップになみなみとついで、私の手に押し込んだ。

彼女はうつむいて私を見た。私は顔を上げて彼女を見た。

数秒後、私は深く息を吸い込み、吐き気を催す衝動を我慢して、むかつく生乳をごくごくと一気に流し込んだ。飲み終わったあとしきりオェッオェッと吐くしぐさをしたが何も出てこない。しかし液体に潤されたのどと口はもう痛みが消えていた。今このとき、生き延びること、これこそ一番重要なことだ。

vuvuは満足したらしくちょっとうなずいて、また私に言った、「宿題しなさい」

驚きはそのすぐ後にこみあげてきた怒りによって瞬時に蹴散らされた。バカバカ！　何を聞いてもわからない！　むかつく生乳をくれることしかできない！　何も話せない！　なのに「宿題しなさい」は話せるってわけ？　私はカッカしながらカバンを開けて、今日の宿題をとりだした。リビングの折り畳みテーブルの上に体を乗り出して、憎々しげに力いっぱい注音符号〔中国語の発音記号〕を紙の上に刻みつけると、力を入れすぎてノートの一部が破れ、そのうえ鉛筆の芯を立て続けに全部折ってしまった。最後の一本の芯が「ぼきっ」と音を立ててテーブルの縁を飛び出したとき、すぐに後悔した。vuvuは「削鉛筆機」この四文字を聞いても絶対にわからない。それはよりによって私の手が届かない本棚の上にある。私はびくびくしながら芯がすっかり折れてしまった鉛筆をもって、ちょうどすりこぎでタロイモをつぶしているvuvuのほうへ歩いていった。

vuvuは私をちらっと見て、またあの謎めいた言葉を言った。「安妃媽《アネマ》？」

なぜvuvuはずっと私がママを探していると思っているんだろう？　ためらいながらも、どうやって私の要求を伝えたらいいかわからないので、ただ芯の折れた鉛筆をvuvuの前に持ち上げてみせた。意外なことに、まだ何も話していないのに、vuvuはすぐに折れた鉛筆を受け取り、小さな彎刀《わんとう》をとても慣れた手つきで使って、シュッシュッシュッと鉛筆の芯がとんがるまで削ってくれた。

vuvuの神業のような鉛筆削りの技術にうっとりしていたちょうどそのとき、電話が鳴った。vuvuは手の中のものを下に置いて、受話器を取った。「もしもし！」vuvuの「もしもし」は言い方がきつくて、しかりつけているみたいに聞こえる。彼女は受話器に向かって二言三言話すと、すぐ電話を私に回した、「蘇基娜《スキナ》〔あなたのお母さん〕」

受話器を受け取り、中から伝わって来るなつかしい声を聞いた途端、私は大きな声で泣き出した。

「ママ！　王先生は今日私を家に帰らせようとしなかった、先生はvuvuは阿嬤《アーマ》だって言うのよ。vuvuは咪子《ミズ》をくれないし、阿布拉木蝨《アブラムシ》を退治してくれない、vuvuは話ができない。ママどこにいるの？　いつ帰ってきて私を救ってくれるの？」

電話の中が数秒間しんとしてから、ママの優しい声が聞こえてきた。「vuvuは話せるのよ、でも話してるのがパイワン族の言葉なの。瑪姆《マム》がアミ族の言葉と日本語を話しているみたいにね。咪子《ミズ》と阿布拉木蝨《アブラムシ》は日本語、だからvuvuは聞いてもわからない。さあ泣きやみなさい。咪子《ミズ》が飲みたいときは、vuvuに中国語で喝水《ホーシュイ》って言うの。阿布拉木蝨《アブラムシ》を見たら中国語で蟑螂《ジャンラン》て言うの、これくらいの言葉ならvuvuもわかるわ」

私はまだすすり泣いていた。「じゃあどうして先生は私を家に帰さなかったの？　まんいち明日も帰してくれなかったらどうする？」

「それは先生がvuvuって何のことなのかわからなかったからね。瑪姆《マム》がアミ族の言葉であるように、vuvuはパイワン族の言葉、阿嬤《アーマ》は台湾語よ。声に出して読むと違うけど、でも意味は同じ。今日、先生がママに電話してきたとき、そう伝えておいたから、もう心配しなくていい、先生は明日あなたがvuvuと家に帰るのを許してくれるわ」

「ママ」

「なあに？」

「パイワン族の言葉ってなあに？　アミ族の言葉って？　日本語って？」

「パイワン族の言葉とアミ族の言葉は原住民が話している言葉で、日本語は日本人が話している言葉よ」

「じゃあ私たちが今話しているのは何の言葉？」

「私たちが今話しているのは中文《ちゅうごくご》よ」

「だから私たちは中文人？」

「いえ、違う、私たちは原住民よ、でも中国語が話せるの」

「ふ～ん、じゃあ原住民ってなあに？」

「あなたがまさに原住民よ、ママとパパも原住民、vuvuと瑪姆も原住民」

「妹も原住民なの？」

「妹もそう、屏東の山の上の人たちは、みんな原住民よ」

「じゃあ王先生とほかの幼稚園のお友達は？」

「彼らは違う」

「なぜ？」

「なぜなら私たちの祖先——祖先というのはvuvuと瑪姆よりもっと年を取っている人のことよ——彼らはずっと昔から台湾に住んでいたの、それで私たちは自分たちのことを「原住民」って言うの——原住民とはもとからここに住んでいる人、っていう意味よ」

そうか、だから私は原住民なんだね！「じゃあなぜ私はパイワン族とアミ族の言葉が話せないの？」

「あぁ、それはまだ学んでないからよ」

「原住民になるのはいいこと？」私は今日の恐怖体験を思い出した。

「もちろんいいことよ！」ママの声が急に鋭くなった。

「どうして？」

「どうしてって、そうね、あなたは赤毛のアンみたいにお勉強ができて、いつか博士になりたいって言ってたでしょ？　それなら、あなたはテストの得点を多くもらえるし、奨学金だってもらえるから、勉強するお金がないって心配しなくていい、すぐに博士になれるわ。それと、走るのが速いのも、あなたが原住民だからよ！」

「私に「アミ族の水桶《シュイトン》」があるからじゃないの？」

「血統《シュエトン》」。ママは私の発音を訂正して、それから答えた。「アミ族は原住民だもの」

ふーん、そうなんだ。じゃあこういうのもいいね。「ママ」

「なあに？」

「なぜvuvuはずっと私がママを探していると思ってるのかな？」

「はぁ？」

「私にずっと「安妮媽《アンニマー》」って言うのよ」

受話器から「そう」と一声聞こえたあと、ママが受話器をふさいで大声で笑っているのが聞こえた気がした。ずいぶん経ってから、やっとママの答えを聞いた。「安妮媽《アネマ》はパイワン語で「なあに」の意味よ、vuvuはあなたにどうしたのって訊いてたのね」

なんだ、そういうことか。

あと少しだけママに甘えてから、傍でずっとカゴいっぱいのタロイモをつぶしているvuvuに受話器を渡した。vuvuとママは長々と電話で話していた。以前ママがvuvuに電話をしたときも、こんなふうに話していたのを思い出した。そっか、これがパイワン族の言葉だったのか。私が宿題を終えたときも二人はまだ話していて、パイワン族の言葉の音楽的なリズムの中であやうく眠りそうになったとき、vuvuが電話を切った。

それから、vuvuがキッチンに入って、水差しからコップいっぱいに咪子《ミズ》を注いでいるのが見えた。

あぁ、人生ってこんなに素晴らしいんだ。

私が「もっともっと」と立て続けに咪子《ミズ》を三杯もおかわりしたあと、家にお客さんが来た。その人には会ったことがある。ママがその人はvuvuの妹だと言ったので、私は小《シャオ》vuvuと呼んでいる。彼女は高雄と屏東の中間に住んでいて、ママが私たちを連れて挨拶に行ったことがあった。小vuvuには背がものすごく高い旦那さんがいて、私はそのおじいちゃんが話す言葉が聞いてわかるときもあれば、わからないときもあった。ママにどうしてそうなのか訊いたとき、ママは大笑いしながら、それはおじいちゃんが話す言葉が「閃東搶《シャンドンチャン》〔山東訛り。正しい綴りは「山東腔」〕」だからよと言った。小vuvuは「中文話《ちゅうごくご》〔正しい綴りは「中国話」〕」が上手だけれど、従弟たちの世話をしなければならないので、それでママは小vuvuに私たちの世話をお願いしなかったのだ。

小vuvuはビールの入ったバスケットを提げていた。vuvuはまだつぶし終えていないタロイモをリビングの隅に広げ、それからキッチンに入って夕食の残りものを温めると、二人はテーブルのところに座って、ビールを飲み始めた。私がたった今知ったばかりの、でもまだ聞いてもわからない「パイワン族の言葉」でおしゃべりをしている。とちゅうで、小vuvuは何かを思い出したように、大きなビニールの袋から「蝦味先《えびせん》」を一袋取り出した。「あんたのvuvuがさっき電話をくれて、これが好きだと言っていた」

あぁ、人生ってこんなに素晴らしいんだ。

翌日の朝、vuvuはママが出かける前に説明していた通り、私が朝食をとっているとき、コップになみなみとついだ生乳を私に押しつけた。昨日しかたなく一杯余計に生乳を飲んだのだから、今日また一杯飲むのはまったく不公平だ。そこで、vuvuがキッチンでバタバタしているすきに、素早く椅子から滑り降りて、妹の傍まで走っていき、手から哺乳瓶を奪い取ると、蓋を開け、生乳を注ぎ込んだ。でもよりによって今日の運気はとくに悪いとみえ、速度がすごくのろくて、哺乳瓶を妹の口の中に戻す前に、何かおかしいと気づいたらしい妹が一歩先に「アーアーアー」と叫び出してしまった。

声を聞きつけたvuvuがすぐに突進してきて、隠すのが間に合わなかった私の手の甲をバシッとはたき、そのあとvuvuの口から憎々しげに一つの、今でもまだ私が夢にまで見る言葉がはじけ飛んだ。

「搯以《ツアチ》〔くそ〕！」

私はすでに赤く腫れあがった手の甲を思いやる暇もなく、ただこのパワーと気迫に満ちた罵り言葉を、胸の奥深く収めておいて、あとで取り出してじっくり研究しようとそればかり考えていた。

その日は前とは反対にとても順調に幼稚園から帰ることができた。王先生は丁重にvuvuにさようならを言い、中国語が話せないvuvuは、ただ威厳たっぷりの表情をして先生にちょっとうなずいた。その後の数日間、vuvuは決まった時間に幼稚園の送り迎えをし、私が咪子《ミズ》と言えば、すぐに水差しとコップを持ち上げた。あるときまた阿布拉木蟋《アブラムシ》を発見して、叫んだとたん、vuvuが素早くそれを退治した。毎日夕食が終わると彼女は私が宿題をするのをじっと見ていたが、書けないところがあっても彼女に尋ねることはできない。なぜなら彼女は見てもわからず、ただ「安妮媽《アネマ》」、「安妮媽」しか言えないからだ。宿題が終わると、小vuvuもだいたいそのころお酒の入ったバスケットを提げてやってきた。長らく会っていなかったvuvu姉妹はテーブルの前で夜通し語り明かし、おかずの残り物を食べ、檳榔を嚙み、ビールを飲んでいたけれど、その前に私に「ゴミ」を一袋くれることも忘れなかった。

あるとき幼稚園から戻ると、vuvuがテーブルいっぱいに葉っぱを山ほど広げているのが見えた。一枚の葉っぱの上にもう一枚違う葉っぱを重ねてから、vuvuは葉っぱの上に何日もかけてつぶしたタロイモを塗りつけ、つぎにタロイモ粉をもみ込んだ脂がのって柔らかい豚肉をその上におき、最後にそれらを細いひもで巻いて包んだ。

「奇拿富《チナブ》」〔cinavu。粽（ちまき）に似たパイワン族の伝統的な食べ物〕。vuvuはそう言って、彼女のあの太った魔法の指を動かし続けた。

この一連の動作に私はうっとりして、何か神聖な儀式がとりおこなわれているような気分になった。わくわくしてvuvuに私にもやらせてとせがんだけれど、私の指は魔法がかかっていないので、葉っぱはぐしゃぐしゃになり、豚肉が床のあちこちにこぼれ落ちてしまった。とうとうvuvuは「阿拉《アラ》阿拉〔どいて、どいて〕」と言って私を追い払うしかなかった。

その数日間、私はあのおどろくべき罵り言葉をよく練習するように何度も自分に注意を促した。でもvuvuやほかの人に聞かれない場所を探して練習するのは至難の業《わざ》だ。そこでしかたなく心の中で何度も何度もそれを念じて、なまりとイントネーションの正確性を心がけた。

あるときvuvuはまた「便秘商店」に入って買い物をした。彼女はスナック菓子の棚まで来ると、私に向かって「しっー！」と手まねをした。前の日ついうっかり電話でママにずっとこんな「ゴミ」を食べていると白状してしまったので、ママがどうやら電話でvuvuに厳しく警告したようだ。だから私はもともとものすごくみじめな気分になって自分の愚かさを悲しんでいたのに、まさかvuvuがときどき残酷になるあのママを恐れないなんて思いもしなかった。彼女が手まねで自分で選ぶように伝えたので、私は興奮して棚の上に並んでいる味の種類が豊富なプリングルズのポテトチップスに向かって手まねをして、言った、「大啾娃《タイツア》〔これ〕がいい」

最近ずっとvuvuと小vuvuの会話を聞いていたので、すでにどの言葉ならvuvuが聞いてわかるか知っていた。

「挨努《イヌ》〔あれ〕？」vuvuがオリジナル味を指している。

「依你《イニ》〔違う〕」

「挨努《イヌ》？」vuvuがピザ味を指した。

「五億《ウニ》〔そう〕」

vuvuがピザ味を手に取ったその瞬間、私はたくさんの物語によく出てくる「人生に差し込む光」が見えたような気がした。

でも一度、宿題をしているとき、私と救世主vuvuにちょっと問題が生じた。王先生が園のお友達みんなに向かって、家に帰ったら昔話を一つ探してきなさい、そしてその絵も描いて、明日みんなで鑑賞しましょうと言ったのだ。しかしvuvuは私が何を言っているのかわからないし、私もvuvuが何を言っているのかわからない。明日宿題を提出できそうもないので我慢できなくなって泣きわめいていると、おりよくやってきた小vuvuがこの問題を解決してくれた。

小vuvuが私に言った、「あんたのvuvuはお話がとても上手だ、でもあんたは聞いてわからない。彼女が話して、それを私があんたにもう一度話して聞かせよう」。私がうなずくと、小vuvuは振り向いてvuvuにパイワン族の言葉でなにやら話している。vuvuは最初驚いて私をちらっと見たが、そのあと赤ん坊の妹をゆりかごに寝かせ、たいそう用心深く椅子に腰を下ろした。そして小さな袋から葉っぱを数枚取り出すと、刃先の丸い小型の彎刀で小さな木の壺の中から真っ白い石灰の粉を掬い取って葉っぱに塗り、それを二つ折りにしたあと檳榔を包んで、口に入れた。赤い汁がvuvuの口元からあふれ出たとき、鼻につんとくるにおいが、ぱあっと部屋じゅうに広がった。

そのあと、私は目を大きく見開いてvuvuに驚きのまなざしを向けることになった。

vuvuはなんとゆりかごを揺らしながら、歌を歌いはじめたのだ。そのうえそれは普通の歌ではなくて、先生が私たちを連れて佛光山に見学にいったとき、そこのお坊さんたちが歌っていたのに少し似ている、眠りを誘う歌だった。vuvuは一区切り歌うごとに、ちょっと休みをいれて、小vuvuが中国語で私に話して聞かせられるようにした。こうしてとぎれとぎれに続けて、私は宿題を完成させた。そして、「二十四孝」、「孔融梨《こうゆう》を譲る」、「愚公《ぐこう》山を移す」など幼稚園の先生が話して聞かせてくれる物語よりも、vuvuのお話のほうがずっと好きだということを発見した。

歌い終わってから、vuvuが私に何か言ったけれど、聞いてもわからない。小vuvuが傍で彼女の代わりに言った。「この物語は私らのvuvuが話してくれたものだ、私らのvuvuはたくさんお話を知っていた。あんたはまだ聞きたいか？」

そこで、その夜、私はvuvuのあの魔力に満ちた言葉と、鼻の粘膜がむずがゆくなる檳榔のにおいに囲まれて、深い眠りに落ちていった。

昔むかし、ある村に、たいそうみにくい娘がいて、名前をババウニといった。そしてもう一人とてもきれいな娘がいて、名前をセレピといった。ババウニはセレピがうらやましくてたまらず、美しくなりたいと思った。彼女は一人の聡明な老人のところに駆け込んで、老人に自分を美しくする方法はないかと尋ねた。老人は彼女にくねくね曲がった柴と、ぼろぼろの葉っぱと、汚い川の水を探してくるように言った。しかし娘は思った、「私はきれいになりたいの。それなら当然まっすぐの柴と、つやつやの葉っぱと、きれいな川の水を探すべきだわ」。彼女がこれら三つのものを持ち帰ると、老人はまっすぐな柴で火をおこし、きれいな川の水を鍋の中に注いだ。お湯が沸くと、ババウニに鍋の中に入らせ、つやつやの葉で顔を覆った。三日三晩が過ぎたとき、老人はババウニに出てくるように言い、ババウニが川の水の中を覗くと、自分が……

「もっとみにくくなっていた！」

口をはさんだ子を私は不機嫌ににらみつけた。話はまだ終わってないってば！「みにくくなんかならないで、彼女はきれいになったのよ！」

「なんで？　彼女は老人の言うことをちゃんと聞かなかったじゃないか」。もう一人の子が尋ねた。

「だから彼女はきれいになったの！」

「人の言うことをよく聞かない子がきれいになるはずがない！」

「彼女はほんとにきれいになったんだってば！」

「きっと言い間違ったんだ、みにくくなるほうが正しい」

「間違ってないもん！」

みんなが口々に騒ぎ立てていると、王先生が立ち上がって、「はいはい、みなさん静かに。安妮《アンニ》、このお話はあなたの阿嬤《アーマ》が話してくれたの？」

「私のvuvuが話してくれた、うん」

「お話はこれでおしまい？」

「まだ」

「じゃあ続けなさい」

セレピはババウニがきれいになったのを見ると、自分もその聡明な老人のところに駆けつけた。老人は彼女にも同じことを言った。そこで、セレピは老人が要ると言ったものを探して戻って来た。老人は同じ方法でセレピを三日三晩煮つづけた。セレピが出てきて、川の水の中をのぞくと、自分の体がくねくね曲がった柴のようになり、顔がぼろぼろの葉っぱのようになり、肌は汚い水のようになっていて、彼女は村一番のみにくい娘になった。


私が話し終えると、クラスの友達はみんな怪談でも聞いたような表情で私を見ている。

「嘘つき！」一人の子が言った、「セレピはもっときれいになるはずだ」

「ううん、彼女はみにくくなったのよ」

「でも彼女は老人の言うことをよく聞いたじゃないか！」

「だからみにくくなったの！」私はうんざりして答えた。

「素直な子がきれいになるんだ！　シンデレラみたいに」

みんなの質問に対して、私はますます腹が立ってきた。でもどうすればいいかわからないので、こう答えるしかない。「とにかくセレピが人の言うことを聞いたからみにくくなったの！」

「つまり言うことを聞かない人がきれいになるの？」

王先生はただちにこの論争を終わらせて、「はいはい、みなさん静かにして。安妮のお話にみんな拍手で感謝しましょう」

みんなが拍手する中を、私はふくれっ面をして席に戻った。この物語がすごく面白いのは明らかだ、ほかの子の物語のほうこそ変だわ——蛇が女の人に変わって、そのあと夫に高い塔の下に押し込められた話、夫が死んだので女の人が長城を泣いて崩した話、女の人が男に変装して勉強し、最後は死んで好きな人といっしょに蝶に変わった話――なぜここに出てくる女の人たちはみんなきれいで、でもみんなかわいそうなの？

「素晴らしかったですよ！　みんな自分の宿題をよくやり遂げましたね。ではみなさん、おとなしく席に座っててください、先生はちょっと職員室に行って、すぐに戻ってきますからね」

王先生が色とりどりの画用紙をひと重ね持って職員室に行ったとき、みんなはがやがやうるさく騒ぎ出した。

「安妮《アンニ》のお話、ぜったい間違ってる！　言うことを聞く人がきれいになるにきまってるよ」

「私は間違ってない、私のvuvuがこう話したんだから」

「vuvuって何？」

「阿嬷《アーマ》のこと」

「じゃあ阿嬷《アーマ》が間違ったんだ、こんなお話はだめだよ」

「vuvuが間違うはずがない！」

「間違ってるさ！　バーカ！」

戦いの火が瞬時に燃え上がり、怒りを抑えきれなくなった私は、しつこく問いただしてくる子たちに向かって激しくののしった、「あんたたちこそバーカ！」

「お話がバーカ！　おまえがバーカ！　お前の阿嬷《アーマ》はバーカ！」図体のでかい男の子がすごいけんまくで挑発してきた。次の瞬間、私はもう彼にとびかかっていた……。

それに続くはずの取っ組み合いの場面はなくて、私は彼にちょっと押されただけで体ごとすっ飛び、そのうえドシンと地面に落ちた。にわかにメンツを失った私は、プンプンしながら起き上がって、何のためらいもなく、甲高い声で叫びながら、彼に向かって頭に浮かんだ最初の言葉を投げつけた——「掐以《ツアチ》〔くそ〕！」すべては、私が張り切って練習していたときに何千何百回と想像した通り、騒々しかった空気が瞬時に私の呪文によって静かになった。正確な発音、完璧なイントネーション、みんなを呆然とさせる気迫、その成果に、私は——おおいに——満——足——した。

みんなが震えあがって声も出ないのを見ると、私は勝者のポーズをとり、もっと傲慢に、もっと力を込め、もっと大きな声でもう一度相手に向けて別の呪文をうなった——「阿拉《アラ》！」——悪霊よ去れ！

運が悪いことに、王先生がちょうどこのとき教室に戻ってきた。彼女は厳しい目で私を見ながら、声を張り上げて訊いた。「安妮《アンニ》、たった今なんて言った？」

子どもなら知ってる、こういうときは死んでも認めちゃいけないと。

「言ってない……」

「たった今ひどいこと言ったでしょ？　今言った言葉をもう一回言いなさい」

私は子どもだから知っている、こういうときは必ず永遠の沈黙を保たねばならない。私は頭を垂れて足の指を見ながら、断固として先生と床に黙秘権を行使した。

しばらく硬直状態が続いたあと、王先生がため息をついて、優しく美しい笑顔に戻り、みんなに授業ですよと呼びかけた。私はその授業の間じゅう押し黙り、やけに神妙にしていたけれど、ときどきあのみんなに認めてもらえなかった私の物語を思い出してはかわいそうに思うのだった。とはいえ、その暗い影はそんなに長く私にまつわりつくことはなかった。なぜなら授業が終わるとすぐみんなが、私と喧嘩した男の子も含めて、一斉に私の周りに集まってきて、なんやかや質問を始めたからだ。「さっき何て言ったの？」

頭をさっと上げると、さきほどまで不覚にも黙らせてしまった驕りが再び呼び覚まされた。「それは我が家の原住民の言葉」

「原住民の言葉って何？」

「原住民が話す言葉ってこと」

「原住民って何？」

この質問に私はどきりとした。私も同じことをママに尋ねたような気がするけど？

「原住民とは、えーと、走るのが上手で、私と同じね、それから、試験ではたくさん点数が取れて、たくさんお金があって、それから、えーと、お勉強ができる」。あちこちからの寄せ集めで答えて、最後にもう一度重々しく一言、「ママが言ったのよ！」を付け加え、私の話の説得力を強めた。

次々に「すごい！」、「すごい！」という声が私の耳に伝わってきて、存分に快感を味わった。

「じゃあどうしたら原住民になれるの？」一人の子が突然尋ねた。

まずい！　たしかママは我が家には「煮仙《ジューシエン》〔正しくは祖先（ズーシェン）〕」がいる、だから私は原住民なんだとしか言わなかった。でも、どのお姫様にも必ず助けてくれる神仙や仙女がいるとは限らない、まんいちほかの子の家に「煮仙」がいなかったら？

しかし、今、私はみんなの灯台だ、ここで自分の光を消してしまうことはできない。

「えーと……申し込めばいいはずだよ！」

言葉が口から出たとたん、自分がこれ以上ない正確な答えを言ったと思った。間違いない、申し込みをするんだ。申し込めばピアノを習いに行けて、将来はピアニストになれる。申し込めば絵を習いに行けて、将来は画家になれる。申し込めばバレーを習いに行けて、将来はバレリーナになれる。だから、申し込みさえすれば、原住民になれるんだ！　私ってほんと天才、どうりで瑪姆《マム》がいつも私はいつか博士になれるって言っていたわけだ──世界で一番頭がいい人に。

「じゃあどうやって申し込みするの？」

上から下まで全身に自信エネルギーが満ち溢れている私は、この質問に直面して、なんのためらいもなく答えた。「私はママが申し込んでくれた。帰ったらみんなのためにママに訊いてあげる、ママがきっとどこに行けば「煮仙」に会えて申し込みができるか教えてくれるよ」

「「煮仙」って何？」

私はうるさそうに答えた。「ほんとバカね！「煮仙」は私たちを原住民に変えてくれる人だよ！　安親班〔学童保育を兼ねた課外教育施設〕の作文の先生やお絵かきの先生みたいな人！」

そうだ！　そうだ！　お前ほんとにバカだ！　ほかの子たちが一斉に質問をした子をののしった。

「じゃあ家に帰ったらさ、どうやって申し込むかぜったい訊いておいてね！　僕はママに申し込みをしてもらおっと」

「私も。忘れないでね！」

「きっとだよ！　今日家に帰ったらすぐパパとママに話してみるよ」

わかった、わかった！　こんど幼稚園に来たとき、かならずどうやって申し込みをするか教えてあげる。

私はこれらの熱狂的なファンの頼みを慈しみ深く気前よく請け負った。こんなにお得でいいことを分け合えば、きっと好心有好報〔慈悲を施せばよい報いがある〕、いつかハンサムな王子様と結婚できるにちがいない。私は楽不思蜀＊2〔楽しさのあまり帰るのを忘れて〕、西洋人形と白馬の王子様のいる未来を想像しながら、もう一度自分に注意を促した、家に帰ったら忘れずにvuvuに頼んでママに電話してもらおう、ママに原住民になるにはどうやって申し込みをするか訊かなくちゃ。

ところが、私がvuvuに頼もうと口を開く前に、ママが早々に電話をかけてきた！　そしていきなりこう言った、「安妮《アンニ》、今後は二度と幼稚園ででたらめなお話をしてはいけません」

「阿故《アク》〔なんで〕？」私は腹を立てて大声で抗議した、なぜママまで私がでたらめなお話をするって言うの？なぜだか知らないが、ママはしばらく間を置くと、やっと我に返ったみたいだった。でも私の質問には答えずに、反対にこう尋ねた、「何を言ったの？」

私は訊くのをやめない――「阿故《アク》？」

「とにかくダメ、言うことを聞きなさい」

「阿故《アク》？　喜孤打《シクダ》〔いやだ〕！」

うんざりしたママも怒って大声をあげた、「イヤって言うのは許しませんよ！　ママにちゃんと話しなさい！　電話をvuvuに渡して！」

私は力いっぱい受話器を投げ捨てると、プンプン腹を立ててvuvuの柔らかくて大きなお腹にへばりついて大泣きした。私がでたらめなお話をするわけがない！　それに、ちゃんと話さないのは明らかにママ

＊2　蜀漢の後主・劉禅が洛陽に移されてから司馬昭に蜀を思い出すかと訊かれ、「ここが楽しくて蜀を恋しく思わない」と答えた故事から。

のほうじゃないの！　vuvuは片手で私を撫で、もう片方の手で電話を受けた。vuvuは電話を切った後、何も言わないで、一つため息をついただけだった。そして冷蔵庫のほうに歩いていくと、「奇拿富《チナブ》」を数個取り出して蒸し器に並べ、「ボッ」とガスに火をつけた。お湯がグッグッ音をたてはじめるころには、私の泣き声もすすり泣きに変わった。vuvuは黙って横に座りトントントンとあのいつまでも終わらないタロイモをついている。

まもなく、濃厚な蒸し肉の香りとさわやかな甘みのある葉っぱの香りが混ざりあった「奇拿富」独特のにおいが、雲のように、ゆっくりと漂って、家のすみずみまで広がった。vuvuは黙って木綿のひもを解き、外側の葉をはがして、「奇拿富」を私にくれた。涙の混じった「奇拿富」のあの脂っぽいけれどとてもさわやかで甘みのある味と香りが、私の傷ついた心をちょっとだけ癒やしてくれた。

この出来事があった翌日、vuvuはもう一度神聖な「奇拿富」作りの儀式を行った。今回は私が「奇拿富」をぐしゃぐしゃに包んでも、「阿拉《アラ》阿拉」と追い払ったりしなかった。「奇拿富」を蒸し器に並べるとき、vuvuは歌まで歌いはじめたが、小vuvuがいないので、私は一言も意味がわからない。私たちは美味しい香りの中で、そしてvuvuのあの悲しいのか安らかなのかわからない歌声の中で、まる一日を過ごした。

しばらく経って、ママがたくさんの知育玩具を抱えて帰ってきた。この前の電話で頭ごなしに叱ったので、これらの玩具で私のごきげん取りをしようとしているのはみえみえだ。そうでないならママがこんなに気前がいいはずがない。でもこれらの玩具はお人形ではないから、友達に見せびらかして自慢することができない。

vuvuがいよいよ荷物をまとめて、屏東の山の上に帰ることになった。vuvuは山の上でやらねばならない用事がたくさんあるのだとママは言った。私は急にvuvuと別れるのが名残惜しくなった。おそらく私の涙が眼の中で駆け足しているのが見えたのだろう、vuvuは発つ前に驚くべき秘密を教えてくれた。私も約束を守ってこのことはもっぱら秘密を集めて保存している心の奥にしまった。

ママは私と妹を連れて、いっしょに車でvuvuを屏東の山の上まで送り、それからまた急いで高雄に戻った。ほとんど家に着くと同時に、電話のベル音が鳴った。ママは靴を脱ぐ間もなく、駆けつけて受話器を取った。

「もしもし？　はい、王先生ですか、申し訳ございません、たった今家に帰ったばかりなもので。この数日先生にはご面倒のかけっぱなしでほんとうにすみません。はい、どうぞおっしゃってください」

この電話は見たところちょっとやそっとで終わりそうにないので、私はvuvuが教えてくれた大きな秘密を思い出した。そこでこっそり部屋にしのびこんで、洋服ダンスの引き出しを開けた。何枚もかさなっている服の下に、「ゴミ」が一袋あった。表に「旺旺仙貝《ワンワンせんべい》」と書かれている。vuvuは家の随所にたくさんのスナック菓子を隠して、発つ前に一つ一つ指さして私に見せてくれた。旺旺仙貝の外袋を開けて、中から小袋を一つ取り出すと、また元のところにそっと戻した。そのあと、用心して甘くてしょっぱいせんべいをかじりながら、一方でママの電話を盗み聞きした。

「お友達があの子の真似をしていろいろ奇妙な山地の言葉を話している――先生がおっしゃっているのは原住民の言葉という意味ですね？　いえ、あの子がなんと言ったのか私は知りません、あの子に聞いてみます。はい……」

私は唇の横についたせんべいのクズをちょっとなめてから、薄い小袋をゴミ箱の奥に押し込んで、ママがゴミ箱を空けるとき見つからないようにした。それから何事もなかったような顔をしてリビングに行き、正々堂々とママの電話を横で聞いた。私のおしりが椅子についたとたん、ママの声が一瞬にして八オクターブ上がった。

「いいえ、私は絶対にそういうふうにあの子に言ったことはありません！」

もうびっくり。こっそり「ゴミ」を食べているのがバレたのだと思った。

「それにはおそらく誤解があるように思います……えっ、ほんとうですか？　すみません、ほんとうに申し訳ございません、先生から私の代わりにほかの保護者のかたたちにお伝え願えませんか？　皆さんを困らせてしまったことお詫びいたします、すみませんでした」

ママが素早く私をちらっと見たのが見えた。

「わかりました、よくあの子に言っておきます。先生ありがとうございます、ほんとうにすみませんでした。はい、ありがとうございます、失礼します」

ママは電話を切って、目を私に合わせた。しばらく静かに私を見つめたあと、椅子を自分のほうに引き寄せ、腰かけてから、また私をじっと見た。私の目が泳ぎはじめたが、深呼吸をする勇気がない。ママが私の口の中の「ゴミのにおい」をかぎつけるのが怖かった。

しばらく経って、ママがようやく口を開いた。「あなたはほかのお友達に、いっしょに原住民になろう、って言ったの？」

依你《イニ》〔ちがう〕！　彼らが自分から原住民になりたがったのだ。私は必死に頭を振ったが、口は開こうとしなかった。旺旺仙貝《ワンワンせんべい》のにおいが口の中にまだ強く残っている。

「先生がたった今電話でママに言ったの、クラスのお友達が家に帰るとすぐ、パパやママに原住民になる申し込みをしてって騒いだそうよ」

そうだった！　このことを忘れるところだった。口の中のにおいが消えたら、彼らのためにどうやって申し込むかママに聞くのを忘れないようにしよう。

「先生はこうも言っていたわ、あなたがクラスでみんなが聞いてもわからない言葉をまくし立てたから、今ではクラスの子が家でしきりにあなたの真似をしているそうよ」

いくら口を閉じてしゃべらなくても、きっと私の表情がとっくに白状していたにちがいない。

ママは私を見つめ、またしばらく静かになった。お仕置きに使う「二十センチ定規」を持ち出すのかと思っていると、ところがそうではなくて、ただいつまでも私を見ている。ママの表情と目つきは、ふだん叱ったり叩いたりするときとも違う。

ゆりかごの中の赤ん坊の妹が泣き出した。

ママが立ち上がって、妹のほうに歩いていった。しかし数歩も歩かないうちに、振り返ってこう言った、

「vuvuとあなたが隠しているスナック菓子はママが全部没収よ」

「喜孤打《シクダ》〔いやだ〕！」甲高い声で叫ぶとすぐに口を閉じた。どういうこと？　これは私が心の奥深くに隠していた秘密じゃないの？　どうしてママが知ってるの？

「あなたとvuvuが家の中で行ったり来たりしてたから、何をしてるのか変だと思ったのよ。さっきあなたがせんべいを食べる音を聞いてようやくわかったわ」。ママは激しく泣き続ける妹を抱き上げて、横目で私をちらっと見た。「こうしましょう、これからは毎週英語を十センテンスずつ暗唱する、暗唱できたら、

小袋一個食べてもいい」

阿故《アク》〔どうして〕！　喜孤打《シクダ》！　不公平だ！　あれはvuvuが私にくれたものよ！

私はびっくり仰天してママを見ていた。急に、中国語を話せないvuvuがとても懐かしく思えてきた。ママがいる暮らしはなんて楽じゃないんだろう。ママは私の話を聞かないのに、私は何でもママの言うことを聞かなくてはならない。妹の泣き声にさらにイライラさせられて、怒りのあまり頭がぼうっとなった私は我慢できずに立ち上がり、泣いている赤ん坊の妹に向かって、声を振り絞り、大きな声で怒鳴った。

「掐以《ツアチ》〔くそ〕!!」次の瞬間、ママがお仕置きの「二十センチ定規」をさっとつかむのが見えた。

「うわわっ！」私は急いで頭を抱えてしゃがみこみ、ガツンとやられる覚悟を決めた。しかし、いくら待っても、予期した痛みは一向にやってこない。

叩かれる準備態勢をとったまま、ゆっくりとママに視線をやると、二十センチ定規を持った手をちょうどゆるゆると下ろしているのが見えた。

「今後はその言葉を二度と言ってはいけません」。ママがくるりと背を向けて、二十センチ定規を置き、赤ん坊の妹を揺らしながら、小さな声でそう言った。

そのあと、誓ってもいいが、ママは絶対に魔法使いだと思った。なぜならあの不思議な瞬間、私はママが突然vuvuに変身して、vuvuとそっくりのため息をつくのを見たのだから。

静まれ、肥満

盧慧心

盧慧心（ろ・けいしん、ルー・フイシン）

一九七九年生まれ。二〇一三年に「出し子の阿白（車手阿白）」で第十五回台北文学賞を受賞。さらに一四年までに文学賞を続けて受賞し、一五年に初めての短篇集『静まれ、肥満（安静・肥滿）』を刊行。「静まれ、肥満」は二〇〇四年全国台湾文学営創作賞小説一等賞を受賞した。邦訳には「美女のように背を向けて、あなたと話す。あの冷たい日本語で」（『我的日本』白水社、二〇一九）がある。

「静まれ、肥満（安静・肥滿）」◉初出＝『２００４　全國台灣文學營創作獎得獎作品集』（二〇〇四）　使用テキスト＝『安靜・肥滿』（九歌、二〇一五）所収のものいつもふとした瞬間に、もうずいぶん昔の、すでに忘れているある感覚を思い出す。とくに、まだ起きているのに夜が終わらないとき、深遠な夜が、私のすべてを吸い込みながら、同時にそれよりもっと多くを吐き出すと、自分がまるで海底で逆さまになって、音も立てずに海水をかき回しているような感覚に襲われる。そして私は夜の巨大な胃袋の中を航行し、過去から見捨てられる。

深い落胆だけが残る。

しかたなく目を閉じて、カエルの弱々しい幽かな鳴き声を聞いている。試しに自分を空白の睡眠の中に押し込んでみる。空はすでに青白色に変わり、月の残片が地平線にかかっている。ちょうど少しずつ同化して青色の空になるところだ。私は妄想を始める。扇風機のダイヤルを「弱」にし、電話線を引き抜き、布団で顔を覆う、これですべて準備完了だ。ドアにもカギをかけた。私の頭の中はゆっくりと一面の空白に変わる。まるでパズルのピースが剝がれ落ちていくように、あるいは雨水に洗い流された風景画が、本来の白色を露出するように、空っぽの、何もない白色になる。

私はいつものように自分のためにおとぎ話を作る。

とはいえ、おそらく頭がすでに空っぽのせいか、私のおとぎ話はほとんどが全然面白くない。どれも頭の中から一人の男が飛び出してきて、その男が猛烈に私を愛する、というものばかりだ。

それから私は眠りに落ちて、男とはまったく関係のない夢を見る。なぜ彼が猛烈に私を愛そうとするのかまだはっきりしないうちに、生活の波が八十番地に流れ込んできて、私を飲み込む。大通りの呼び売りの声が私にしつこくからみついて夢の国に転がり込む。

「目が覚めるとすぐに部屋の扇風機を切り、それからリビングルームに直行してテレビをつけ、ニュースチャンネルで何をやっているか見る」。自分が取り返しのつかない意識の底へ埋もれていくのを感じながら、一方では意外とはっきりした頭で自分にこう言うのだ。

いつもは午後までずっと眠り続けてようやく起き出す。ありがたいことに、そのころになると、私が見た夢はまるで長いあいだクローゼットの一番下に押し込んだままの小説のように、すでに虫にすっかり食われてしまって、一貫性のないつまらないプロットしか残っていない。

しかしある日の午前、拾ってきたシングルのスプリングベッドの上で、まだ体をピンと伸ばして横たわり、無機生命体のように静かにしていたとき、階下で誰かが大声で叫んだ。郵便配達員が私の名前を呼ぶ声だ。私は無意識にその回数を数えながら、一方で体の中の血液がゆっくりと溶けだして、こわばった四肢に流れていくのを感じていた。

郵便配達員はとうとう行ってしまった。リビングに行って、窓を開けて下を見ると、全身緑色の影がダッダッダッと音を立てているバイクとともにちょうど離れていくところだった。夏休み中の子どもたちが路地に集まって野球をしているが、私から見れば、彼らはただ路地の入口に転がっていったボールを面倒くさがりもせず順番に拾って戻ってくるだけだ。夏のにおいが台湾北部の屋根の上に浮かび、醬油滾豬肉〔豚の角煮〕のしょっぱい蒸気がもうもうと上がっている。まさにこのとき、ガラスの割れる音が突然私の耳の中でワーンワーンと音を立てて震動した。放射線状に飛び散ったガラスの破片はまるで意味深長な威嚇に見える。

彼らが私の窓ガラスを割った。

階下の悪ガキのほうに身を乗り出すと、制服のシャツの裾をズボンの外に出して、サンダルと短パンをはいた悪ガキどもが五、六人、みんな上を向いて、緊張した面持ちで私を見ながら、目玉をきょろきょろさせている。私は彼らと同様に押し黙っていた。騒ぎを引き起こした野球のボールは炊飯器の蓋の上に行儀よく静止し、まるで炊飯器を買ったらおまけについてくる景品そっくりに見える。

割れたガラスを大きな破片から拾い始めて、紙袋に放り込んでいると、ブザーが鳴った。ドアを開けに行くとき、ついでにそのボールを手に取り、ポケットの中で握り締める。

「あれは、僕が打ち上げたんです」。ドアの外に立っている高校生が言った。その横をざっと見ると、さらに数人が片方に押し合うようにして立って私とその高校生を見つめている。

私はぶかぶかのロンTを着ていて、起きしなでもあったので、それであっさりポケットの中のボールを取り出して彼に渡した。「ガラスを取り替えるお金、弁償してよ」

高校生はボールを受け取らず、なんと、急にすまなそうに視線を落とした。見ると、ボールを握っている私の手のひらの周辺に一筋の浅い切り傷ができて血が出ている。

「いくらですか?」男子生徒は体をかがめて私を見た。

「取り替えたらわかる」。私はボールを彼の手の中に押し込んだ。「大家さんに頼んで取り替えてもらうから」

「だめ、だめ、そんなことしたら父さんにばれてしまう」。ドアの陰に隠れていた男子生徒が、そう言いながら胸の前で手を小さく振った。彼は大家の末息子だ。

「自分で割ったって言うよ」。ほんとうは説教の一つでもすべきだったが、面倒だからやめた。「とにかく私に弁償すればいい」。私はとりあえずそれだけ言うと、鉄格子の扉を閉めた。その高校生が鉄の扉の隙間に近づいて言った、「手は?」

「手のほうは弁償しなくていいよ」

ドアを閉めたあと、ガラスの破片をよけながら部屋に戻ると、二つ電話を受けたので、ついでに大家にも電話を入れた。シャワーをあびたあと、もともとすでに固まっていた手のひらの血が、水に触れて全部流れ落ちてしまい、肌に一本のピンク色の肉の筋が残って、再び血がにじみ出てきた。

最近また太り始めて、この前までは着られていた服がみんな小さくなってしまった。目の下の細い皺は早くも二十歳前に現れ出した。浴室であの蒸気で覆われた角の欠けた鏡をじっくり眺めていると、鏡の中の人が突然何か言い出しそうな気がしてくる。私が口を開けると、鏡の中の人も口を開け、何か言いにくい話でもあるみたいに、声を出さずに唇をもぞもぞ動かしている。

いちかばちか、いつはち切れてもおかしくないジーンズをはいて、仕事をしにバイト先まで歩いていった。

私はコンビニでアルバイトをしている。二十六歳で大卒の私が、いつまでもコンビニでアルバイトをしているのは大きな浪費らしい。いわゆる浪費とは、完全に金銭上の浪費を指す。今でも時給で働いており、いっしょに同じ仕事をしている女の子や男の子は大半が十代前半だ。でも私は変えようと思ったことは一度もない。コンビニの会社はＰＤＡ〔Personal Digital Assistant＝携帯情報端末〕を使って商品の発注などすべてネットでやっているが、私がＰＤＡに触ろうとしないので、店の同僚たちは疑わしそうに私を見る。

ＩＱ低いのかも？

でも実は、およそ責任を負わねばならない事は、いっさいやりたくないだけだ。

路地にいた子どもたちはすっかりいなくなり、通りはがらんとしている。近所の家は九重葛《ブーゲンビリア》を植えるのが好きで、枝が大きく折り重なるように伸びて、生い茂った青緑色の葉と茎の間には華やかな赤紫色の花がちりばめたように咲いている。この一帯の古いマンションは、伝統市場をぐるぐると何層も取り囲む形で無規則に建てられており、生活が築きあげた超大型の迷宮だ。まず市場と寺院があり、つぎにこの二つがさらにたくさんの人々の生活を渦の中に引っ張り込んでいる。八十番地はまさにその典型で、まるで回転しているみたいに、傾斜し、ややカーブしているので、路地の一方の端に立って路地の奥を眺めると、出口が見えず、どの方向に通じているのかもわからない。自分で実際に歩いてもう一方の端まで行き、放射線状に突き出ている狭い路地を注意深く避けながら、番地表示の番号が増えたり減ったりする中からじっくり法則を見つけ出すしかない。

ところが、自分がちょうど路地の入口から出口まで、あるいは路地の出口から入口まで歩いているのがはっきり認識できたとき、また別の路地が現れる。複数の路地が異なる大通りから突入してきて、また異なる狭い路地に発展し、互いに交差する。番地の番号はとぎれとぎれで、意味不明のロジックで切り取られたりつなげられたりしているので、飛び跳ねながらしきりに鳴き声をあげている足の悪い猫をつい連想してしまう。

私が驚いたのは、仕事が終わって家に帰ると、なんと窓ガラスがもう取り替えられていたことで、部屋に七八〇元の請求書が一枚増えていた。それから数日、大家の末っ子は下校途中で私に出会うと、いつも何事もなかったような顔をして、プラスチックの水筒が膝にポンポン当たるのも気にせずに、まっすぐ歩いてきて私の名前を呼んだ。名前の後ろに「おばさん」をつけて。

夏休みじゃないの？　共通の秘密を抱えている縁で、私も何事もなかったように尋ねる。夏期講習に行くんだ。なかなか上手に、彼は大人びた表情をして、少しうんざりした口調で言った。

高校の男子生徒が私にお金を返しに来たその日は、ちょうど仕事が休みで、家で一日中テレビを見て過ごそうと思っていた。それは太陽の光が弱々しい午後、天気はそれほど暑くはなかったが、ただひどくむしむししていた。まるで誰かが突然台湾にきっちり蓋をしたみたいに、話し声がこだまするくらいむしむししていた。

私は引き出しからおつりに二二〇元の紙幣とコインを取り出し、ついでに修理業者が私にくれた領収書も一緒に渡した。彼はそれには目もくれず、すぐに長ズボンのポケットに押し込んで、それから言った、

「手はどうするの？」

私の手なら大丈夫。

高校生はリビングに何もないのに気づいた。テレビとそれを置く低い台、椅子代わりに使っている和室用の座卓、それと大同《ダートン》〔大手家電量販店。自社ブランドの製品も販売している〕の炊飯器。私がリビングで炊飯器を使ってご飯とスープを作っているなんて彼はおそらく思いもつかないだろう。高校生はリビングを歩いて数周した。背が高いせいで、私の生活空間はいつもよりぐんと小さくなった。

「働かなくていいの？」

「セブンイーレブンで働いてる。あっちのほう」。東側を指してから、よく考えてみると、ほんとうは西側だった。この付近の人は私がどこで働いているか知っている。コンビニの店員として、私が知らない大勢の人が私を知っていた。

高校生は肩をそびやかして言った。「僕はずっと遠くに住んでいる」

そろそろ話を終わらせるべきだと思って、私が自分から先にドアのところまで歩いていくと、高校生は

のろのろ後ろからついてきた。

さようなら。彼は少し腰をかがめて私に言った。

さようなら。私は言った。

本来ならものごとはこうして終わりを迎えるものだ。ところがまもなく、雨が降り、雷が鳴り、雨水が滝のように落ちてきた。私は無意識に立ち上がって窓の前まで歩いていった――テレビから視線をほとんどそらしていなかったのに、窓を閉める前に、高校生が向かい側の軒下に立っているのがちらっと見えた。何度か大声で彼を呼んでみたけれど、声は雨水に占拠された世界に吸い込まれてしまう。まがいもなく力を込めてのどから声を出しているのに、自分の声が低くくぐもって感じられた。耳の中で雨が何かを激しく打ちつける音が響き、自分が声を出したのかどうかもさだかではなく、まるで井戸の中に頭を突っ込んだみたいだ。

どうしたんだろうと不思議に思いながら、ほこりと涼しい空気が溜まっている薄暗い階段を下りていった。高校生はちょうど大雨を見ながら呆然としていて、誰かがこんな真っ白な大雨を隔てて自分をしげしげと眺めていることに、少しも気づかない。私はしばらくそのまま彼を見ていた。実際、この子は自分とは無関係だ。彼の顔は雨の中でさらに幼く、形ができたばかりで、まだ色がついていないように見えた。

路地を隔てて彼に手を振った。だが彼は困惑の表情を見せ、私が誰だかわからない。大雨が空間をずっと遠くまで引き延ばし、数歩で渡ることができる道でさえとても歩きづらいものに変えていた。傘をさして、彼に向かって歩いていると、いぶかるような、何か訊きたそうな彼の表情が微笑みに変わるのが見えた。まるで時間も引き延ばされたみたいに、彼が立っている軒下まで渡っていったとき、私たちがとても親しい友人なのだとあやうく錯覚を起こすところだった。

どうして家に帰らないの？　階段をのぼっているとき彼に訊いた。

僕の家はとても遠いんだ。

それならどうやって私の家を見つけたの？

私はドアのカギを開けて彼を中に入れた。彼はドアの前の玄関マットで靴の泥水を落とし、それから手を差し出した。開いた手のひらに折り畳まれた一枚の湿った紙切れがのっている。「メモしてたんだ」

その紙には八十番地からバス停までの道が描かれていたが、ありえないくらい曲がりくねっている。でも実際には市場を突き切って行けば、すぐバス停に着くのだった。私がこう言うと、彼はちょっとがっかりしたようだ。

椅子がないので、座卓に腰かけてテレビを見なければならない。リモコンを手にあちこち番組を探していると、国産映画チャンネルが『唐伯虎點秋香』[*1]を放送していた。私たちは互いに自分が覚えているセリフを自慢し合った。私は速溶性の粉ミルクを冷たい水で溶き、砂糖をたっぷり加えて彼に差し出した。彼は言った、「あのさぁ、こんなの飲むから太るんだよ」

雨が止んだあと高校生は私のE-mailアドレスを訊いた。周星馳《チャウ・シンチー》のベストセレクションを私に送ってくれると言う。

これで二回目、彼を送ってドアの外に出た。

「雨の日に知り合うと友達になれるって聞いたよ」。彼は鉄の扉を隔てて言った。

「私たちが晴れた日に知り合ったのは残念だったね」

「あぁ、あれはアクシデントだったんだ、僕の腕の力が強いばっかりにさ」

ふうん、そうなんだ。

またある日、私がそんなに深くは眠っていなかったとき、はっきりと廟の放送が聞こえてきた。その朝から、まるまる一週間、白い麦わら帽子にサングラスをかけた老人たちが、順番に媽祖廟《まそびょう》の門の入口に座って、マイクを手に延々と経文を唱え続けた。「祖先の神霊は苦しみ……前世の因果によって生じた冤親《おんしん》業障債主《ごっしょうさいしゅ》〔敵や親しい人の障害や負債〕が、現世の子孫を牽纏侵擾《けんてんしんじょう》〔まつわりついてかき乱す〕している……前世の怨みや負債なのだ……」

郵便受けに黄色い紙が出現した。緋色の文字で、業報《ごうほう》〔前世や過去におこなった善悪の行為による報い〕と功徳の因果関係が詳細に列挙されている。私は手にとって、その中に肥満と業報の関係を説明したものがないか必死に探した。

またずいぶん太った。ジーンズを脱いだ後、いつもお腹の周りになかなか消えない赤い締めつけの跡が残る。九代の子孫、七代の祖先の霊は、私が超渡抜薦《ちょうどばっせん》〔死者の霊魂を地獄の苦しみから救うこと〕して、私の体が膨張する苦厄《くやく》を解消するのを待っている。一つの功徳で一つの業障を相殺するわけだ。

でも私にはもっといい方法がある。

私はジーンズをあきらめ、歩いて市場まで行った。そこには、おばあちゃん向けの服を量り売りしている露店がたくさんあって、私は綿素材の柔らかい服を何着も買った。とくにブルーのコアラがプリントされているシャツはお気に入りだ。

静まれ、肥満。

＊1　一九九三年の香港映画。主演はチャウ・シンチー、コン・リー。明清時代に民間に広く流布した唐伯虎と秋香の恋愛物語『三笑姻縁』を改編した時代劇コメディ。邦題『詩人の大冒険』。

お腹は締めつけから解放されたが、丸くふらんだ脛と膝の間に肉の渦巻ができている。乳房はずっしりと重く、わきの下から急激に弧を描き始め、だぼだぼの綿シャツを隙間のないほどパンパンに埋めている。首は猫背の上にちょこんとおさまり、首の上の皮膚と肩から背中にかけてできた贅肉がどうも分厚く一つにつながっている感じがする。

それでも相変わらずご飯を食べるのに熱中している。コンビニで弁当を買ってきて、家で食べ、空のプラスチック容器はきれいに洗って、重ねて捨てている。たまには私もご飯を炊き、路地の入口の弁当屋から野菜炒めを買ってきて、自分でスープを作ることもある。

夏の終わりの空気は思い切りよく水平に広がり、まるで見渡す限り金色の砂をまいたようになる。どの粒も熱を帯びた細い棘をもっていて、露出している手足や顔を焼き、長く見すぎると、目の中にも入ってくる。そしてゆっくりと、目の中の熱が冷めていくと、夏の風景は一瞬のうちに焼けて色あせる。まるで紙銭《しせん》〔死者を祭るときに焼く金紙などの紙で作った銭〕を燃やす桶の中で、炎が上がったかと思うとすぐに消えて白い灰に変わる金箔のようだ。

中元節を過ぎると、大小の通りを埋めつくす赤い灯籠が毎夜明るく輝き、赤い氷の塊に見える。

ある日、高校生が夜、私を訪ねてきた。彼は制服を着て、店の中を行ったり来たりしていた。店は狭くて、歩きまわるところなどないので、とうとう彼は雑誌を置いている隅に立って、スポーツ雑誌を手に取り、目を私に向けた。笑いもせず、厳しい表情をして私と顔を合わせた。

また少し成長して大きくなっている。

私がコートを羽織って、店を出ると、彼がやってきて、ポリ袋の持ち手をつかんだ。こうして私たちはそれぞれ袋の片方を持ち、弁当を間にして道を歩いた。

「太ったね」

彼はまじめに私を見て言った。一文字ごとに休止符をいれたので、責めているように聞こえる。

彼がそう言っているあいだ、私は笑っていた。私は突然、自分には一人の弟がいるのを思い出した。継母の息子で、小さいとき私をお姉さんと呼んでいた。それを思い出すと、私は頭を上げてあたりを見回した。横丁はすでに暗くなり、街灯はずっと遠くにあって、まるで袋小路に入ったようだ。少し近づくと、よその家のオーディオから流行歌が聞こえてきた。塀の中も外も人家が密集している。

オーディオから流れてきたのは周杰倫《ジェイ・チョウ》の新しいアルバムだ。

私は彼に言った、私たちの横丁には何人も周杰倫が住んでいて、毎朝歌の練習をしているよ。高校生は自分も周杰倫が好きだけど、歌わないと言った。

私たちは歌わない。

私たちは部屋でご飯を食べた。私はシングルのスプリングベッドの上に寝転んで、彼がぼうっとコーラを飲みながら、ネットにアクセスしているのを眺めていた。

高校生はなぜ私を訪ねてきたのだろう？　私は訊かなかったし、彼も言わなかった。私は図書館から借りてきた小説をめくった。もしかしたら彼に気づかせてはいけなかったのかもしれない、生活が実はこんなに退屈で、果てしなく長く、適当にやり過ごすことができるということを。

とうとう彼は眠ってしまった。シャワーも浴びず、ジョイントマットを敷いた床に横になって、手は掛け布団の角をつかんだままだ。

夜中の三時を過ぎると、近所の食品マーケットの鶏が鳴き始めた。鶏は錆の生えた鉄線の籠の中に押し込められ、あといくらも経たないうちに絞められるというのに、鳴き声はとても温かい。まるで穏やかなバイオリンの弓が心の弦を鈍く擦るように、あらゆる粗削りなやさしさと善意を含んでいる。目を閉じると、いつまでも続く鳴き声の中で体が浮遊し、止むことのない鶏の鳴き声が、リレーしながら私のずっしり重い体を遠く見えなくなるところまで運んでいくような気がする。

翌日、彼はまだ熟睡している。私は胸にブルーのコアラが描かれた服を着て外に出た。三回も不在で受け取れなかった書留を郵便局へ取りに行くのだ。

それは継母からの手紙で、中にこう書かれていた。「……あなたのお母さんがもしまだ生きていたらわかるはず、私はあなたにお金を出してもらったことはありません、私はそんな人間ではないし、社会で地位もあります。あなたの弟はあなたと違って……」

手紙には一枚の某私立大学の授業料納付書が挟まれていて、学生の氏名欄に弟の名前が印刷されていた。

私は昨日ようやく自分に弟が一人いるのを思い出したばかりだ。

思い出の中でもう一度生まれたこの弟は、私より二歳下で、辰年。小さい頃、彼の皮膚はとりわけ白く、華奢な体つきをしていた。家の者はあまり彼を歩かせようとせず、どこに行くにもほとんど抱っこされていた。

たぶん弟が南部の大学を二一[*2]で退学になり、家に戻っていた頃だったと思う。彼はトイレに行っても水を流さなくなった。私が初めて発見したときは、すぐに鼻を覆って流してから、家の年寄りを疑ったが、しかし父は六十を過ぎたばかりで、それはありえなかった。

徐々に私は、それは弟だったのに気づいた。家の者はきっとみんな知っているに違いなかったけれど、何もなかったふりをしていた。それからはトイレから臭気が空まで立ち込めると、誰かがトイレの水を流しに行くまで、私はすぐさま遠くへ身を隠したものだ。

私は覚えている、私も弟を抱っこしたことがある。弟は背が低かったので、抱っこし始めの頃は全然平気だったが、その後、だんだん重くなってくると、私は抱っこし続けるために、あちこち足踏みをして回らねばならなかった。弟はすでに六、七歳になっていたのに、いつも体を少しも動かさず、頭を私の首の根元にもたせかけていた。彼は全身が柔らかくて、人に抱っこされて行ったり来たりするのが好きで、それが退屈で不自由だとは感じていなかった。

ふたたびあのかすかに熱を帯びた重みを感じて、私は思わずうなだれた。郵便局のカウンターで貯金通帳を確かめながら払戻請求書に記入してお金を下ろした。通帳を作った郵便局は、屏東東港《ピントンドンガン》、そこは私が生まれたところだ。

継母の心理はうすうす理解できた。彼女は決してお金がないのではない。でも私にお金を出させようとし、私がお金を出すことも知っている。彼女は私がお金を払って手かせ足かせを買い、喜んで認めるように仕向けているのだ、私は好き勝手に男と寝るべきではなかった、台北に逃げていくべきではなかった、私は恥知らずだ、だからお金を出すべきだと。

＊2　一学期に二分の一以上の単位を落とすと退学になる制度。

私にも恥知らずの母がいる。継母の言い方にならえば、私の恥知らずの母は私を産んで、跑《に》げた。小さいとき私は心の中で「跑《パオ》」という漢字を単純に理解していた。歩くよりも速い、だから「跑」と言い、よその土地に行くのに都合がよいのだと。そのため私の想像の中の母は、いつも神秘的で、とある任務を帯びている感じがしたものだ。母は自分がどこに行かねばならないか知っていた。

私は母が嫌いではない。母親でも、おばさんでも男と寝ない人はいない。継母は私に対して不公平だったが、私は彼女のことも嫌いではない。確かに、いつまでも髪を短く切らされて大泣きしたこともあるし、明けても暮れてもきれいな服を買ってくれるのを待ち望んだこともあるが、でもそれらはすべて水に洗い流されてしまった。初めて男の人と寝たあとも、密かな痛みと妊娠の可能性は、すべて石鹸の泡とお湯に洗い流されて、安らかで、ひっそりとした静けさに包まれた。

私の両脚は冷え切り、とても冷たくて、どんなにお湯をかけても役に立たなかった。しかたなくシャワーヘッドの下に片膝を立てて座り、両脚を抱えているしかなかった。その年、私はすでに二十一になっていた。髪の毛は相変わらずとても短く、乳房は小さくて、腕を伸ばして脚を抱えると、乳房はかわいそうなくらい平たく体に張りついた。体の中にあるつららを抱きかかえながら、自分自身にこんなにも近づき、とても薄い皮膚を隔てて、初めて自分を見出した。

股の間から赤い絹糸のような血が滑り落ちるのが見え、お湯が激しく当たると水勢とともにあっという間に消えていった。初めての血だった。繭から糸を引き出すように、血はつながっていつまでも止まらない。ほんとうならそうやってぼんやり見続けていてよかったのに、たった今私と寝た男が突然外でドアを叩いて、中に入りたいと言った。男はドアを叩き続けた。中に入って用を足したかったのか、それとも体を洗いたかったのかわからない。男と言っても、実は我が家の近くに住んでいた、兵役から戻ってきたばかりの人だった。

どうしても、男の顔を見たくなかった、そして結局二度と会うことはなかった。私はそそくさと服を着ると、最初のドアを乱暴に開け、つぎに二つ目のドアを開け、よろめきながら階段を走っておりた。三つ目のドアは、ホテルのワインカラーのガラスのドアで、左右に開いた。真向から降り注ぐ太陽がつややかな緑色の木の葉を通して、頭いっぱいにかかっていた水滴を弱々しく照らした。

男と寝たばかりの私は、氷のような両脚を支えにして、水を垂らして歩いた。まさにこうして灼熱の午後に逃げ始め、町のホテルから逃げ出して、そのまま汽車の駅に駆け込んだ。

「跑」という字は、もともと「逃げる」という意味を帯びていた。

私は、あの逃げた女が残していった子どもだ。

そのため私の顔はいつまでも継母に欠点を指摘され、憚られ続けた。父が仕事から晩《おそ》く帰ってきて、一人でご飯を食べているとき、継母は決まってそばに立って、声を高くしたり低くしたりしながら私の顔から得た新発見を述べたてた。相手の男はきっと金物屋の阿義《アーイ》叔父だ、米屋に入り婿した青勇《チンヨン》だ、と言って。何度も、継母はこう言っては突然叫び声をあげて泣き出したが、返ってきたのは反対に父の冷たい叱責だった。このため、私はさらに父を憎まずにはいられなかった。

しかし思春期がやってくると、私の顔の秘密が変化して、ついに一人の男の顔にたどり着いた。父の顔である。

継母は結局、分別を失くしたのだ。

高一から高二に上がる夏休みが終わったあと、私は継母に引き裂かれ縫合した左耳に包帯をして学校の寄宿舎生活に入った。

私は相変わらず以前と同じように、継母をおばさんと呼び、父をパパと呼んだが、長い間いつも私を姉さんと呼んでいた弟は、最後はもう私のことを何とも呼ばなくなった。

私が彼の母親を、どんな姿に変えたというのか。

今になって、とっくに忘れていたあの感覚が、また首の付け根のあたりによみがえってくるとは。

「ここよ」

私が指さして高校生に見せると、彼は自分の肩と首の間をちょっとさすって、自分には弟はいないけど、でもそれは弟だけのせいではない、もっとほかにたくさん原因がある、と言った。私は高校生を見つめるだけで、何も言わなかった。この瞬間よみがえった感覚は、まるで体が執着している記憶のようだった。どんなに静かにしていても、静かなささやき声が聞こえてくる。一度聞こえ始めると、たとえどんなに騒がしい空間にいようとも、追いかけてくるのを止めるすべがない。言い換えれば、後ろから追いかけてくる、このザーザーという音波から逃れることができないのだった。

高校生はもうシャワーを終え、私のTシャツを着て、洗った制服はベランダに干している。彼は低カロリーのコーラを買ったと言って私にくれた。「カロリーゼロなんだ」。今までカロリーゼロのコーラを飲もうと思ったことはないのに、高校生はとても熱心に私に飲ませようとする。「頼むからさ。レモンの味がするよ」

確かにレモンの味がする。勢いよく跳ね上がる気泡が胸にどっと流れ込み、ブルーのコアラの大きな笑顔のところまで近づいて、プチプチと躍動している。まるで人を笑わせようとしているみたいだ。

高校生はそろそろ帰ると言って、ベランダへ湿った制服のシャツを取りに行った。こんな弱い日光の下では、洗った服は午後いっぱい干してもまだ着られないだろう。高校生が先に私に訊いた、今着ている服を着て帰ってもいい？　私はうなずき、それから彼がそのTシャツの上にまだしずくが垂れている制服のシャツを着るのを見ていた。Tシャツの模様が湿ったシャツを透かして浮き上がり、タケコプターをつけたドラえもんが、空を飛んでいる。

こうやって着ると、すぐに乾くんだ、と彼は言った。

高校生は靴を履いているとき、ドアのわきのところから箱の底に押し込んでいたスポーツシューズを拾い上げて、なぜ履かないのかと訊いた。

なぜってことはないけれど、ずいぶん長いあいだ履いてなくて、もう履けなくなっている、と私は答えた。もう走り回ったりしないから、とは言わなかったし、この巨大な、互いに見え隠れする迷宮の中では、どこに走って行けるかわからないのだとも言わなかった。

靴は長く置きっぱなしにしていても小さくはならないよ。高校生はまったく意地になっている。

私は素足を靴の中に入れて彼に見せようとしたが、それが思いのほか大変で、足の甲の肉が盛り上がってぷるぷる震えた。それでも高校生は靴紐を辛抱強く最初から一つ一つ緩めて、私にもう一度履かせた。その結果、靴紐はほんの少ししか余らなかったが、無理やり小さな蝶結びを作ると、私に立ってちょっと歩いてみるように言った。私が立ち上がって、左足、それから右足を踏み出すと、彼との距離がぐんと近くなった。

なぜ来るの、私は彼に訊かないわけにはいかなかった。
高校生はまるで自分の靴がきついみたいに、靴のつま先を地面にとんとんと当てた。
たとえどんなに静かにしていても聞こえてくる、静かなささやきだった。

モニークの日記

平路

平路（へい・ろ、ピン・ルー）
一九五三年生まれ。一九八三年「トウモロコシ畑での死（玉米田之死）」で聯合報短篇小説一等賞を受賞、その後多くの文学賞を受賞した。作品には短篇集『トウモロコシ畑での死（玉米田之死）』、『百齡箋』、『凝脂溫泉』など、長篇小説には『天の涯までも（行道天涯）』、『揺れる島（婆娑之島）』、『黒い水（黑水）』などがある。邦訳には池上貞子訳『天の涯までも―小説・孫文と宋慶齡』（風濤社、二〇〇三）、『何日君再来』（風濤社、二〇〇四）がある。
「モニークの日記（蒙妮卡日記）」◉初出＝『中國時報』二〇〇一年五月二十四日～六月二日　使用テキスト＝『蒙妮卡日記』（聯經出版、二〇一一）所収のもの尋問をしているこの男は、実はまだ礼儀正しいほうだ。

欣如《シンルー》は男のシャツの襟元を見ている。さきほどネクタイを緩めたとき、丸く黄色い油染みの跡が見えた。ちょうど額の上方から大粒の汗がスーッと滑り落ちている。彼の緊張ぶりは、灰皿が煙草の吸い殻でいっぱいになっていることからうかがえる。欣如は手を伸ばして彼の汗を拭いてやりたくてしようがない。男は話すことがないので、わざわざ話の種をさがして話しかけてきた。「小姐《シャオジエ》*1、あなたはそうは見えないんですがね」。そうは見えない？　どんなだったらそう見えるのか？　どういう事件だと想定しているのか？　欣如は秘密をばらしたい衝動にかられた。のどがむずむずして、彼にこう言いたくてたまらない、親切心から言うのですが、あなたたちの方向性は間違ってますよ。

「小姐、のどが渇きませんか？」お茶が運ばれてきた。私のことを「小姐」と呼ぶ人になんとも言えない好感をもったので、あやうくすらすらしゃべってしまいそうになり、さっきは服を買った話を山ほどしてしまった。でも、関係ないと思ってはいけない、服を買った事が実はポイントなのだ。欣如は軽率な人間がいちばん苦手だ。「奥様」と呼ばれると、欣如はたちまち不愉快な顔をして、買うのをやめ、バッグをつかんで店を出る。

頭がガンガンする。新聞記者は勝手に何と書き立てるだろうか？　欣如は新聞に驚愕の見出しが躍るのを想像した。

*1　旧時は「お嬢さん」「娘さん」を意味したが、現在の台湾では広く女性に対する呼称として使用されている。既婚未婚を問わない。ただし、水商売の女性を指して使う場合もある。

＊＊＊

頭が痛い。あの部屋の中で何かがぶつかる音を、近所の人は聞いたと言う。今もし彼女が妮妮《ニーニ》のベッドに横になっているのなら、体の向きを変えて、くまのプーさんがプリントされた枕カバーに顔をうずめるのだが。

ベッドの横にはひっくり返ったゴミ箱があり、床に切り刻んだ紙切れが散乱している。ベッドの下には飲み物の缶、綿埃のかぶった髪の毛、さらにキラキラ光る珠《たま》が見える。珠は大小さまざまだが、それらは引きちぎったネックレスか？　落下した珠のれんか？

少女の秘密基地、私のあの場所を攻め落とす気なの？　ふん、彼女の心の声が言う、お前たちの思い通りにさせてたまるか！

＊＊＊

「警察って、いつも単線思考ですね。一日じゅうこんな見当違いなことをしたあげく、せっぱ詰まって犯人逮捕のニュースをでっちあげる」。欣如はまじめに話した。彼女は守りから攻めに転じて、向かいの男を諭し始めた。彼女の個性にはこうした一面があり、困難なときをふんばって乗り切れば、外の世界はすぐ元の状態に回復するのだった。

急いでちょっとお茶を飲んだ。彼女に必要なのは冷静さを保つことだ。茶葉がのどに入ってむせかえりそうになる。

欣如は顔をそむけて茶葉を吐き出した。男のもみあげのところにまん丸い玉の汗が一列に並んでいる。最初に眼鏡のフレームの上に落ちるのはどの汗か？

彼女は自分がまだこの能力を持っているのを喜んだ。少しのあいだ取り乱しても、すばやく落ち着きを取り戻すことができる。昔あるとき、誰かが彼女にお見合いを世話したことがあった。最初はとても緊張していたが、呼吸が整うのを待ってから、男性のほうをまっすぐ見ながら、ゆっくりと口を開いた。「あなたのお仕事の方面で、そうですね、私が知っている人はどなたかいなかったかしら」。冷静さが彼女を救った。勝敗は気にすることはない、彼女は現実の人生に対して自信を持っている女性だ。

注意力が現在に引き戻してくれた。「新聞で「倫理に反する家族虐殺事件」というのを見かけますが、それらは「自然の倫理に背いた」んですよね、じゃあ、私の場合はまさにその反対ですから、新聞には「倫理にのっとった虐殺事件」って書かれるかもしれませんね」。ユーモアたっぷりに冗談を言ったのに、相手は少しも笑顔を見せない。欣如は気をつけろと自分に警告した。新聞で、捜査員が逆ギレすることがあるというのを読んだことがある。さっき机の上の書類ファイルをちらっと見たとき、ピンクの紙が一枚、書類の束から少しはみ出ていた。一緒に綴じているほかの書類より少し大きい。病院から回って来たケガの診断書かもしれない。何が書かれているのか言い当てることはできないが、おそらくこの女が懸命に抵抗したと書かれているのだろう。彼らが大急ぎで証拠採取のために入ってきて、欣如の肩にひとつ青あざを作ってしまった。

事実はまさにそうで、彼らは無理やり玄関のドアを開けさせると、ずかずかとあの部屋に入ってきたのだ。彼女がじっと机の上の書類ファイルを見つめていると、中に現場写真が入っているのがわかった。もしかしたらゴミ箱をひっくり返して、丸めて捨てた紙を一つ一つ拾い集めたのかもしれない。彼らは部屋の中でほかの物証を見つけたのかもしれない。

欣如が自分の腕をつかんでいた手を開くと、腕の内側に一筋のひっかき傷が見えた。血が固まってあずき色になっている。

妮妮の部屋で、彼女はかつていろんなことをした。

＊＊＊

マンションの同じフロアの住人はそろって、音が聞こえた、ピアノの音が聞こえたと言った。一階の安親班〔学童保育や学習塾、お稽古塾を兼ねた課外保育施設〕の先生は胸を叩いて断言した、それは彼女がよく知っている曲で、「エリーゼのために」がマンションの中庭から聞こえてきたが、いつも何箇所か弾き間違えていた。手のひらを大きく開いていないので、たぶん指が届かないのだろう。何度も繰り返し練習しては、弾き間違うとそこからまた最初に戻って弾いていた。ところが先週になると、急に静かになり、マンションの中でピアノの音がぱったりしなくなった。

欣如は言った、家にはピアノはありません。写真のその部屋を指しながら、ほら、こんなに狭くて、坪数が足りませんし、ピアノを置く場所なんかないですよ。

ピアノ、あぁ、ピアノは謎だ。欣如はこめかみをもみながら、白花油《ハッカオイル》をバッグに入れ忘れたのに気づいた。ポケットティッシュも持ってこなかった。目の縁にはきっと目やにもついているにちがいない。急いで身の周りの物をまとめるよう言われ、服をスーツケースに投げ込んで、朝早く家を出たので、足りないものがたくさんあるはずだ。専用車で送られて、窓のない小さな部屋の中に座らされた。

さきほどまで数人が交互に出陣して、「部屋の中がどうもおかしい」ので、いくつか質問に答えてもらいたいと言い、こう尋ねた、「ピアノはどうした?」彼女はうつむいた。自分たちで見なさいよ、どこにピアノがあるっていうの? 彼らは質問をしながら脅しをかけてきて、判決の際に減刑することも可能だと言った。欣如がそうやすやすとその手に乗る人間とでも思っているのか? 午前いっぱい木製の丸椅子に腰かけていた。テーブルの脚には手錠が一つ掛かっている。彼女に手錠はしなかったが、コーヒーの一口も飲ませてくれず、半日経ってようやく一杯のお茶を運んできた。

彼女はあくびをした。こんな尋問の仕方では、百年経っても答えは出やしない。

「あなたたちに言っておきますが、この件は常識では解釈できませんよ」。彼女は言った。

＊＊＊

欣如は病院が嫌いだ。受診表に記入するのが嫌なのだ。それは自白を迫るもう一つのやり方だ。年齢、職業、血液型、収入、教育レベル、受診理由、重度の遺伝病の有無、慢性疾患の病歴、薬アレルギーの記録、救急搬送の記録、そして、ピルを服用しているか? 妊娠している可能性はあるか? そのあと、緊急時の電話連絡先、あなたの重要な人の名前、つまり不慮の死を遂げた後に再度あなたの代わりにこれらの表に記入してくれる人のことだ。答える必要のない質問が一枚のとても長い一覧表に並んでいる。「密告者がでたらめを言ってるんです、この種の質問には回答を拒否します」。目の前の取り調べをしている人を睨みつけながら、彼女は思った、誰のせい？　恨むなら地震で停電したあのときだ。カップ麺を買っておかないと餓死するかもしれないと思って、あの食品雑貨の店に入ったのが間違いだった。店の主人に噂をかぎつける機会を与えてしまったのだ。

直感は正しかった。ちょっとでも口を開けば簡単に秘密を漏らしてしまうものだ。もっと早くマンションの住人たちに対して厳重な防衛措置を講じておくべきだった。五階のあの主婦はかなり怪しい。子どもを送り終えると何もすることが無くて、きょろきょろいやらしい目つきでもっぱら他人のプライバシーばかりさぐっている。三階の夫婦も異常だ。彼女とほぼ同じ時刻に家を出て、顔を合わせるとなんと彼女を上から下までじろじろ見る。欣如はエレベーターがその階で止まるのではないかと気が気ではなく、「チン」と音がすると、急いで目を伏せる。生まれつきどんなに拒絶されても平気な人間はいるもので、あるとき、夫人が隣にいた夫を肩でちょっと突いた。紹介するつもりなのだ。「うちの主人は、運転免許センターに勤めていますの」。「お宅は？　どこにお勤め？」彼女はこう言うしかない、「私は会社勤めです」。「私は」を特に小声で、ほとんど聞こえないくらい小さな声で。まったく、結婚している女は自分を何様だと思っているのかしら。他人を尋問する特権があるとでも？　何の資格で、おおっぴらに彼女の戸籍調べをするのか。

欣如は他人の家に遊びに行くのがいちばん嫌いだ。一人で家にいるほうがうんと楽しい。電球から六十ワットの熱が伝わってくるので、彼女はさっさとベッドの前の電気スタンドを消す。妮妮のドレッサーは金の縁取りのある、側面に一つ反転できる鏡がついた欧風家具だ。アイボリーホワイトの塗料は、童話の中のお城を思わせ、手でさすってみると、すべすべしている。自分が小さい頃の机の表面とは大違いで、昔の教室の机にはどれもナイフで幾筋も切り傷が付いていたものだ。

引き出しの中には彼女が妮妮のために準備した文具が入っている。キティちゃんの便箋、消しゴムと鉛筆、小さな花の形に並んでいるクリップ、黄色の付箋が数冊、それにいろんなサイズのカッターナイフ。当時の机は、天板がナイフで傷つけられて溝のようになっていたので、鉛筆で字を書くときは下敷きが必要だった。あの頃の筆箱には小さな四角い鏡がついていたので、退屈な授業中に、鏡に顔を近づけて、ナイフで眉を整えたこともある。

あのとき欣如は何歳だった？　妮妮とほぼ同じくらいの年だ。

ドレッサーの前の回転する丸椅子に座っていると、クーラーがブーンブーンと音をたて、よその家からはフライ返しの音が聞こえてくる。耳の後ろで一つにまとめた髪をほどいて、首を左右に動かすと、髪がふわりふわりと揺れて、パジャマの首周りについているレースを軽くこすった。幼い頃から、欣如はずっと髪の魔力を信じている。髪を一本抜いて、人形に結びつけ、誰かの死を願えば、その人は生きていけなくなる。欣如は、魔法の童話を読むのが大好きだった。お城に閉じ込められているお姫様が、長い髪をお城の窓から垂らすと、王子が髪をつかみながらよじ登ってきて、お姫様にかけられていた呪いがようやく解ける。

そうはいくもんか、彼女は鏡に向かって言った、私だったら絶対に髪を窓の外に垂らしたりしない。私は拒否する、妮妮がいいと言わなければ、誰もこの部屋に入るのを許さない。

＊＊＊

あの食品雑貨店の人が密告した、そうですね？

どうしてわかるかというと、ちょっと推測すれば、すぐ当てることができる。店の主人夫婦は以前から虫が好かなかった。あのときカップ麺を買いに行くと、さっそくゴシップ好きの夫婦が私の生活に関心を持った。その後、彼らはその情報をどこから聞いてきたのか、ともかく私が自分で言ったのではない。あなたのお子さんは大きくなって、よその都市の学校に通っているんですってね。はあ、あの、私が首を横に振るのも縦に振るのも間に合わず、店の奥さんは勝手に言い続けた。私たち聞いたことがありますよ、台中にはとてもいい女子高があるそうで。なんていう名前だったかしら？　店の奥さんがまだ名前を思い出さないうちに、欣如はうなずいた。「そう、その学校よ」

次にまた店に行くと、夫婦はなんと彼女の代わりに解説までしてくれた。「娘さんは学校の寄宿舎に住んでいて、あまり家に帰らないそうですね。どうりで会えないわけだわ」

数か月経って、店に買い物に行くと、店の奥さんはさらに自信を深めていた。今度は一年一年計算してくれて、一昨年あなたが引っ越してきて、そのとき娘さんは高校の一年生でしたから、去年は高校二年で、来年はきっと大学受験ですね。

部屋に明かりがついてましたけど、娘さんが試験の準備のために帰ってきたのですか？　徹夜ですか？

よく頑張りますねえ、家に帰ってきてからも勉強するなんて。娘さんのお部屋、昨日は夜の間ずっと明かりがついてましたよ。彼女は顔をそむけた。自分の耳が信じられない、妮妮の部屋がどの部屋かどうして知っているのか？　家の間取りまでみえみえなのか？　彼女の家のキッチンは裏のベランダを改修したものので、中庭に面しており、確かによその家のキッチンのほうを向いている。妮妮の部屋は裏のベランダにつながっているから、つまり、その部屋のガラス戸はキッチンの中にあるとも言える。この夫婦は千里眼を持っているのか、そうでなければどうやって見ることができたのか？　まさか……望遠鏡が彼女の家に向けられていて、焦点を調整すれば、裏のベランダを改築して作ったキッチンを突き抜け、彼女が妮妮のベッドに座っているのが見えるのだろうか？

彼女は家に戻ると、どの窓もすべて閉まっているのを確認した。焼き物をするときに使うアルミホイルがキッチンにある。光を通さないタイプのほうだ。アルミホイルを大きくカットして、一枚一枚ガラスに張った。

どうすればいいと思います？　どうやってこんなゴシップ好きに対処すればいいんです？　さっきあなたの同僚はひどいことを言いました。書類ファイルに挟んでいる写真を指して、私に訊いたんです、「何のためだ、タクシーみたいに窓に遮光シートまで貼って。部屋の中でタクシーの運転でもしてたのか」

椅子がぎしぎし音を立てた。すぐ前に取り調べをした男は座る姿も様になっていなかったし、制服を着ている警官は腰まで振っていた。彼女の報復方法は一言もしゃべらないことだ。子ども時代がまた戻ってきた。彼女は声を押し殺して、ずっと頭に布団をかぶせたままだ。もう少し辛抱して、父が心配し始めるまで待っていれば、彼女の名前を呼びながら中庭や裏庭を探し回ってくれるかもしれない。

お腹がすいた、部屋は真っ暗だ。大人はほんとうに彼女を忘れたりするだろうか？　欣如は目を閉じて、定力《じょうりょく》〔心を乱されない力〕をもって待ち続けた。

＊＊＊

向かい側の男がボールペンで机の上を叩いて、「そうだ、忘れるところだった、ネズミの飼育カゴ」、ボールペンでまだ叩いている、「近所の人が飼育カゴを見ている」

あとで捜査員が一軒一軒回って聞き込みをしたところ、近所の人が思い出したんだ、ゴミ回収カートに、乱暴に壊された飼育カゴを見たことがあるとね。捜査員の記録には、飼育カゴからワイヤーが飛び出て、いかにも怪しげな光景だと書かれている。ハンタウイルス[*2]が流行する数か月前のことで、のちにみんながネズミをペットに飼うのをやめた風潮とは関係がない。近所の人が言うには、見たら忘れはしない、まるで誰かが飼育カゴに手出しして、それを壊し、まだ足りないとばかりに、さらにワイヤーを一本一本引き抜こうとしたみたいだったと。

むしずがはしる動物の綿毛、それに数本の細い頭髪が、ワイヤーにからみついていた。その人は、ネズミは見ていない、死んでいるのも生きているのもどっちも見ていないときっぱりと言った。

＊＊＊

一瞬、何か、ぼんやりとした一つの画面が脳裏をかすめた、自分がやったのか？「かまをかけなくていいですよ、私は自分が何をしているかよくわかってますから」。欣如は無意識に髪をなでた。そんなことするわけないと思うのだが。頭がたまにすっきりしているときを思い浮かべた。意識的かどうかはわからないが、彼女はある習慣的な行動をする。たとえばエレベーターの中に落ちている他人の毛髪を拾って、西洋人形の首にしばりつけるようなこと。

別の誰かが、飼育カゴを持ち上げて壁に叩きつけようとしたとき、手元がくるって妮妮を殺したのか？前に一度、所在なく新聞をめくっていたとき、ペンをとって、新聞に載っていた心理テストをしたことがある。性的幻想の相手は男か、それとも女か。新聞には、テストの結果はあなた自身が知らない真相を教えてくれるだろうと書かれていた。例えば自分は明らかに女なのに、なんと性的な夢の中では、もう一人の女が仰向けに寝ていて、自分はその女と例のことをしていたとする。それなら、たとえあなたが異性愛者に見えても、じつは隠れ同性愛者の可能性がある。

「問いには工夫が凝らされていて、あなたたちよりずっとスキルが高かったわ。当ててみてください、結果はどうだったと思います？」彼女は記録を取っている男を見つめた。

彼女は言った、新聞を閉じ、後になってやっと納得がいった。女は誰しも自分に満足していない、でもそれは性的指向の問題ではなくて、実はごく普通の願望だ。もう一人の女になりたい、もう一人の女こそが自分にもっとよく似ていると感じるのだ。彼女は言った、私に限らず、私たち女は自分とこういうゲー

＊2　ネズミなどのげっ歯類の一部が持っているウイルス。ハンタウイルスによる感染症が台湾ではじめて確認されたのは一九九五年で、本作が連載された二〇〇一年には一月に花蓮で流行している。

ムをするのに慣れているんです。隣の芝生は青く見える、だから広告看板の女がピンヒールのサンダルをはいて、ウエストはたったの六十センチでも、彼女の服の中に潜り込んで、もしそれが着れたなら、どんなに嬉しいかしれないって思ったりするのね。

「あなたはまだ大丈夫、太ってはいない」。取り調べの男が調子を合わせた。

あなた間違ってるわ、私にはダイエットが必要なの、と彼女は言った。数か月続けて、私、フィットネスクラブに通っているんです。「フィットネスバイクのペダルを踏んで、必死に漕ぐの。頭を下げて、上り坂を突っ走ると、操作パネルの数字が跳ね上がる。心臓が飛び出すくらい漕がないとやった気になれないわ」。その後はプールで水中エクササイズ。そう、そう、よく聞いてね、アダルトビデオではお目にかかれない場面を話してあげる。あなたに想像つくかしら？　女は服を脱ぐとちょっといびつな形をしているのよ。プールを出て彼女たちがドライヤーで髪を乾かしているとき、タオルが太ももの上に落ちたのを見たことがあるけど、いくら胸が大きくても、バランスがとれていなくて、ちっともセクシーに見えない。髪が乾いたあと、女がブラジャーをつけ、上着を頭からかぶって、背中のファスナーを上げ、胸をちょっと突き出すと、胸のラインがはっきり出てくる。私もそれにあわせてほっと息を吐く、ずいぶん見た目がよくなるものね。

つまり、ぜんぶ服装しだいってこと。洋服、女は洋服で魔法をかける必要がある。支えたり包み込んだり隠したりして、少なくともダイエットよりやさしい。店に買いに行けばいいのだから。もちろん痛い思いをした経験もあるわよ。実は、私の腰に傷跡が一つあるの。あのときスカートが入らなくて、ファスナーが丈夫じゃなかったから、上に引っ張ろうとあせればあせるほどますます取り乱してしまった。息を吸って、おもいきり引き上げたら、叫び声をあげてしまったわ、ファスナーが肉に食い込んでしまったのよ。結局やっぱりそれを買って帰った。私は裁縫ができるので、カミソリの刃で縫い目をほどいたり、ボタンを外側に移動させたり、ときには両側の布を少し出したりする。どのみち着て外出することはないし。ご存じのように、買ってきた新しい服はみんな家に置いています。妮妮の部屋に大きな鏡があるので、自分で着て見てるんです。

ブティックには、彼女はさらに話し続けた、「ベネトン」？　とか、「シチリア」？　とか、イタリアのブランドを置いているところもあるの。私たち女は試着が好きでね、試着したいんだけど傷つくのも怖い。試着室のカーテンを開けて外に出て、ほんの数歩歩いて、姿見の前に立つ、これだけでも勇気がいるものよ。理想のイメージと実際の自分との間にどれだけ差があるか、あなたにはわからないでしょうね。

このまま聞きなさいってば、私はあなたに重要な手がかりを話しているんです。服を買うことに関心のない女は、ねえ聞いて、女を完全に放棄しているんです。

今、若者にはやっているのは英語では、DKNY、MORGAN、OLIVE des OLIVE。それからCOLOUR 18というブランドもあるけど、このブランド店って人に劣等感を抱かせるわね。ひどいのはその「18」。十八歳を過ぎたら中に入ったらいけないのかしら。入っていったらみんなで私を見るから、こっちだって体じゅうがむず痒かったわ。幸い私には理由が、正当な理由があったから、それがちょうどいい私の助け舟になった！

＊＊＊

あら、あなた、育毛トニック使っています？　私が首を伸ばさなくても、頭の上に丸く光を反射している頭皮が見えます。頭のてっぺんは植毛する以外に望みはなさそうね。警察という仕事は大変ですこと。昨日の夜よく眠っていない？　今がちょうど、私がいちばん関心のある話題なんですけど。さあ元気を出して、私たちは今、手がかりにますます近づいているんです。

聞いたことあります？　きっと聞いたことないわよね、ものすごくかわいいブランドでMONIQUE[*3]っていうんですけど。細かい花柄のかわいいTシャツは、胸の前にぐるりとレースのフリルがついていて、英語でMONIQUEとプリントされている。もう、あなたたち男は、女の服のブランドについてまるきり知識がないんだから。

このブランドは七分丈のパンツを売っていて、今年の流行なの。「私の年ではだめね、ウエストは細くなくちゃいけないし、ヒップも大きすぎてはだめだし」、そのとき彼女はちょうどファスナーを引き上げているところだった。ウエストのなかほどがぷっくりはみ出ている。彼女は後ろに立っている店員に向かって言った、私には無理、息を吸ったり吐いたりお尻を持ち上げたりしてみたけれど、やっぱり無理ね。娘ならちょうどいいわ。

そのブランドはどれもうす紫、水色、淡い黄色、アップルグリーンなど、パステル調で統一されている。彼女はレシートを持ってきた店員に言った、「あなたたちの年ごろにぴったりね」

そのあと欣如は引き続き上りのエスカレーターで、「ミセスファッション」のフロアに行った。あなたがそこをぶらつくことはまずないだろうけど、目を上げるとぞっとさせられるわよ。ウエストのラインがゆるゆるの服が、マネキンの体にだらしなくピンで留められている。後ろ側は余った布でぷっくりふくらんでいるの。かわいそうに、専用のマネキンがないんだわ。ミセスファッションの部門はワンランク下だから、きっとプライドのあるデザイナーは、妥協してそっちをやる気にはならないんでしょうね。

ミセスファッション、あぁ、女も中年になるとがっくりさせられることがなんと多いんでしょう。生地がよくない、柄もよくない。団花模様〔円形に配置された花模様〕も織物生地も時代遅れ。せいぜい棉襖《ミエンアオ》〔綿入れ上着〕を作るくらいしか使えない。それより寿衣《ショウイー》〔生前に用意しておく死装束〕を作るほうがもっとぴったりかもしれない。数年前、私の継母がまだ何事もなく、父がまだ養老院に入っていなかったとき、父は毎年レストランで誕生日を祝っていた。誰かが、貝殻をくっつけた「松鶴延年」と書かれたガラス張りの扁額をプレゼントしたことがある。松の木の根元に寿老人《じゅろうじん》が背中を丸めて、ノートルダムのせむし男のように、死ぬにも死ねず、生きて苦しみを受けている。こんな延年益寿〔寿命を延ばして長生きする〕なら欲しくもなんともないわ。ねえ、いいから聞いてください、うそじゃありません、絶対に自慢に値する生活の質とは言えませんよ。

＊＊＊

＊3　アメリカ人デザイナーのモニーク・ルイリエ（Monique Lhuillier）の同名ブランドを指す。ウェディングドレスをはじめ様々な高級ドレスを手掛けている人気ブランド。

蒙妮卡《モニーク》、彼女は顔を上げた。「この名前を聞いて、その、あなたは何を思い浮かべます？」中洋折衷で、どこか西洋っぽいでしょ。えっ、聞いたばかりなのにもう忘れたの？ あなたはきっと集中してないのね、蒙《モ》――妮《ニ》――卡《ク》、この中国語を英語にすると、さっき話した洋服のブランドの名前。覚えてる？

「モニーク」、彼女は男にもう一度繰り返した。「西洋人形のような名前、妮妮《ニーニ》とも呼ぶの」

あのときエスカレーターの手すりをつかむ手が汗ばんでいた。これまで人生の階段をたくさん降りてしまった。彼女は思った、もうこのまま沈み続けてはいけない。蔵青〔濃紺〕とか、墨緑〔深緑〕とか、色の名前はどれも沈んで活気がなく、まるで棺桶の釘に生じた鉄さびのようだ。

「娘がいてよかった」。エスカレーターのステップの上に立ったとき、欣如はそっと自分に言った。彼女は自分の運気がいいことを喜んだ。妮妮のおかげで、行き先を間違えたフロアから逃げ出せたのだ。

蒙妮《モニ》、妮卡《ニーク》、蒙《モ》――妮《ニ》――卡《ク》、欣如は紙の上にペンで立て続けにこの三文字を書いた。少女時代に読んだ恋愛小説のヒロインが蒙尼妲《モニタ》だったのを、おぼろげながら覚えている。モニタの大きな二つの目、甘ったるい声。当時机に向かって勉強しながら、膝の上の引き出しは半分開いていた。中には、貸本屋から借りてきた小説が入っていた。

後に、妮妮《ニーニ》の枕に斜めにもたれかかって、彼女はいくつもの黄昏《たそがれ》をまどろんで過ごした。はっとして目を開けると、よその家の裏のベランダからぼんやりと明かりが見え、さらに明かりの中に人影も見えた。その女の人は服を洗濯槽から取り出すと、顔を上げて、男物の靴下を一足ずつ丸型のピンチハンガーに挟んでいた。その家の隣も改修をしていて、ベランダの空間にキッチンを増築している。換気扇がアルミサッシの窓につながっていて、ベランダで主婦が料理をする動作が見え、たまにはいい香りも漂ってくる。彼女は鼻をクンクンさせた。宮保鶏丁〔鶏肉とナッツの炒め物〕だ。熱した油の中に唐辛子をいれて強火で炒めたにおいはがまんならない。

彼女はベッドから体を起こして座ると、窓を閉めて、電気スタンドをつけた。窓ガラスにアルミホイルを張っているので、部屋の中の光は格別に柔らかだ。本棚に並んでいる本をざっとながめて、恋愛物の中から一冊を取り出す。枕を抱きかかえ、ネグリジェの左右の襟を同時に引っ張ると、胸元に半分目を閉じたバッグス・バニーが見える。つま先には妮妮のフェルトのスリッパをひっかけている。これが彼女が一人で週末を過ごすスタイルだ。

＊＊＊

モニークの話になると、彼女はいつも一言、私たちの妮妮、と付け加えた。人から尋ねられると、彼女はすんなりこう答えた、妮妮は、小さな女の子という意味で、ただ平凡な女の子であってほしいと願って付けたのです。

欣如は小さい頃から良いママになる資質があった。人形のおしめを換えたり、服を着せ換えたり、さらに人形におさげを編んでやることもできた。人形は丸いよだれかけをして、腕にプラスチックの哺乳瓶を結びつけ、顔を洗い歯を磨き幼稚園に行っておやつを食べたが、彼女自身は自分を相手におままごとをしていた。

人形が空中にぶら下がり、その両腕はブランコのように揺れている。ときにはうっかりして、人形に脱臼の悪い癖があるのを忘れることもある。

プラスチックの腕を一本握りしめ、すこし上に押して、慣れた手つきで元に戻した。ヘアピンで、瞬きをする瞼を持ち上げ、人差し指でちょっと突いてみる。彼女はどうやれば透明な目玉を取り出せるか知っていた。人形を体の下敷きにして、肩の力で、どうすれば人形の息を一瞬止めることができるか試したこともある。

父がビジネスバッグから人形を取り出した。忘れもしない、その瞬間の継母の暗く沈んだ表情。

＊＊＊

あなたは私に探りを入れている。あなたたちのような職業の人は、いつも隙を突いてくるんですね。もちろん「嬰霊《あかごのれい》」という言葉は聞いたことがあります。私はあなたが事件の取り調べをしているうちに眠ってしまうのではないかと心配してやっているのに、あなたは反対に機会をとらえて、こちらの防御線を打ち破ろうとするのですか？

私が「嬰霊」を信じると思います？　そういうのは新聞で読んだことがありますけど、その種の怪力《かいりょく》乱神《らんしん》で、私を脅さないでください。すこし本を読んだことがあるのですが、それによれば、私たち女は子どもから大人になるまで、ずっと脅されて大きくなるのだとありました。

うわさでは、母親が写真を撮ると、「嬰霊」がフィルムを感光させるそうですね。堕胎した子どもが母親の背後に立って、ついて離れない、そうなんでしょう？

バスタブに浸かっているとき、彼女は深く息を吸い、頭を水面の下まで沈めてしまいたくなる。意志の力で、自分の頭が水面に浮かび上がらないようにする。もし今にも息が切れそうになったら、その瞬間一本の小さな手が現れる。水面に浮かぶ救命浮き輪のように、もしそのとき、一つの手がしっかり自分をつなぎとめてくれたら。

一人の小さな娘が、危機一髪のときに自分をしっかりつかんでくれる。それはどんな感覚だろう？

空中から伸びてくる二つの柔らかな小さな手、妮妮が彼女に抱っこをせがむ。ぷっくりした手の甲には、いくつかまん丸い小さなくぼみがある。彼女は何かのカードで、顔にえくぼのある天使の絵を見たことがある。このとき、その天使がバスタブの上空にいる。たったいま彼女は頭を水面に沈めて、このまま浮き上がらず、もう息を吸いたくないと思った。しかし彼女を守ってくれる天使は、雲を突き破って現れ、まるまるした小さな手を差し出して、救命浮き輪のように彼女をしっかり引き止める。

彼女は男をちらっと見た。私はできる限り協力して、もう充分すぎるくらいたくさん話しました。もちろん、バスタブの中で、服を着ないで、お湯に浸かっている時間については、お話ししませんけどね。

背筋を伸ばして座りなおすと、彼女はまたまじめになった。「実はですね、私たちのマンションには管理人がいないので、関係者以外の人がたくさん出入りしているんです。遅かれ早かれ事件は起こるんじゃないですか」。一階の案内板の前を通ったとき、足を止めて見てみたら、ほんとうに母と娘は心がつながっているんですね、四階の家で朝刊が盗まれたとありました。ドアが安全ではないなんて、これは、もう大変なことよ。娘のために、ため息をつきました。そうだ、こんどここに壁新聞を貼ろう。彼女はもともといろいろ強い意見を持っていた。マンションの入口に警察管区の巡邏箱《とうしょばこ》を設置すること、路地の死角に街灯を追加設置すること、エレベーター内に警報装置を付けること。私は積極的に市政に参与しているんです。あなたに想像できます？　母親になるとようやく一つの身分を持っているとみなされて、人から尊敬される位置につくことができるんです。それに比べて、シングルの女は何なんでしょうね？　せいぜいバスタブの中で浮遊するのが関の山、無重力状態なんですよ。

＊＊＊

ゲームはいつから始まったのか？

家に帰る前、漠然と誰かが家の中で待っている気がした。明らかに誰とも待ち合わせの約束はない。週末の黄昏、オフィスのデスクスタンドを消すと、ビジネスバッグを持ち、それから天井の蛍光灯を消す。すでに誰もいなくなったオフィスを見渡して、彼女は自分に言う、「早く家に帰ろう、モニークを放課後に家の中で一人にしてはいけないわ」

思い出の深部は、おそらく催眠術をかけることでようやくそこに通じる道を見つけることができ、その中に消えた脈絡を見つけ出すことができるのかもしれない。

継母がリビングに座っている。覚えているのはほんの少しだ。

近づいてきて彼女をそっと撫で、何でもいいから二言三言話しかけてくれてもいいのに。生みの母親なら娘を呼び止めるのではないか？　彼女がテレビの前を通り過ぎると、継母はちょっと目を上げただけで、連続ドラマを見続けた。制服のコートは穴が開き、肘のところはこすれて薄くなっているが、継母は見て見ぬふりをした。

つまりは彼女の父親に聞かせるためだった。リビングから大きな声で訊いた、「新学期が始まるけど、服は足りてる?」彼女は大きな声で答えた。い、ら、ない。

夢の中では少し何か思い出すのだが、目が覚めると忘れている。のちに、テレビで催眠ショーをやっているのを見たことがある。画面の中のタレントが目を赤く泣きはらし、涙をきらきらさせて言った、さっきちょっとのあいだ、ほんとうに子ども時代に戻った、ほんと、ほんとだよ。彼女は受話器を取って、視聴者参加の電話を掛けたくなった。電話でその催眠術師に訊いてみたかったのだ、たった今彼女はベッドから起き上がって座ったばかりなのに、枕はどこも妮妮のにおいがする。一瞬どうもはっきりしない、自分が見つけたいのは母親なのか? それとも娘なのか?

印象ではその夢の中にぼんやりとした影があった。短髪の女性が、幼い自分を抱いているようだった。女性はウールの毛布を肩にかけて、椅子に腰かけ、赤ん坊を腕の中に抱いていた。その女性は誰なのか? 欣如は自分に言った、たぶん母の日のカードをたくさん見たせいで、その場面が何度も再現された結果ではないのか?

欣如は継母の服を覚えている。エメラルド色のフレアスカート、それと燃えるように赤いベニバナ色の洋服が、竹竿の真ん中に干してあった。変な形をしたものはブラジャーだ。綿素材で、何周もステッチが入っていて、側面にたくさんホックが並んでいた。ホックは曲がりくねっていて、水がしたたり落ちているコルセットといっしょに竹竿にかかっていた。夢の中では、竹竿の上のブラジャーから水滴が落ちていて、欣如の胸も少し膨らみだしたようだった。彼女は手に鋏を持っていたのを覚えている。髪を切るのではなく、竿にかかっているきれいな服を切ろうしていた。いや、鋏ではない、欣如は手に血に染まったナイフを握っていた……

知っていますか？　奇妙な夢は、ときにはほんとうのように思えることがあるんです。

＊＊＊

マンションの部屋が一つ余っていたので、後になって、彼女はそこを妮妮の部屋にした。洋服簞笥には何着も洋服が掛かっている。どれも妮妮のためにさんざん選び抜いて買ってきた服だ。

洋服の他にも様々な小物を買い足した。ネックレス、バレッタ、ハンドバッグ、スカーフ……小さなイミテーションのダイヤがはめ込まれたブレスレット、ANNA SUIのリングルージュ、これは口紅が指輪の中に入っている今年流行りの最新コスメ。私が店員に言ったことはすべてほんとうの話だ。みんな娘に買ってあげてるんです、自分のじゃないのよ。

店員がやってきたので、彼女は細い肩紐のタンクトップを手にとって言った、「これどうかしら？」娘は期末テスト中で、試着に来られないから、家に持って帰りたいのですけど。合わないときは、返品できますよね？　返金じゃなくて、他のものに交換してもかまいません。私の娘ときたら、大人とも子どもともどっちつかずで、この年頃はいちばん難しい。小声でああだこうだ言っている間、店員はずっと興味深そうに聞いてくれる。これは至ってシンプルな道理だ。つまり、娘が一人いれば、母親をとても快適な位置に置いてくれるのだ。

彼女は化粧品売り場でマニキュアを試した。それぞれの指に違う色を塗ってみる。瓶の底に金粉や銀紛が沈殿しているあのタイプだ。IPSAってどのメーカーのブランドかしら？　それから、CHIC CHOCには、チョコレート菓子のようなアイシャドウがある。それをチョコレートを食べたみたいに唇に塗ってみた。店員がやってきて使い方を説明してくれたので、欣如はつぶやいた、「あなたたち若い人には、こんなにたくさん新しいものがあるのね」「年がいくつか見てもわからないですって？　冗談ばっかり、まさか」「だめだめ、私の娘ならもちろんいいけど。新製品なの？　じゃあ娘に買ってあげるわ」。一人で送迎バスに乗り、欣如は百貨店を午後いっぱいぶらついた。

「着るか着ないかはあの子しだい、やっぱりまず買って帰って、運だめししてみるわ」。彼女はとてもすらすらと話した。

あなたは運がいい、あなたの娘さんも運がいい。女性の販売員は母親のために感動し、また娘のために感動し、しまいには娘がこんなにいい母親を持っていることに感動してくれた。母親に合わなかったら、娘が着ればいい。実はその反対で、娘にピッタリだとしても、母親も着ることができるのだ。

すでにあなたに言いましたけど、すべてのことはブティックから始まるんです。

もっと若かったころは、ベビー用品の売り場をぶらついた。小さなよだれかけ、小さなスプーン、小さな貯金箱、欣如は手にとった品物を手放すのが惜しかった。店員がやってくると、急に恥ずかしさで顔を赤くして、どもりながら言った、私、私、同僚にあげようと思って、プレゼントを探しているんです。

取り調べをしている人をじっと見つめて、彼女は反対に尋ねた、「小さな男のお子さんはいないの？　ちょうどあなたとゲームをして遊ぶくらいの」

何という映画の中のせりふだったかしら？　どの女の心の中にも一人の少女がいる、と言っていた。彼女は妮妮が駆けてくるのを見ている。少女はかわいいギャザースカートを穿いている。彼女に穿く勇気がなく、誰も買ってくれなかった、小さいころから着る機会のなかったきれいな服だ。それに、セーラー襟のマリンルック、彼女は見てすぐ気に入った。「夏の日に海を渡る」[*4]、それは妮妮が歌える歌だ。

＊＊＊

ベッドに座る。ドレッサーはオフホワイト。壁はピンクに塗り、窓格子の木材は家具の色に合わせている。家具にはみな金色の縁取りがあり、バニラケーキと同じように、すこしレモンイエローをベースにしている。

選んだ家具は一般のものよりワンサイズ小さい。部屋のドアには娘の名前のプレートがかかっている。一枚の板を人形の形に削ったものだ。フリルのついたエプロンにはアルファベットがつながってダンスを踊っているM—O—N—I—Q—U—Eがついている。

クローゼットには妮妮のおもちゃが並んでいる。一段はクマのぬいぐるみで、きれいに列を作って並んでいる。彼女はどのクマにも特別な感情を持っていた。帽子をかぶったクマ、タンクトップを着たクマ、胸当てズボンを着たクマ、英国王室の近衛兵に扮した勤務中のクマ、足の裏に継ぎをした大きな黒いクマ。

彼女は手で撫でてみる。ぺちゃ鼻のクマ、大きな口のクマ、手足が長いクマ、オレンジ色の舌を出したくまのプーさん、目の周りが黒い太ったパンダ。それと、どこに置いてもかわいい「たれぱんだ」が、くたんと床に伏せている。

丸い耳はそれぞれ長さが違う。目はボタンでできているが、灰褐色、薄黄色、茶褐色、青紫色とさまざまだ。どれも二つの小さな同心円を描き、透明か半透明の材質でできていて、ボタン一つ一つにそれぞれ表情がある。

小さいころは考えられなかった玩具。継母が彼女に買ってくれるわけがなかった。今、彼女は一つずつ買って帰っては、娘の部屋に積み重ねている。

彼女はたった一つ、おんぼろの服を着た西洋人形を持っていた。

あの日父が彼女を呼び止め、ビジネスバッグの中をあちこち手探りして、このプレゼントを取り出した。「同僚が海外から戻ってきて、机の上に置いていったんだ」。父はとつとつと、とても不自然に言った。彼女は人形をよく見る勇気がなく、反対に継母の顔色をじっとうかがっていた。彼女たちは同時に父の愛を競い合っていたのだ。二人のうち一人しか選べない、なんと特別なゲームだろう。

手でつつくと、クマのぬいぐるみの目玉が揺れる。彼女は妮妮のベッドに座って、指を中に差し込み、少し力を入れて、何としてもそのボタンを取り出そうとした。

＊＊＊

＊4　原曲は「女心の歌」、ジュゼッペ・ヴェルディ『リゴレット』から。台湾の小学校で歌詞を変えて歌われている。

信じればそこに神はいる。彼女自身も好奇心がわいてきた、この世にいったいモニークはいるのか？命というものは、時に信仰と同じで、心誠則霊〔誠の心を保てば必ず叶えられる〕だ。

彼女は人差し指を伸ばして、ハムスターの耳の中ほどの平たい部分を撫でた。以前は、正直言って、呼吸し脈拍のある小動物に触れるのが怖かった。妮妮のためにやっとペットショップに入ったのだ。妮妮が一人で家にいるのは寂しいだろうと思ったからだ。ハムスターの首に沿って後ろへ撫でる、娘のためなら、思い切ってなんだってやってみる。

四本の爪をこするように動かして、ちょうど彼女の腕の内側をつたって這い上がってきた。店主が小さなハムスターを彼女の手のひらに戻すと、むず痒い感覚がした。「はじめてペットを飼うのでしたら、これがいちばん簡単ですよ」。店主が彼女の手のひらからハムスターを取り上げても、まだぼんやりと自分の腕の内側の青い血管を見ていた。その後、彼女はワイヤーのケージを抱えて家に帰った。ハムスターが運動するための回し車がついた飼育カゴだ。

妮妮の部屋の窓台のところに置いて、仕事から帰ってくるとケージを開けた。彼女は水を取り替え、餌を取り替え、ついでにハムスターをケージから出して少し運動させた。

その日は大雨が降ったのに、窓を閉めるのを忘れてしまった。ハムスターが死んだ、あっけなく死んでしまった。外から湿った空気が吹き込んできて、ベランダには水に濡れた跡が残っている。ハムスターは硬直してケージの中で死んでいた。命はこんなにももろく、ハムスターは死んでしまった。妮妮にどう打ち明けたらいい？　指で死体を触ってみた。体はまだ少し温かい。ハムスターを手のひらの上に置いた。数分経ったとき、彼女は自分が頬でまだ柔らかい腹をさすっているのに気づいた。死んで、はじめて、彼女はこんなに近づくことができた。鼻を毛に押しつけて、ハムスターのにおいを嗅いだ。

彼女は何をしたのか？　小さな少女は目を見開いた、あぁなんてこと、彼女はとんでもないことをしてしまった。息遣いが荒い。引き出しのカッターナイフがどうして彼女の手の中にあるのか？

＊＊＊

男と仲良くなると、彼女にはかすかな声が聞こえてくる、「母親みたいになってはいけない」。継母が父とひそひそ話をしているのが聞こえる、「母親と同じね、そのうちヤクザな男に騙されていなくなるんじゃないの」

父と継母はリビングで話をしていたが、彼女が入ってきたのが聞こえると、急に静かになった。でも実際は、彼らの口の動きを見て、二人がたった今何を言ったのか推測できた。彼女は自分には深い知恵が備わっていることを自覚していた。少女時代に早くも備わった深い知恵、それは年齢を超えた敏感な体質だった。男に出会うと、欣如はすぐに二人の間に付き合ってはいけない何かがあるのを必ず見抜くのだ。

同僚が陰で彼女のことをどう言っているか知っている。同僚は彼女を変な女だと言う。年の始めから終わりまでデートらしいことは一つもなく、人の目を引く服を着ているのを見たこともない。彼女は前々から社長に、勤務時間外に取引き相手との接待はしないとはっきり言っていた。週末は残業しない、週休の時間は自分のものだとも。

たまにバス停で感じのいい男性に出会ったりすると、彼女はわざと少し遠くに立った。長いあいだに養成された習慣で、あの出来事のあと、彼女は前にもまして用心するようになっていた。この都会は汚れている、どこもぐちゃぐちゃのぬかるみで、足を突っ込むとふらふらするし、はまってしまったら足が抜けなくなる。

一時期、彼女は奇妙なことがまさに起こりつつあるのを予感した。手のひらを軽く腹に当ててみて、おかしいと直感した。明け方目を覚ますと胸が張って痛みを感じた。のどにも圧迫感がある。自分のまだ平らな腹をさすっていると、電気に触れたみたいに、下腹部がなんとぎゅっと収縮した。

彼女は取り調べの人に言った、あなたたち男は、みんな同じね。こういうことに出くわすと、頼りになる男は少ないものよ。

牛乳が飲みたいからといって、乳牛を家に牽いて帰る必要はない。私たちの社長がオフィスで話したことだ。社長はその道のベテランだったので、男の同僚たちを戒めてこう言った、遊ぶだけにしろ、決して本気になるな、とくに気をつけなくちゃいけないのは、しつこくまとわりつく独身女には手を出さないことだ。まったく、この世の男はみんな同じね。私はあの男の顔をはっきり覚えていない。どの男もみんな同じ。ちゃんと聞こえてます?

少しもロマンチックではなかった、あの頃はたぶん寂しくて気が狂いそうだったのね。あなたに話してもかまわないわ、はじめから終わりまでぜんぶ自分で決めたことだから。私が手術室から出てくると、男は目を赤く泣きはらしていた。私は点滴をしていないほうの手を伸ばして、男の肩を軽く叩いて言った、

「無理強いされたわけじゃないから」

そのとき、彼女はぼんやりと点滴の瓶を見ていた。自分が何をしたのか、もはや取り戻すすべはない。

病院から家に帰ると、男は彼女の傍に横になって、体を近づけてきた。まさか、あれがしたいのだ。まだ出血している傷口を感じて、彼女は顔を背け彼に背を向けた。のちに思い返すと、病院に行って手術を受けたことよりも、あの夜のことのほうがずっと耐え難かった。

夜のあいだ涙があふれて止まらなかった。あとで知ったのだが、それは体内のホルモンが急激に変化したせいらしい。翌日、彼女は不機嫌な顔をして男に言った、出ていって！　今後二度と私の前に現れないで！

＊＊＊

赤ん坊が彼女の腹を蹴っている。もし女の子なら、母親似だ。彼女が鏡を見ているあいだに、赤ん坊がまたほんの少し大きくなった。鏡の曇りが消えると、娘の顔立ちが徐々にはっきりしてきた。

彼女はむしろ娘が自分といっしょにいることを願った。とにかく父親について行くよりもいい。彼女は会ったことのない小さな女の子のことを思うと切ない気持ちになるのだった。

あんなにも早く夭折した胎児は、小さな手足を形成する機会もなかった。胎児にはどれくらい感覚があるのだろう？　寒くないのか？　お腹はすかないのか？　母親が自分を要らないと思っているのが感じとれるのか？　それとも何もわからず、ただ分裂を待っている数個の細胞に過ぎないのか。

腹の中の小さな一匹のオタマジャクシが、両生類から爬虫類、さらに何億何万年と続く哺乳動物の生活史を再現する機会を失くしたことを考えていた。しかし彼女は一種の直感で、胎児は女だったと確信していた。彼女が悩みごとを洗いざらい打ち明ける機会を与えてくれるのは娘だけだ。

束ねていた髪をおろして、まっすぐ鏡を見た。あのときも同じ光景だった。まず妮妮の電気スタンドの明かりをつけて、ドレッサーの前で鏡を見ながら呆然とした。そのあと足のスリッパを脱ぎ捨てて、くまのプーさんがプリントされたベッドカバーの上にうつ伏せになった。するとカバーの上に、なんと薄いグレーの髪の毛が一本見えたのだった。光と影がくまのプーさんの体の上を移動している。それは時間が通り過ぎていく道筋だ。

妮妮も老いるのだ！　鏡の前に座り、彼女は手で口を覆った。自分が老いるのを見るより……もっと受け入れ難かった。

思い返すと、これが一つの原因だった。彼女は急に苛立ってきて、煩わしいすべてを終わらせたくなった。

暗黒は彼女に勇気を与え、握り拳《こぶし》を天に突き上げた。彼女は死んだハムスターをシンクの排水口に突っ込み、お湯で押し流しながら、箸で突いて、突いて、ハムスターがすでに下水道に流れ込んだのを確信するまで突いた。

＊＊＊

彼女は書類ファイルの上にひろげられた写真を指して言った、あなたたちは「ポラロイド」を使っているんですか？　性能が悪いので、色がよく撮れていませんね。これじゃあ、カーテンにカラフルな小さい蝶結びを縫いつけているのがよく見えないわ。カーテンはのちに色あせてしまい、蝶結びがだんだん目立たなくなってしまった。毛布は古くなり、クマのぬいぐるみのボタンの目さえもう輝かなくなった。でも買ったときは真新しかったのよ。あなたたち男の人は知ってるかしら？　新しく買ってきたばかりの服はどれもいい匂いがする。つまりまだ誰も着ていないということ。でも時間が経つと、洋服簞笥に入れていても、やっぱりかび臭くなる。

彼女は言った、煙草を一本ください、こういうのってもううんざりなんです。私はにおいに敏感で、ハムスターが死んでからずっと気の休まるときがなかった。鼻がよく利くのでわかるんですが、あなたたちの机の下に以前ネズミが一匹死んでいましたね。

ただ煩わしかっただけ、煩わしいかどうか、私の身になって考えてみてください。なぜ人を殺さなくてはならないんです？　私が続けたいと思うなら、それはもう千の理由を思いつくことができますよ。たとえば娘は海外に留学しているから、戻ってこられないとかね。妮妮は？　妮妮は？　モニークはどこに行ったのか？　大きくなった、大きくなったんですよ、小さな女の子が大きくなったんです。大きくならない女の子なんていませんからね。でも、なぜモニークは必ず大きくならなくてはいけないの？

彼女は自分が床に座っていたのを覚えている、あたり一面にカットした髪の毛が散らばっていた。クマのぬいぐるみに付いてきたオリジナルの大きなポスターが粉々に切り裂かれている。

床に血の跡がある。彼女は自分が一面の血だまりの中に座っていたのを覚えている。

「死にました」。死んだ、死んだ、私の娘は死んだ。欣如はその言葉を繰り返した。事後に思い返してみると、店の主人は手に持っていたものを重そうに下ろし、店の奥さんの笑顔がこわばっていた。

彼らには言わないけれど、あなたになら話してもいいわ。部屋の中でほんとうに殺人事件は起こっていないんです。

どう言ったらいいかしら、あなたはきっと信じないでしょうが、ほんとうにこんな単純な理由なんです、つまりあのゴシップ好きの夫婦のせいなんです。

「奥さん今日は何にしますか？」私につきまとって、彼らの亡霊はいつまでも消えない。

さきほど言ったように、私は他人から「奥さん」と呼ばれるのが嫌いなんです。

「妮妮は飲みません」、そのとき私は頭を振って、わざと厳しい表情をした。「お宅の店ではいつも期限切れの牛乳を売っているのですか？　うちの妮妮は味にうるさいから、飲んだらすぐわかるんです。果物にしてもあなたが売っているこういうのは食べませんよ」。言えば言うほど声をどんどん大きくした。店の中のお客さん全員に聞かせたくてたまらなかった。「この前、量り売りをしてくれましたよね。でもあなたが腐りかけたのを売ったと妮妮が言ってましたよ」

「妮妮は食べないけど、でも捨てるのはもったいないから、みんな私が食べてるんです」。娘がいるってほんとうにいいわね、子どもの口を借りて他人に説教をすることもできるんですから。話すうちに少し心苦しくなって、欣如は履いている靴をちょっと指さした。「靴だって同じ、妮妮は成長が速くて、私はしかたなくおさがりを履いてるんです」

「娘さんの足がそんなに大きいんなら、きっと背は高いでしょう？」

また余計なことをしゃべってしまった。ゴシップ好きに探りをいれる機会を一つ余計に与えてしまった。

背丈はどれくらいですか？　もうすぐ大学に行く娘さんですよね？　娘さんはどこの大学に？　正直なところ、彼女はこれまで一度も考えたことがなかった。店の奥さんがまじめに自分の指先を指しながら計算した。一昨年あなたたちが引っ越してきて、そのとき妮妮は高校一年、去年は高校二年、今年は大学入試の準備をしているはずですね。

心の中にいるのは、腕を差し出して彼女をマミーと呼び、ベッドに座ってマミー抱っこしてとせがむ、あの小さな女の子だ。娘の大学生活なんて知ったことではない、彼女は一切関わりたくなかった。今後娘がボーイフレンドと付き合っても、一切文句は言わない。だが、娘が結婚し、出産したら、まさか彼女が婚礼の主宰者になったり、外祖母になったりしなければならないのか？　なんて恐ろしい、そんなふうに振り回されたら、欣如は年齢以上に老け込んでしまう。

「どの学部ですか？」

彼らは猛烈に迫ってきた。質問はますます具体的になって、彼女に答えさせようとする。彼女は言った、「死にました」。この言葉を口にしたとき、彼女の顔に悲しみ悼む表情はなかった。

あぁ、面白くない。彼女は続けることができなくなり、早く終わらせたくなったのだ。ただ、私があんまり軽率に話したのがまずかった。「死んだ」という言葉の重大性を知らなかったばかりに……。

すべて一時の衝動だった、まさにあのときのように、突然の思いつきだった。あの日ブティックで、何の理由もなく、「娘」が口をついて出た。彼女は傍に立っている店員に言った、娘のものを選んでいるんです。

「死んだ」、死んだ死んだ死んだ、その言葉を口にして、ゲームは終わった。欣如はゴシップ好きの夫婦の表情をよく見もせずに、急ぎ足で外に出た。

彼女が悲しんでいないなんて誰がそんなことを言っているのか？　のちに、彼女はぷりぷり怒って考えた、彼らはどうして知っているのか？　毎日ぼんやり過ごしてきたので、はっきりおぼえていない、娘が死んだことをまた何人に話してしまったのだろう？

その中におせっかいな人がいたのか？　近所の人が適当に陰口を言っているのか？　もしかしたら口実を設けて我が家に情報をさぐりに来たかもしれない。鼻の先を玄関のドアに近づけてにおいをかぐ。この女の娘が死んだと聞いたが、理由もなく人が一人いなくなった、いとも簡単にあっという間にいなくなった。噂では大学受験を控えた高校生だそうだ。とっくにこの女が事件を起こす予感がしていたんだよ、遅かれ早かれ問題を起こすんじゃないかとね。前から変わっていたから誰も相手にしなかったんだ。玄関のドアの下から異臭がしてこないか？　常軌を逸したミステリーだ、もしかしたら私らのマンションですでに殺人事件が起きているかもしれないぞ。

子どもの泣き叫ぶ声が聞こえた？　ああ、そういえば、誰かが子どもの髪をつかんで壁に打ち当てていたような……我慢できなくなった人が、管区の警察に電話をし、そこで彼女が尋問の対象になったのだった。

「娘は？　どこに行った？」語気に優しさはみじんもない。「娘をどこにやった？」

傷ついた肩を支えながら、彼女は床にしゃがんだ。腕がとても痛い。あの人たちが私をどんと押したせいだ。ドアに体当たりして入ってきたとき、私は彼らを制止できなかった。マミーに力が足らなくてごめんね、彼らはあなたのベッドカバーの上に座った。彼らは汚い手を伸ばして、ベッドの上からあなたのクマのぬいぐるみをつかみ上げた。妮妮、怖がらないで、マミーはここよ。彼女が床に落ちたプラスチックの腕を拾い上げて、そっと押し込むと、また手足のそろった西洋人形になった。

その後、彼女は冷静さを取り戻して、自分にも理解できると言った。あなたたちも「公事公弁〔公の事は私情にとらわれずに公平に処理する〕」ですものね。通報があれば、行方不明者と照合するしかない。この種の情報提供を受ければ、当然一軒一軒聞き込みをする。その少し前に何があったのか？我が家に出入りしていた男がいたかどうか？でも、誤解です、私が殺人鬼で、暗がりにあるマンションに潜んでいるだなんて。男＋子ども、そこで冷血な殺人鬼に出くわしたというわけですね。ところが、死体はない、犯罪の証拠はない、床の上に血は見あたらない。切り刻んだ新しい服など何の証明にもならず、現場からまったく血液反応は出なかった。なぜって、この件すべてが誤解によるものだからよ。

もしかしたら三階の住人は頭がおかしくて、私が人の皮をはいで肉塊にし、血が付いたまま冷蔵庫に隠していると密告したんじゃないですか。そうでなきゃ、なぜあなたたちは我が家に飛び込んでくるなり、一言も言わずに、冷蔵庫に直行したのかしら。

机の上の書類ファイルにちらっと目をやった。あなたたちがこれからどんな物語を作りあげていくか見てやるわ。彼女は映画で見たある場面を覚えていた。今から私は黙秘し、弁護士が来たら話します。

まだ少女だった頃を思い返していた。布団を頭からかぶって、自分の部屋に隠れ、音一つ立てないようにした。わざと大人を慌てさせて、あとで父親が探しにくるのを待っていた。部屋はどんどん暗くなり、彼女は小声で妮妮を慰める、怖がらなくていいのよ、あなたはマミーの大好きないい子だからね。怖がらないで、出てきなさい、妮妮は彼らを怖がらなくていいのよ。彼女は、ちょっと待って、と思った。取り調べを引き継いだ人がドアを押して入ってくる前に、カバンから服を一着取り出そうとしたのだ。胸の前に大きな蝶結びのある、あのピンク色のワンピースを。ちゃんと着替えてから、机に覆いかぶさり、涙や鼻水を流してすすり泣くのだ。そのあと、誰かが腰をかがめて彼女を慰めてくれる。このとき、白い紗《うすぎぬ》の蝶の羽を広げて、彼女はキョンシーのように飛び起きて言う、「私が死んだって誰が言った？　私がモニークよ、私を見なさい、私が母さんを殺したのよ」

冷蔵庫

柯裕棻

柯裕棻（か・ゆうふん、コー・ユーフェン）

一九六八年生まれ。一九九七年に短篇小説「ある作家の死（一個作家死了）」で第二十回時報文学賞を受賞。エッセイ集『甘い刹那（甜美的剎那）』、『浮生草』、『洪荒三疊』、短篇集『冷蔵庫（冰箱）』などがある。邦訳には「寺院の日常」（『我的日本』白水社、二〇一九）がある。本シリーズの顧問の一人。

「冷蔵庫（冰箱）」◉初出＝『中國時報』一九九九年六月二十八日

使用テキスト＝『冰箱』（聯合文學、二〇〇五）所収のものミカンは冷蔵庫が好きだ。こう言うとちょっと変に思われるかもしれない。冷蔵庫は生活家電なのに、好き嫌いと何の関係があるのかと。でも彼女が冷蔵庫を好むのは、たとえばほかの人がオーディオが好きだったり、パソコンや釣りが好きだったりするのと同じなのだ。

ひんやり冷たくて、中で眠ったらどんなにいいかしら。彼女はいつも言っていた。

彼女の冷蔵庫はとても大きくて、人の背丈よりも高い。レストランの厨房で使われているのにそっくりで、セブン-イレブンの大型の冷凍ショーケースにもすこし似ている。二枚の透明のガラス扉のほかに一枚のステンレス製の扉がついていて、扉を開けると何段もの棚が目に飛び込んでくる。庫内はとてもきれいに整理されているので、これを写真に撮れば幸せがいっぱい詰まった家電の広告に使えそうだ。

ミカンは実践的な女だ。常に大量の野菜や果物を購入して、定期的にビタミンを摂取している。冷蔵庫が好きな人はきっとみんな健康にちがいない。彼女は言う、どんな食べものも冷蔵庫の中にちゃんとそろっているから、アルマゲドンが来たって平気よ。

もしほんとうに世界最後の日がやってきても、彼女ならきっとこう言うだろう。ああ、世界最後の日になったのね、冷蔵庫の中に何があるか見てみるわ。そして最後の晩餐を作るんだ。

彼女は自活していて、自分が楽しければそれでいいというタイプの人だ。とても堅実で、浮ついたものにはまったく興味を示さない。アルマゲドンは彼女にとって、おそらくゆっくりと流れる人生の中の一日に過ぎないのかもしれない。

彼女はしばしばわけもなくアルマゲドンのことを考える。太平の世は人々に凶作への恐怖を植えつける、だから私たちは習慣的に食料を蓄えるのだ。

彼女といっしょのとき、僕らが一番よくやるのはスーパーマーケットをぶらつくことだ。各種食材、調味料、缶詰を吟味し、栄養成分や製造年月を細かく比較検討する。そして家に買って帰り、次々に冷蔵庫に詰め込む。彼女はこれらを種類ごとに分類して、それぞれの品物の位置を調整する。

野菜や果物はいちばん下の段にある透明のケースの中。中段にはさまざまなサイズと色の保存パック、最上段にはスイーツを置く。肉や魚はもう一つの扉のほうに保存し、調味料は瓶や缶の大きさと使用頻度に基づいて、まるで玩具のように並んでいる。

そうだわ、ワインは一度開けたら長くおけないのよね。一九九四年ものの、ナパ・ヴァレー・ソーヴィニヨン。ぜんぶ飲んじゃいましょ。

彼女は料理をしているときニルヴァーナの歌を聴くのが好きで、ときどきオアシスやヴァーヴ、あるいはレディオヘッドやポーティスヘッドをかけたりする。そもそもこれらのバンドは陽気で明るいとはとても言えないのだが、しかしミカンは彼らのその陰鬱で暗い音楽に包まれて、とても幸せそうにしている。彼女が最も好きなのはガービッジだけれど、いつも聴いているわけではなく、大雨が降る夜にだけ、明かりを消し、薄暗い光の中で、お酒を飲みながら、ガービッジのセカンドアルバムを繰り返し聴くのだ。大音量にして、リビングで踊り、涙を流す。そんなとき僕らの気分は最高で、ものすごくハイになる。しまいには床の上で酔っ払って、涙と唾液と汗まみれの中で抱き合い、転げまわるんだ。

不機嫌なときは、少々やっかいだ。彼女がラフマニノフを取り出すのが見えると僕はおとなしくベランダに煙草を吸いに行くしかない。もしそれがホロヴィッツの演奏するものだったら、さっさと近くの公園に行ってぶらぶらすることにしている。なんでもラフマニノフ本人でさえホロヴィッツが演奏するピアノ協奏曲第三番を聴いたあとは、もう自分で第三番を弾かなくなったらしい。作曲家本人でさえそうなんだから、僕のようなちっぽけな庶民はいうまでもない。ミカンがこの種の音楽を聴きながら作った料理はおのずとひどく憂うつで、沈黙に似た味がした。

僕は彼女がいつも機嫌が悪いのを知っている。でもこんなのは若い女によくあることだから、僕がちょっと察してやれば、面倒なことはおきない。なぜ機嫌が悪いのか、僕はもちろん知っている。僕が賢いバカ野郎だからだ。

リンゴとのことについては、ミカンを騙しとおすことができなかった。あるとき僕がリンゴと手をつないで散歩しているところを、ミカンに見られてしまった。こうなるのはまったくの想定外。まさかミカンが夜中の二時に横丁の入口にあるコンビニで雑誌を見ているなんて、誰が想像できる？　僕だってわざと彼女が住んでいる横丁を通り過ぎたのではない。ただリンゴがミカンの家の階下に住んでいたからだ。僕もその日はじめてリンゴがそこに住んでいるのを知ったのだった。まさに天罰だ。僕とリンゴが通り過ぎたとき、ミカンがコンビニの中から窓ガラスを軽く叩いたので、僕ら三人の目が合った。完璧な悪夢の一幕。ミカンは僕をちらっと見て、次にリンゴをちらっと見て、また雑誌に目を落とした。ミカンは言った、冷蔵庫からブーンブーンとうるさい音がするので、眠れなくて、それで逃げだしてきたの。

ミカンは騒ぎ立てたりしなかった。彼女はそんなタイプではない。でもそれもまたちょっと気味が悪い。というのも彼女はいつもと変わらない生活をして、まるで何事もなかったかのようなのだ。彼女があんまり気にするふうに見えないので、反対に僕が少し傷ついた。僕はなんて軽薄なんだ。盗み食いをしたらつかまるんじゃないかとびくびくするくせに、つかまっても叱られないと、これまた頭のてっぺんからつま先まで気持ちが悪い。
あなたとほかの人とのことは知りたくない、とミカンは言う。僕がここにいるときは心もここにいてほしいけれど、僕がいないときは彼女には関係のないことだと。彼女はただ冷蔵庫のブーンブーンという音のせいで、たびたび眠れなくなるのが不満なだけだ。眠れないときはすぐ外に出てそぞろ歩いたり、バイクで空っぽの街中をあてもなくさまよったりしているが、それはまるで彼女の夢の世界のようだった。僕は彼女がイライラしているのを知っているが、いったい冷蔵庫にイラついているのかそれとも僕にそうなのかはわからない。
夜中にブーンブーンと音をたてる冷蔵庫は、うっとうしい現代文明だ。

僕らの仲は冷蔵庫のようだ。開けると、中は明るくて心が躍るけれど、扉を閉めればブーンブーン音のする暗黒だ。何も腐ったりせずに、真っ白で冷たい片隅に埋まっている。僕らの仲は冷蔵庫のようだ。中にいっぱい詰まっているときもあれば空っぽのときもある。何でも長期保存できて、冷たいけれど、とても新鮮で、どれも昨日と同じに見える。

その後、僕とトマトの密会も、恐ろしくよく似た状況下でばれてしまった。僕らが二十四時間営業の誠品書店に朝の三時までいて、会計を済ませたあとに出入り口で鉢合わせをしたのが、なんとミカンだった。またあるとき、僕はバナナと華納威秀影城《ワーナービレッジ》にミッドナイトショーを観に行った。映画館の中は三人しかいなくて、映画を観終わってライトがつき、その三人目の人が振り返ると、それがなんとミカンだった。私たちは強い宿命を感じた。蓮霧《レンブ》とホテルに行った事はもはや言うにおよばずだ。ちょうどミカンが騎楼《アーケード》の下でバイクを停めているところに出くわしてしまった。さらにあるとき、僕は茘枝《ライチ》とタクシーの後部座席でいちゃついていた。まさかと思うが十字路で信号待ちをしているときに、突然誰かが車窓を叩いたんだ。見ると、ミカンが僕に向かって手を振り、すぐに赤信号を右折して行ってしまった。毎回こんな具合に、盗品もろとも現行犯逮捕され、ゆるぎない犯罪の証拠となった。台北はなんて狭いんだ。

これはきっと天の計らいだ。夜道をいくら歩いても幽霊に出くわすとは限らないが、親しい人間に出くわすことほど厄介なことはない。

僕はミカンを愛している。彼女の不眠症が早く治って、早朝からあちこちぶらぶらしなくなるように心から願っている。僕は冷蔵庫をなんとか修理して、異常音が出ないようにしようと思い始めた。冷蔵庫の音はモーターからではなさそうで、どことは特定できない片隅から、独り言をつぶやくように絶えず音がしていた。

だからミカンはこう言ったのだ、冷蔵庫の中で眠ることができたらいいのにね、ひんやり冷たいし、それにブーンブーンという音も聞こえない。山で遭難した人のように、眠りながら死んでいくかもしれない。ひょっとしたらSF映画みたいに、一時的に冷凍され、一気に長い眠りに入って、百年後に再び目覚めるかもしれない。

「そのとき君は誰に料理を作ってあげるの?」僕は笑って彼女に訊いた。

彼女は少し考えて、こう言った。もし今の幸せを、野菜の鮮度が保たれるように、冷凍保存できたらいいのにね。

眠いのに眠れないミカンは、一日じゅう彼女が愛する大きな冷蔵庫に縛られ続け、夢を見ることのない混乱した現実の中で、おだやかな長い眠りをとりとめもなく想像していた。いまに彼女は病気になると僕は思った。

僕らは日曜日の午後、いっしょに冷蔵庫の修理をする約束をした。

僕は一時間早く彼女のところに着いた。中に入ると、誰もいなくて、太陽の光が明るく降り注いでいる。家じゅうに食べ物のいい匂いがした。

テーブルのうえの盛りだくさんの料理は、何日も食べ続けられそうだ。

僕は座って、アヒルのローストを一切れ食べ、ピータンとブタ赤身肉のお粥を食べ、何口か芥藍《かいらん》をつまんだ。キッチンにはボブ・ディランの「天国への扉（ノッキング・オン・ヘヴンズ・ドア）」がかかっている。

ミカンはキッチンにいるようだが、呼んでも返事がない。

僕はキッチンに入って、はっと息をのんだ。目の前の光景に驚いて呆然となり、背筋の寒気がすうっと四肢に拡散した。

冷蔵庫の中は空っぽで、棚もすべて取り払われていた。冷たい空気がキッチンに充満している。

ミカンは自分を冷蔵庫に閉じ込めていた。両手を交差させて自分の体を抱きかかえ、ガラス越しに私に向かって笑いかけた。長い髪はぴんと伸びて肩にかかり、まるで白雪姫がガラスの棺の中にいるみたいだ。

僕は頭がくらくらしながら近づいていった。王子らしい颯爽としたところはみじんもない。

あぁ、これが、彼女が夢にまで見た結末なのか？　どうしてこんなことになったんだ？　僕はガラスの扉を叩きながら、体が萎えてきて、自分が風変わりな死体愛好《ネクロフィリア》の七人の小人になった気がした。彼女はからかうように、目を細めて笑った。口を開けて何か言ったが、ガラスを隔てているので僕には何も聞こえない。それから彼女は目を閉じた。僕がもう一度叩くと、彼女はまだ笑っていたが、目を開けない。僕はまた叩いた。彼女はまだ笑っている。だがすこし恍惚として、いまにも眠ってしまいそうだ。僕は叩き続けたが、彼女は聞こえないようだった。前にミカンもまた何度も僕に向かってガラス窓を叩いたことがあるのを思い出した。

ガラスの扉はびくともしない。彼女がいつのまにか内側にストッパーを取り付けていたのだ。彼女はなんと自分を凍らせて、中で眠ろうとしている。

僕は叩いた、あわてふためいて叩いた。

ノック、ノック、天国への扉をノック。ボブ・ディランが歌っている。

開けろ開けろ。天国だろうが地獄だろうが、早く開けろ。開けゴマ、開けミカン。叩いて叩いて、冷や汗がたらたらと全身に流れた。僕は完全に小人になって、お姫様の死をなすすべもなくながめている。世界の終わりの日が来たとき、身をひそめて眠るほかは、ただ大声で叫んで、天国への扉が開くのを願うことしかできない。

ミカンはずっと中にいて、とても穏やかな表情をしている。白い冷気が徐々に冷蔵庫を満たし、ミカンの顔がぼんやりしてきた。まるでほんとうに眠りに落ちたみたいに、僕の大きな叫び声にまったく取り合わない。冷気が徐々に彼女の顔、髪、眉、まつげにくっついて、どれも霧氷のような霜に変わり、手の指が青ざめている。

冷蔵庫は相変わらずブーンブーンと大きな音を立て続け、冷気がもくもくと見えない所から湧き出てきて、とうとうミカンを飲み込んだ。僕はまるで北極圏の巨大な樹氷に立ち向かっているかのようだったが、そばで年寄りのボブ・ディランが元気のない声で加勢してくれるだけだ。

ノック、ノック、天国への扉をノック。

このとき僕ははっと気づいた、すぐにプラグを抜くべきだ。

だがそう簡単なことではない。コンセントは冷蔵庫の真後ろにあるからだ。冷蔵庫は全体がステンレスと分厚いガラスでできており、普段の僕ならまったく動かせない。だが、こういうときどこから力が湧いてきたのか、僕は一気に冷蔵庫をどかして、プラグを抜いたのだった。

ミカンはまだ冷蔵庫の中に立っていて、微動だにせず、目はやはり閉じたままだ。彼女が眠っているのか凍って気を失っているのかわからない。まったくおかしなことに、彼女は信じられないくらい美しかった。顔色は血の気がなく真っ白で、唇は紫色になっている。意識を失った女がこんなに妖しいまでに人を魅了するとは。

僕は力を入れて強く、強く叩いた。ドン、ドン。

扉を開けろ！　扉を開けてくれ！　頼むから出てこい出てこい出てこい！

ノック、ノック、天国への扉をノック。

ミカンが突然体をちょっと動かし、くしゃみをして、意識が戻った。そして、ガラスの外で全身汗まみれになって、歯ぎしりしながら扉を叩いている僕を見ると、隔世の感を禁じえないとでもいうような驚きの笑みを浮かべ、ストッパーをはずして、出てきた。

僕は血相を変えて、手を振り上げ彼女の頬を平手打ちした。それから彼女を抱きしめ、気がつくと声を上げて泣いていた。

彼女はみぞおちに手を置いて、言った、ここがすごく痛いの。

知ってるよ、僕は言った。

どうして知っているの？　彼女は言った。

僕がその中にいるからだよ、僕は言った。涙が彼女の頬を伝い、みぞおちに向かって落ちていく。

僕らの仲は冷蔵庫のようだ。

色魔の娘

張亦絢

張亦絢（ちょう・えきけん、チャン・イーシュアン）

一九七三年生まれ。長篇小説に『続かぬ愛（愛的不久時）』、『別れの書（永別書）』、短篇集に『壊れた時（壞掉時候）』などがある。「色魔の娘（淫人妻女）」は第十回聯合文学小説新人賞を受賞した。

「色魔の娘（淫人妻女）」◉初出＝『聯合文學』第一四五期（一九九六年十一月）　使用テキスト＝『壞掉時候』（麥田出版、二〇〇二）所収のもの雨の多い日が続くと、謝嘉雯《シェ・ジャーウェン》は窓にもたれて洪水がおこるのを待ち焦がれる。

古ぼけたノスタルジーに包囲されて、壊滅を眺め、災難を眺める。

戦争、大地震、エイリアンの襲来——しょせんこれらは求めれば手に入るというものではない。だから彼女は音楽のボリュームを上げて、お手軽に暴虐な心に滋養を与える。屍はすでに野を埋め尽くしている。彼女がまさに戦場であり、まさに死体だ。音楽の大音響にも埋葬する力はない。

またある日のこと、彼女は猫の爪とぎに似たメロディーが流れるなか、ゆっくりと死んでいた。廃水が滔々と流れだし、犬が彼女を銜えていたが、その間ずっと意識がなかった。

トントントン、弟の嘉霖《ジャーリン》が外でドアを叩いている。まるで、得体の知れない獣《けもの》のひづめが彼女を踏みつけにする、その加勢に来たみたいだ。

トントントン、反抗しなければ、彼女は必ず死ぬ。

トントントン、このすべてに彼女は我慢できない。

トントン、トン、トン、見逃してくれないのか。

嘉霖が彼女を大声で呼ぶ「謝嘉雯、謝嘉雯」。おかげで頭が変になりそうだ。

トントントン、憎しみはなんともリズミカルで、脈拍にそっくりだ。

謝嘉雯は体の向きを変えてオーディオのボリュームを破裂寸前まで上げた。

トントントン、ドアの外にはいつも人がいる。彼女は泥はねみたいなものか。

トントン——謝嘉雯はひと思いにドアを開けた。

鮮血が嘉霖の額からたらたら流れ落ちている、まるで十字架のイエス・キリストのように。

彼の血、彼女の血、同じ血なのか。

謝嘉雯は自分が何を嘉霖に打ちつけて血を流させたのか覚えていない。

謝嘉雯は心が痛む。しかし彼女を終わらせようとする者がいれば、それが誰であろうと彼女はそいつを終わらせる。

1

そして彼女の母は、まるで箸の先にからみついている水飴みたいに、琥珀色の恨みを秘めて艶やかに輝きながら、いつも彼女に粘りつく。

必死でついてくる。彼女が鉛筆を買おうが紙を買おうが、母は必死でついてくる。彼女の母は彼女が色魔にいたずらされるのを終始恐れていた。このような緊密な関係が続くうちに、彼女は自分が母と愛し合う姿を想像し始めた。

しかし彼女は、一年中縮こまっている母の首が、制裁的な意味あいを込めるときだけにわかに伸びて、意気揚々としてくるのを思い出す。ちょうどスクリューキャップを一気に回し開けるように。

だが彼女は、母はやはりあの厄介者の父をきっぱり振り切ってしまうべきだと思うのだ。

父はまったく油そのもので、全身どこもべたべたしている。

頭髪、顔、口にする話、それに口にできない思想も。べっとり油っこいのに、いつも得意げにぎらぎら光っている。なぜなら彼の成分には貧乏人の栄養と、成りあがり者のゴミが含まれているからだ。

ところが母は、まるで箸の先にからみついている水飴みたいに、琥珀色の恨みを秘めて艶やかに輝きながら、いつも彼女に粘りつく。箸はほかでもない、父だ。

2

父は車を持っている。車はまさに彼の麻袋だ。妻と息子と娘はすべてその中に入るべきだと思っている。その車は一度も日常の交通手段だったことはない。母が食品マーケットに行くときも、彼女と弟が通学するときも、その車に乗ることはない。しかし週末ごとに、父は家族そろって遊びに出かけるべきだと、断固として主張した。車で遊びに出かけるのだ。

窓の外の景色をもっとたくさん見なさい――父は車の中で何度も何度も言う。その通りにした。実際、車の中で何かほかのことなどできないからだ。でも窓の外を流れる景色はいつも歪んでへんてこに見え、彼女にはまったくどうでもいいものだった――それらは人からどう見られようと、自らの辞世の姿を守り抜いているのだから。

高速道路は夢と同じくらい長い。ガラス窓に押し当てた額が痛くなり、しびれてくると、体の重みと感覚がすべてそこに集中する。窓から離れたとき、赤くて、深くくぼんだ、居眠りをしたときのような跡が残った。

後になって、信じられないことに、それが冷房のきく車だったのを知った。彼女の記憶にあるのは、こもった熱気、蒸発しない汗、遮るものが何もなくて真向から差し込んでくる直射日光ばかりだったのに。

誘拐犯が人質といっしょに誘拐犯の麻袋に入る道理はない。それはどうやらほんとうらしい。だから彼女の父は誘拐が発生したとは信じない――彼は言い張る、自分はずっと彼らといっしょだったと。

3

発育。発育しているとき彼女は自分がタマゴに似ていると感じた。毎朝、母が作る栄養満点の朝ごはんには必ずそのタマゴが出た。白身の真ん中で黄身がぷるぷる揺れている目玉焼き、Sunny egg。タマゴの表面の透き通るほど薄い凝固した膜は、うす皮でもあり汁でもあり、一口で吸い込むことができる。透明で張力に富み、あたかも筋骨をこっそり忍ばせているみたいで、隠喩《メタファー》としての個性を持っている。糸はつながっていないけれどだらだら続く関係。[*1]それは彼女の体の中にもある。音もなく、知らず知らずのうちに、生まれ続け、湧き出てくる。彼女がそれらを膣から引っ張り出すたびに、その弾力とコシの強さが、彼女を引きつけ、実り豊かな自分はタマゴに似ていると感じる。

タマゴのように、彼女もまた清潔で栄養がある。彼女は彼女自身だけではないので、寂しくない。

だが、胸の発育は一歩一歩彼女を打ち負かした。

――父はますます彼女といっしょに写真を撮りたがるようになった。写真を撮るとき彼女をきつく挟み、腕を背に回して肩を組むのにまるで鋼のような力をこめる。彼女は父のクスクス笑う姿を憎んだ。クスス、クスクス笑いながら父は言う、「おや、これは俗にいう、年寄りの牛が柔らかい草を食べるってやつだな」。ひょっとして父はもう彼女の乳房を服の上から触ったかもしれないし、まだかもしれない。彼女はラクダみたいに体を前屈みにして、まず先に乳房を遠くに流してしまおうかと考える。彼女は全身をそびやかしている。父はカメラのレンズに向かってクスクス笑い、その瞬間またちょっと力を入れた。

彼女の胸はこのために憂うつだった。

彼女は徐々に柔らかで喜びに満ちた発育を忘れた。

胸は発育するものだ。憂うつなものだ。彼女の体もそうだ。そして胸は憂うつの要地だ。発育は憂うつだ。

4

自由の闘士。若かったころ謝嘉雯もかつては自由の闘士だった。

その日彼女は断固として、最後までやりぬこうと心に決めていた。

早朝から、彼女は逆らって、逆らって、吹き倒されないよう頑張った。何度も何度も繰り返し言った。出かけたくない。ずっと家にいる。

攻防、攻防、攻防。彼女は怖くもあり、また恍惚とした気持ちにもなった。

最初、父はこの挑戦を喜び、彼女など相手にならないとでも言いたげな表情と素振りをし、ひいてはいかにもリラックスしてみせた。それから一回また一回とやって来て、そのつど少しの約束と保証を付け足

*1　原文は「没有絲的藕断絲連」。藕断絲連とは、レンコンは折れても糸はつながっていることから、切っても切れない関係を言う。ここでは、糸がつながっていないレンコンだが、折れてもその関係が続いているという意味で使われている。

した。「父さんの顔を立ててくれ」「父さんの顔を立ててくれ」――言いながら、手を嘉雯の肩の上に置いた。やけどしたような鋭い痛みが走り、何かが肩の上に取りつけられた気がした。

それは一対の翼、権力の翼だったが、天使の翼でもあった。謝嘉雯は痛みと無力を痛感した――もはや自分に残っているのは風が直撃するところにいる体だけだ。翼はいらない。

そうだ、翼はいらない。

正午になったとき、彼女は勝った。彼らは出際に、「きっと後悔するぞ」といった類《たぐい》の言葉を吐き捨てて、不機嫌そうに出ていった。彼女は大喜びで、どさっと崩れるように椅子に座って、大きく体を伸ばした。これが彼女の勝利品のすべてだ。ほんとうに嬉しかった。

彼女がまだ体を起こす前に、母がこの家を叩き壊す勢いで戻ってきた。この不肖の娘に対して無言の圧力をかけた先ほどの態度とは打って変わり、彼女をまるで殺人犯だと言わんばかりに責めたてた――父さんが車を人にぶつけたじゃないの。

あなたに良心はあるの？――母は急に落ち着き、優しくなった。あたかも天意が彼女の側にあるのを知っているかのように――あなた次第よ、どうする？――行くの、行かないの？

生まれてこのかた出くわしたことのない出来事に、彼女はびっくりしてしまい、詳しく尋ねる間も想像する間もなく、慌てて母の後ろにくっついて、敗北をかみしめながら歩いていった。もうすぐ何か血なまぐさい場面を見ることになる。母によれば、彼女が行かないから父は心神喪失に陥ったのだという。

生ける屍のように体を曲げて車に乗り込むと、謝嘉雯はそこではじめて自分がはめられたのに気づいた。車も、父も、髪の毛一本なくしていない。――たぶんほかの車とどこかちょっと接触しただけなのだ。

騙された屈辱感は、彼女を極度に落胆させたが、頭を窓ガラスにぶつけただけで、問い詰めるのはやめた。

車に乗ってしまっては、自由の闘士にもはや力を発揮する余地はないのだった。

5

母と娘の情。嘉雯は成人したその年に家から逃げ出して、芳美《ファンメイ》といっしょに暮らし始めた。嘉雯は家族に連絡方法を一切教えなかった。彼らがかつて存在しなかったかのように。

しかしそれは、彼女が病気になって何日も高熱が続き、ようやく峠を越え始めるまでのことだ。そのときの彼女はコークスが砕けて今にも灰になる寸前のように、焼けつくように熱く、崩れ落ちそうなほどもろかった。彼女は泣いた。話す言葉は短く簡単になり、言うことはきまって「母さんが恋しい」「母さんに会いたい」「母さんは私を愛している」というものばかりだった。

そういう中で、彼女はこんな話をした。「母さんは私をとても愛してくれて、ピアノを習いに行かせた。私を愛していたからそうしたのよ」。嘉雯は言った、父は当初、頑として彼女にピアノを習わせようとせず、ピアノも買おうとしなかった。お金の無駄遣いだと言うのだ。母は父と冷戦状態になり、戦いに負けると家出までして、ようやくピアノを買ってくれた。そのピアノはやたら大きくて重く、幼いころと成長してからの謝嘉雯に忘れ難い印象を残した。

芳美は嘉雯に訊いた、お母さんの性に対する態度はどうだった？　嘉雯はちょっと考えてから、ある出来事を話した——眠っているあいだに父が彼女に触った。母に言いにいくと、話がまだ終わってないのに、彼女に尋ねた、「あなたはどうなの？　まさか父さんがあなたをレイプするかもしれないと思ってるんじゃないでしょうね？」

結局、やはり彼女の母親は訪ねてきた。だが嘉雯は会おうとせず、軽蔑し、怖がって、こう言った。使者だ、いちばん私を狂わせる使者だ。そこで芳美が応対に出ると、ものの数分も経たないうちに、驚きの発見をした。嘉雯の話に出てくる寡黙な母親なら、口数がものすごく少ないはずなのに、なんと話し出すや話の前後が矛盾してもまったくおかまいなしで、異常なほど強硬だった。芳美は嘉雯の気持ちも考えてほしいと注意を促した。しかし彼女は言った——

「気持ち？　あの子が私より辛いですって？　私があの子の父親から何年苦しめられたと思う？　で、彼女は何年？　私は耐え抜いた。あの子は私の気持ちを考えたことがあるの？」

芳美は絶句して二の句が継げなかった。

「これは我が家の事で、あなたは外部の人間、あなたにわかるはずがない」。嘉雯の母親の自信は、まさに包囲網みたいに四方に張り巡らされている。「我が家は、一人一人に個性があって、誰かが誰かをどうかしたくても、誰も強制はできないのよ」。芳美は聞き続けているうちに、一つのことを理解した。嘉雯の母親はそもそも嘉雯のほうから父親を誘惑したのではないかと疑っている。

「強制と言えば」、嘉雯の母親は急に話題を変えた。「あの子が小さいころピアノを習っていて、たまに熱が入らないとき、ほんの少し強制したことならあるけど、大人になってからすごく感謝していたわ——あの子が自分で言ったのよ、聞いてごらんなさい」——なんという母娘関係。芳美は思った、謝嘉雯あなたはいつ花冠《はなかんむり》を母親にささげたの？　そんなことするから彼女はこうもやすやすとそれを手に取ってあなたを絞め殺そうとするんだわ。

部屋の中で話を聞いていた謝嘉雯は果たして気も狂わんばかりになり、地団太を踏んで叫んだ、「追い返して！」芳美がどうしたものか思案していると、嘉雯が大きくよろめきながら飛び出てきて、狂ったように母親を後ろに押した。押して押して押して、まるで体が母親の上まで伸びたかのように覆いかぶさっていった。

母親はさっさと負けを認め、押された勢いで腰を下ろすと、そこに居座って、今度はおいおい泣き出した。「自分の娘に会いたいのにそれもできない、それもできない」。元気なく見えるが、中におのずと泥のような力強さがある。謝嘉雯はよくわかっているらしく、目もくれずに、いらいらして言った。「出ていけ！」案の定、母親の態度ががらりと変わり、凶悪な顔をして、憎々しげに言った。「誰がここに来たいと言った」。威勢を張って、一言一言に一段と濃い嫌悪の感情をにじませている。「誰がここに来たいと言った」。言葉が短いので弱々しく聞こえないよう、演劇の表現方法を若干借用して、そのつど口をへの字に曲げ、言葉と言葉の間でたっぷりさげすむ表情をした。彼女は言った、「誰が、ここに、来たいと、言った」

6

色魔の娘。芳美はいつも、謝嘉雯のような女性は見たことがないと言う。

彼女の耳たぶから手のひら一つ離れたところで息を吹きかけると、たちまち興奮して続けざまに手で押し、足で踏みつけ、言葉で求めてくる。

芳美がゆっくり近づくと、嘉雯はいきなり飛び上がり、くるっと背を向けて、手で耳をふさぎながら、くっくっと笑って言う、「うぅ、もうがまんできない」

「あなたの体、素晴らしいわ」。芳美が驚嘆して言った、「なんて敏感な体なの」

嘉雯は首を振って、ちょっと考えてから、言った、「むしろ体が無ければいいのに」

「そんなこと言わないで。私たちゆっくりやりましょう」。芳美は言った。

「ゆっくり、ゆっくりね」。嘉雯はからかって言った。

芳美が抱きしめると、嘉雯は体を左右にゆすりながら、目を閉じて歌う、「耳はやめて！ 耳はやめて！」ときどき嘉雯には実際に触れることができないときがある。彼女が言うには、目まいと吐き気がしてきて、どこもかしこも得体のしれない危険だらけに感じるらしい。嘉雯はそんなとき理性を失い、近づいてくる者を激しく攻撃し、目に凶悪な光を浮かべる。「私に触れないで、ろくでなし」。発作はいつもしばらく続き、そのあと疲れ切って泣く。

しかしほかの大部分の時間、嘉雯の性に対する態度は、珍しいほど貪欲で活発だった。

芳美は彼女をぎゅっと抱きしめて、彼女の突飛な思いつきや情欲に溺れる様子をしきりに褒めそやした。そんな楽しい雰囲気のなかで、芳美は嘉雯の表情がふっと固まったのを覚えている。その表情をしたのは、芳美がちょうどこう言った直後だった。「嘉雯のような女性は見たことがない」

その静止した表情が消え去ったあと、嘉雯はげらげら笑って言った、私みたいな女はたった四文字で説明がつくわ。どんな四文字なの？ 嘉雯が答えるのを聞いて、芳美ははじめて「淫人妻女」*2にこんな使い方があるのを知った。「淫人妻女」。私は色魔の娘、と謝嘉雯は言った。

7

娼婦になる宿命。家族と一緒に住んでいたときは、さながら壊れた蜘蛛のようだった。髪を梳かず、顔を洗わず、ぶかぶかのネグリジェで一年中自分を包んでいた。ネグリジェの至るところにボールペンから漏れたインクがついていたので、もし母が見たら叱りつけたにちがいない。しかし彼女はそれら悲哀の汚れに満足し、離れがたい愛着を持っていた。彼女はそれらを守りたいと思った、あたかも幼い兄妹の二人がお菓子の家にたどり着くまで道々落としていった山じゅうの豆を守るように。ぽつんぽつんとついた汚れ、うっすらついた汚れが、意外にも、はっきりと、完全な形で、それらがつくはずのないところに現れては、彼女を慰めた。

それに比べて、ネグリジェが彼女に与えた慰めはそう多くはなかった。「この世に一着しかない」服であるかのように、それにどんなにすがっていたとしても。

ネグリジェ、これは彼女と同じ戦場で戦い、敗れた戦友だ——このネグリジェがなかったら、彼女はどうやって彼女に、彼女の日々発育していく体に、対抗できたかわからない。

しかし、彼女はまさに体をそこに持っているので、ここで、言い負かすことができない——消滅させた

＊2　「淫人妻女、妻女被人淫」（他人の妻や娘に淫行をはたらく者は、自分の妻や娘が犯される）は因果応報を説いて淫行を戒めた言葉。嘉雯は区切る箇所をずらして「淫人の妻女」と読んでいる。

いと思えば思うほど、それはますます様《さま》になってきて、人のふりをして、彼女についてきた。それは魂もなければ、意志もなく、何かを手に入れることも、何かを変えることもできない。

だから彼女はそれを隠した。たとえば幼すぎた母親が私生児の赤ん坊を急いで自分の掛け布団で隠して、息が苦しくなろうと窒息死しようと、もうどうだっていい、いっそ窒息死したほうがましだ、と一瞬思ってしまうみたいに。

謝嘉雯のネグリジェはまさに彼女の掛布団だ。寝たのがあんまりたくさんで、あんまりたくさん寝たので、自分は娼婦そっくりだと思った。ネグリジェでも消し去ることのできない体が、ネグリジェを着て、ますます彼女と一体となった身体は、まさにある予言のようだった。予言には彼女と彼女の体は運命共同体になるだろうとあった。確かに、奇形ではあったが、やはり間違いなく運命共同体だった。

謝嘉雯はしばしば強い関心をもって新聞の風俗系の求人広告を読んだ。月収数万、経験不問、女性アルバイト。それは彼女が熟知している終着点なのだといつも感じていた。彼女は芳美に言った、「ほんとうに一種奇妙な親近感があって、この種のものを見ただけでもう他郷遇故知〔他郷で古くからの友人に出会う〕気分になるのよ。実は私、小さかったころほんとうに娼婦になりたくてしかたなかった、家にいるよりもね」――実際、これはさながら種の進化に似た想像だった。

種が変化しようとすると、常にまずそれと近い種に変わる。謝嘉雯にとって、蜘蛛のような色魔の娘は娼婦とかなり近い。人々が言うところの「汝の隣人を愛せよ」の隣人くらい、近かった。

8

猥褻。性は事件を製造する。しかし性は事件ではない。性は発生もしない。性は生成される。十分な猥褻は十分な脅迫となりうる。威嚇はいらない。長期にわたる猥褻は威嚇よりも力を持っている。威嚇は相手を対象とみなすが、猥褻はそうではない。猥褻は相手を自分の器官とみなす。言い換えれば、謝嘉雯の父親が三歳だった彼女の口の中に舌を力いっぱい押し入れてかき回したとき、謝嘉雯はまさに父親の器官だった。たとえ父親が目を閉じ、謝嘉雯が目を見開いていたとしてもだ。

彼女の父親は愛をことのほか強調する。父の愛。その愛は、足を切断した人が切断された足をどうしても忘れられないようなもの。あるいは、四肢健全な人が、自分が第三の手を持てないことを信じたくなくて、第三の手を持てないことを信じないようなもの。

一種の第三の手に対する愛だ。

9

昔の出来事。深夜のキッチンで食器を洗った。

深夜のキッチンで、謝嘉雯は見たことのない食器を洗った。

母がベッドに来て彼女を揺り起こしたとき、すぐにわかった——母にどんな質問もする必要はないのだと。母はすべてを掌握している顔をしていた。この生まれて間もない意志の力のせいで、母の全身から重量と切断力のある光が漏れ出ていて、その一本一本が、謝嘉雯を恐れさせ、またうっとりさせた。しかしすぐに、父の身に何か起こったのではないかとも思った——父は出張で、外国に行っている。

　母が食器を洗うよう命じた。彼女はふと母が未亡人になった気がした。彼女が食器を洗うのは、罰を受けているようでもあり、また母にある種の慰めを与えているようでもあった——母がこんなふうに彼女を操ったことはめったにない。まるでこのあともっと深刻なことが待ち受けていて、すべてが始まるにはまだ十分ではないかのような空気に包まれていた。

　謝嘉雯は自分がちっとも怖がっていないのを奇妙に思いながら、ひたすら待っていた、身を隠している母にもっと近づくのを待っていた。

　細くて柔らかい水しぶきが次々に謝嘉雯の手の甲に落ちる。とても優しくて、湯船を泳ぐゼンマイ仕掛けの小さなクジラのように優しくて、謝嘉雯も一つの玩具になった気がした。まだ赤ん坊だったころ、母は自分の手を彼女のゆったりしたベビー服の中に入れて、彼女に布袋劇《ポテヒ》〔台湾の人形劇〕の中の「女暴君」を演じさせて遊んだそうだ。謝嘉雯はそれを聞いたとき、自信たっぷりにそののどかな光景を目に浮かべることができると言った——その当時、母はきっと彼女のことを曲がりなりにも愛していたのだ。彼女は食器を洗いながら思った、もしかしたら父はもう死んだのかもしれない、たしか飛行機に乗ると言っていたし。真新しい生活が彼女をかすかに興奮させた——キッチンの入口にずっと立っている母の様子をそっと盗み見た。まさかもう頭がおかしくなったのではないわよね。手がちょっとこわばってすぐに萎えた。彼女は父の会社の女性社員を思い出した。そのうちの何人かを、父はしきりにほめていた。

謝嘉雯がひどく弱々しく食器を洗い終わると、次はベッドで寝るよう指令を受けた。こうしてこの件は突然終わりを告げ、彼女の人生の中で最も事の顚末も糸口もない、取りつく島もない事件になった。まるで異星人のE．T．が偶然差し出した指のようだったが、しかし彼女はまだそれに触れてもいなかった。

三日後、父が元気いっぱいに帰ってきた。すべてがいつも通り。その後はもう皿洗いをさせられることはなかった。彼女の母も、この件を覚えているふうには見えなかった。

10

もう一人の女。もう一人の女がいた、母とはまったく違うもう一人の女。

その女は彼女自身と男と女のすべてのセックスについて謝嘉雯に詳しく話して聞かせた。人生はなんてつまらないんだろう、将来は娼婦になるだけだっていうのに、緑の制服[*3]を高々と掲げ、卒業証書を壁に貼り、私は家の入口に座って自分の売り値を叫んでいるのだから。まさに三月の学生運動[*4]のときの広場で、これが時宜にかなった話題かどうかはわからない。

広場には男が多い。嘉雯の気持ちはもともと遠く離れていたのだが、どのみちそのうちの一人か二人と密接な関係になるだろうと見通しをつけていたので、愛想笑いで済ませるだけで十分だと思っていた。ところが、売春業に志願したほうがましだという女の豪快な語りに大いに興奮した謝嘉雯は、もはや女と男

＊3　台湾の有名進学校である台北市立第一女子高級中学（北一女）の制服。
＊4　一九九〇年三月、政治の民主化を求めた台湾初の大規模な学生運動。「野百合学運」とも称される。

がどれほど親しいかなど考えるのはやめることにした。彼女はわかったのだ、まさに彼女たちが、彼女たちの関係の深さが、他を完全にしのぐだろうことを。彼女たちは空高く発せられる声の共鳴によって結びついている。感情を求める必要はない、感情はすでにあるのだから。

中正廟[*5]の外に車が停まっていて、女は一目見るなり素速く逃げ出した——車は女の父親のものだ。傍にいた人が嘉雯に教えてくれた、女の父親は国家安全局の者だと。それで嘉雯は、女が彼女に話してくれた父親の命を受けて参加したという社員旅行のことを思い出した。女がちょうど大型の観光バスからゆっくりと下りてくる、その場面はさながら叙事詩のように美しい。女は言った、私はもちろんすごく楽しんでいるわ、私が楽しめないところなんてないもの。

女の父親はやはり活力と創意に満ちた人だ。だからその車はカラフルな色にペイントされて、異彩を放っている。

11

しかし彼女は純粋無垢と存亡をともにしないわけにはいかなかった。学生仲間のあいだで彼女は純粋無垢な謝嘉雯で通っていた。みんなこの女の子には永遠にエッチな話はわからないだろうと信じていて、性に関するどんなかけ言葉の落とし穴にうまく落ちたとしても、彼女にはそれは「未経験中の未経験」だった。その通り。彼女は自分を幼くか弱いいい子にして、無邪気に笑う。恍惚から聖潔へ、聖潔から恍惚へ、一本の無言の暗流が、流砂の中から鞭を引き抜くように、引き抜く、引き抜く——彼女はもちろん経験が

郵便はがき

料金受取人払郵便

麹町支店承認

9781

差出有効期間
2022年10月
14日まで

切手を貼らずに
お出しください

1 0 2 - 8 7 9 0

1 0 2

[受取人]
東京都千代田区
飯田橋2―7―4
株式会社 作品社
営業部読者係 行

【書籍ご購入お申し込み欄】

お問い合わせ 作品社営業部
TEL 03(3262)9753/FAX 03(3262)9757

小社へ直接ご注文の場合は、このはがきでお申し込み下さい。宅急便でご自宅までお届けいたします。送料は冊数に関係なく500円(ただしご購入の金額が2500円以上の場合は無料)、手数料は一律300円です。お申し込みから一週間前後で宅配いたします。書籍代金(税込)、送料、手数料は、お届け時にお支払い下さい。

書名		定価　　円	冊
書名		定価　　円	冊
書名		定価　　円	冊
お名前	TEL　（　　）		
ご住所	〒		

フリガナ
お名前

男・女　　　　歳

ご住所
〒

Eメール
アドレス

ご職業

ご購入図書名

●本書をお求めになった書店名

●ご購読の新聞・雑誌名

●本書を何でお知りになりましたか。

イ　店頭で

ロ　友人・知人の推薦

ハ　広告をみて（　　　　　　　　　　）

ニ　書評・紹介記事をみて（　　　　　）

ホ　その他（　　　　　　　　　　　　）

●本書についてのご感想をお聞かせください。

ご購入ありがとうございました。このカードによる皆様のご意見は、今後の出版の貴重な資料として生かしていきたいと存じます。また、ご記入いただいたご住所、Eメールアドレスに、小社の出版物のご案内をさしあげることがあります。上記以外の目的で、お客様の個人情報を使用することはありません。

ない。

それらは、もちろん、経験、ではない。

純粋無垢――風俗業に対する強烈な野心は、民生物資を買いだめした者を罰する没収行為と同じだ。復活するためには必ず一手を残しておくべきなのだ。どんな華麗なるスパイあるいは傑出した裏切り者でも――祖国をたった一つしかもたないのは絶対にだめだ。もし祖国の数が足りなければ、天国を創造すべきだ。

純粋無垢はまさに謝嘉雯が見せかけの忠誠を尽くす天国だった。

一種の病気のように、また一種の死のように、純粋無垢は彼女に可能な限りの病気、可能な限りの死をもたらす――だから、彼女はその器官に与えられた使命、非生命の生命を必ず謀殺しなければならない。

純粋無垢はまた一種の後戻りだ。彼女はあの遠い昔、父が頻繁にキスを求めてくる前の、きわめて短い人生に戻ろうと試みた――そこは、まだいかなる内容も持たないところだ。だが、彼女はその遥か遠くの、見知らぬ、支配されていない人生を持たないために、自分の人生の始まりを感じることができないでいた。あたかも罰として立たされたまま、その場を離れることができないばかりか、身動き一つできないみたいに。

もしあの罰で立たされた時点に戻って、過ぎ去った昔をしのぶように、もう一度純粋無垢を演じれば、もう罰を受け続けたいとは絶対に思わないはずだ。その罰で立たされた時点を踏み越えてこそ彼女の始ま

*5　中正紀念堂。台北にある蔣介石の顕彰施設。三月の学生運動のときは全国から大学生約六千名が中正紀念堂広場に結集し座り込みをした。

りがある。始まりがあれば過程を持つことができる。純粋無垢は始まりを奪われた人間が化けて出てくる始まりなのだ。

12

恋愛。恋愛はすぐに家族の生活と相反するものになる。

家族の生活とは異なる生活が、謝嘉雯に達成感と安心感をもたらした。それは素晴らしい恋愛生活だった。

もし、彼女を一人の娘とみなすなら、つまり一つの非常に緻密で、密封された、頻繁に使用される性の受信機とみなすならば、恋愛生活の中の彼女はほぼ完全な放射性物質であり、そのエネルギーは驚異的だった。

人を惹きつけようと人に惹きつけられようと、恋愛生活の中で、彼女は一つの武器そっくりだった。精密な武器が放つ優越した光で世界秩序を維持していた。

しかし彼女が隠し持っている弱点はなんと致命的であったことか。その弱点と純粋無垢はまさに表裏一体であり、意識的な無知は、結局は単純な無知と同様に無知から抜け出すことができないのだ。

自発的な放棄、まったくの無自覚——彼女の弱点はすべて娘としての弱点だった。彼女は刺激と抑圧の競技場であったが、判断もしなければ、行動もしないので——武器もただの武器に過ぎず、ロボコップでさえなかった。

彼女の弱点を取り除いたのはレズビアンの世界だ。この世界は、彼女たちの父親には絶対に不可能な大胆な恋愛を基本とし、女の参入によって、圧倒的な勝利の位置を獲得する運命にあった。

その世界で、彼女は大胆な女を発見した。抜群のテクニックを持ち、一生情愛のために精魂を傾ける。絶対に彼女の父親とは違う。父親の、あのすべてを腐らせ、色欲のにおいを嗅ぎまわって食らいつく人生。彼女の父親は、他人の人生に対しては、まるで深刻な低酸素状態にある病人みたいに、身近な人の口や鼻を素速く手のひらでふさいでおいて、こうするしかない、これでやっと少しでも多く空気を吸い込むことができる、と考えるような男だ。

彼女はかつて彼と同じ部屋にいた。謝嘉雯は覚えている、父親が必死に彼女の口の中の唾を吸っているとき、確かに、露ほども彼女のことを気にかけなかった。すでに息ができなくなっていたというのに。

こんなにも死に接近したことがあったので、謝嘉雯は命ある限り大胆に恋愛をしようとした。

13

殺し屋。とても幼かったころ、まだ幼くて歯が生え変わり始めてもいないころ、謝嘉雯は一人の殺し屋に出会ったことがある。

その殺し屋は近所の小さな男の子で、謝嘉雯を殺しにやって来た。彼女を殺す前に、彼はまず殺人方法を詳しく話して聞かせた。つまり、今、彼の体には、ものすごいバイ菌がついている。だから、指を一本伸ばして、謝嘉雯に触れるだけで、謝嘉雯はいちころだ。

殺人犯はもう一人中学生の従兄を連れてきていて、この従兄が横合いから謝嘉雯が聞いてもさっぱりわからないたくさんの専門用語を付け足した。

「私に触らないで！」謝嘉雯は即座に言った。殺し屋は聞き入れず、人差し指を謝嘉雯の体の近くに突き出してゆらゆらさせた。謝嘉雯はひどく怯え、絶望した。彼女はすっかり信じ込んで、この小さな遊び友達が自分より一段優れているいろいろなことを思い出した。たとえば彼は鉛筆の芯に毒が入っていることを知っていた——自分はもうすぐ死ぬ。死んでしまう。

やがて、殺し屋は謝嘉雯を追いかけ始め、こうして謝嘉雯はその死の指で何度も触られてしまった。その間、謝嘉雯はたまらなく悲しかった。静かな夏の日の午後、彼女は脱げやすいサンダルを履いていて、どこに逃げたらいいかわからなかった。一瞬、鳥の鳴き声が聞こえた。

彼女の人生で出会った殺し屋はみなこのタイプだ。父親はみるからに卑猥な態度で彼女の遊び友達になれなれしくこう言った、「君はうちの謝嘉雯が好きなんだろ？」とか、「ほう、うちの嘉雯を追いかけ回してるのか？」——そのたびに、謝嘉雯はあの午後に戻った気がするのだった。男の子が人差し指を突き立てて、バイ菌を彼女にうつし、死ぬぞと脅したあの午後に——父親が姿を見せるたびに、まさに彼女と一本の指、あの一本のバイ菌のついた人差し指との距離が、どんなに近かったかを思い起こさせた。

あの幼い殺し屋のように、この種の殺人方法なら謝嘉雯を何度でも殺すことができる。ひょっとすると彼女を真の命知らずの人間にしてしまうのに十分だったかもしれない。

14

昔のこと。雁は林の梢《こずえ》にいる。

ここ数日、弟の嘉霖がいつも母の部屋のドアを叩いている。閉じられた苦学のドア。母はこんなふうに試験の準備をしてほんとうに大丈夫なのか？　不合格なら研修の機会を失ってしまう。母が終日勉強をしているのは、研修に行くためだ。嘉雯は多くはわからなかったが、ドアのところでぐずっている嘉霖を引っ張って遠ざけた。

父の会社で社員旅行があった——子どもたちを連れていけないかしら？——嘉雯は母が問いかけるのを耳にした。すると父は相手をするのも面倒だと言わんばかりの声をだした。拒否したということだ。

旅行の当日、父はやはり拒否した。連れていかないと言ったら連れていかないんだ。父はろくに話もせず、勝手に出ていった。母の口数はもっと少なくて、子ども二人の襟をそれぞれつかむとドアの外に押し出して、父さんにしっかりくっついてなさいと言った。父はひたすら階段を下りていき、彼らには見向きもしない——彼らはついていく勇気がなかった。

母が彼女に言った、「遊びにいってきなさい、平気だってば、ついていけばいいのよ——」。彼女は母を見ながら、泣きそうになって、言った、「母さん、私はいかない、残って母さんといっしょにいる」。彼女の頭の中は母が自殺するかもしれないという思いでいっぱいだった。

結局この件は、俗に言う「突然の雷鳴に耳を覆うのが間に合わない」ほどの猛スピードで、嘉雯と嘉霖が父親の持ち場に放り込まれて決着した。職員たちがちょうどそこに集合していたが、母は誰とも顔を合わせずに、バスに乗って帰っていった。たくさんの叔父さん叔母さんたちが取り囲んできて、二人のことを父親似だと褒めそやした。

観光バスの中で、彼女と嘉霖はそれぞれ一人ずつ二人の叔母さんから世話をうけることになった。父は前方にいて、他のネクタイをした野蛮人たちと、酔っぱらったみたいに叫び声を上げ大笑いしている。

彼女の世話をしてくれた叔母さんは話し声は小さかったけれど、歌を歌うのがとても好きだった。歌の本を彼女の膝の上に開いて、童謡の「カタツムリと黄鸝鳥《コウライウグイス》」と「雁は林の梢にいる*6」の歌を教えてくれた。

雁は林の梢にいる、
目の前を白い雲が流れ、
雲を口に銜えたいけど銜えられない、
巣を作りたいけど作れない

たぶん彼らが外にいた時間が足らなかったのだろう。その後、母は結局試験に合格しなかった。

15

色魔の娘。オーガズムに達したとき、彼女はナマケモノそっくりになる。芳美の樹に跳びついて、両足で彼女の背をよじ登り、げらげら笑いながら、飛び立つ刹那に、空前の歓喜に上りつめる。

女は骨のいちばん奥から震え始める。それはまさに海中で貝をつかみ取るのによく似ている。口は手に変わり、手は口に変わり、行ったり来たりするのは潮、波、砂、貝のほうだ。貝が急に流されていったり、急に転がり込んできたりするのを、手でやさしくつかまえて、女は貝になる。

彼女は仰向けになるとすぐその貝の上に体を横たえる。巨大な貝は彼女の防壁であり、優しい貝は彼女の家だ。貝の足を枕にして、貝の身は美しいベッドの床板《とこいた》になる。ここも、そこも、彼女は自分の髪であちこちを洗う、家の隅々まで。

彼女はまた家の呼びかけに応えて、家のひだの百合の花に似た秘密の道に入りこんで遊び戯れる。家をもてあそぶと、家は白うさぎがぴょんぴょん跳ねるみたいに小躍りして喜ぶ。彼女は家が倒れても怖くないので、家の動きを止めない。家は崩れ落ちると、まるで最高に丈夫で柔らかい掛け布団のように彼女を包み込む。

16

故障。この件は何年も続いた。謝嘉雯たちはみんな、父の車のカセットデッキが壊れているのを知っていた。

＊6　恋愛映画『雁兒在林梢（雁は林の梢にいる）』（一九七八年、台湾）の主題歌。原作は瓊瑤の同名小説。主題歌の作詞も瓊瑤。

ところが父はずっと修理に出そうとしない。彼は言った、「修理なんて、お金の無駄遣いだ。お前たちは毎日部屋の中で音楽を聴いてるんだから、これ以上聴かなくていい」

彼らはこのことで「毎週のお出かけ」をもう少しでボイコットしそうになったくらいだ。しかし、彼らの不平と抗議は、なぜだか知らないが、いつも失敗に終わった。しばらく経つと、彼らも、忘れてしまうのだった。

でもときには、また思い出すこともあり、運転席に近寄って、ちょっと運だめしをしてみたくなる。「ちょっと試してみていい？　ちょっと試してみていい？　カセットデッキは壊れてないかもしれないよ」

父の返事はいつもこうだ、「カセットデッキは故障してるんだぞ、カセットテープを入れたらそっちが壊れるかもしれん」——その差し出されて宙に浮いたカセットテープを、父は手を伸ばして受け取ろうしなかった。

その日、彼らはまたその何の希望もない試みを始めた。嘉雯はこの願望がますます卑しく思えてきて、あきらめきれない嘉霖に言った、「もうやめなさい、どのみちあんたが聴きたいと思えば思うほど、父さんはますます修理しようとしなくなるんだから！」

言い終わらないうちに、彼女は父が聞こえないふりをしているのを感じ取った——案の定、父は無造作に嘉霖の手からカセットテープを取って行った。「入れてちょっと聴いてみるか」

「修理したの⁉」嘉雯と嘉霖は思わず驚きの声を上げた。

「いいや」

「修理に出してない？」

「修理に出してない」。父は手を伸ばしてキーをちょっと押した。

「修理してないのにどうして聴けるの？」

「故障してたんじゃなかった？」

完璧なサウンドが毛ほどの傷もなく流れてきた。二人の驚きとも疑いともつかない気持ちは歓喜と興奮に変わり、あやうく父に対する昔の恨みをきれいさっぱり忘れるところだった。

「父さんが修理に出したの？」

「いいや」

「でも故障してたんじゃなかったの？」

父はちょっと笑った。まるで彼女がほんとうにバカな質問をするとでも言いたげに。

流れ続ける音楽の音色を聴きながら、彼女は一つのことを理解し確信した。父の車のカセットデッキは、今まで、今まで一度も、故障したことはなかったのだ――その瞬間、彼女はたくさんのことを思い出した。父と言い争いを始めると、父が手を伸ばして彼女のネグリジェのひもを引っ張って外したこと。みるみる窓の外は土砂降りの雨に変わり、車の中の音楽は、聴こえなくなった。

蝶のしるし

陳雪

陳雪（ちん・せつ、チェン・シュエ）

一九七〇年生まれ。長篇小説に『悪魔の娘（惡魔的女兒）』、『橋の上の子ども（橋上的孩子）』、『迷宮の恋人（迷宮中的戀人）』、『摩天楼（摩天大樓）』、短篇集に『悪女の書（惡女書）』、『幽霊の手（鬼手）』などがある。邦訳には白水紀子訳『橋の上の子ども』（現代企画室、二〇一一）、「天使が失くした翼をさがして」（『台湾セクシュアル・マイノリティ文学3　小説集「新郎新〝夫〟」【ほか全六篇】』作品社、二〇〇九）がある。

「蝶のしるし（蝴蝶的記號）」◉初出＝『夢遊1994』（遠流、一九九六）　使用テキスト＝『蝴蝶』（印刻出版、二〇〇五）所収のもの最初からすぐにわかった、来るべきものは必ず来るものなのだと。
まさかこれほど早く来るなんて思わなかっただけだ。

＊

阿葉《アーイエ》が病気になった。熱が三十九度まで上がったので、私は家に帰らなかった。彼女の家で夜を過ごすのはこれがはじめてだ。宝宝《ベビー》はおとなしく眠ったかしら？　阿明《アーミン》はちゃんと宝宝の世話をしているかしら？　ほんとうにどうしようもなかった。何といっても阿葉は一人ぼっちだったから、もし私が看病してあげなければ、彼女はどうすればいいの？

お粥を作って食べさせたあと、彼女は薬を飲み終えるとすぐに眠ってしまったけれど、私は寝つけなかった。もうずいぶん前からぐっすり眠っていない。実際、阿葉に出会ってからよく眠れなくなっている。いえ、最初は楽しかった、ところが阿葉と愛し合った後、ありとあらゆる問題がやって来た。あぁ、こんなふうに考えるのはひどすぎる、罪悪感のせいなのはわかりきっているのに。なにしろ、私は結婚して子どもがいる女、しかも高校の教師なのだから。

でも、私はたしかに恋をし、しかも空前絶後の大恋愛の真っ最中だ。私はまた一人の女を愛してしまった。

＊

これまでの三十年間、私はずっと穏やかで幸せだと言える日々を送ってきた。学生時代の成績は普通で、公立の上から三番目の高校に通い、私立大学の国文学科に進学した。卒業後は家族のコネで私立高校の教師の職を見つけ、二十六歳の年に学校の近くでパソコンショップを経営していた阿明に出会い、交際して一年も経たないうちに彼がプロポーズして私はそれを受け入れた。

友人たちの生活を見てみると、みんな愛情で悩んでいるか仕事がうまくいっていないかのどちらかだ。恋人がどんなにロマンチックで優しいか得意げに話しているかと思えば、昨晩のいさかいのことでイライラ腹を立てたりしている。大学時代から今まで何度も激しい恋を経験している人もいれば、相変わらずほんとうの理想の相手を探し続けている人もいる……私たちは月に一度くらい待ち合わせていっしょにご飯を食べたりお茶をしたりしているけれど、私にとって彼女たちの話は口をさしはさむことができないものばかりだ。彼女たちの強烈で、矛盾した、悲喜こもごもの……愛憎入り混じった感情を想像するのは難しい。おそらく私はひどく情緒に欠け、感覚も鈍い人間なのだろう。阿明と知り合ったのは同僚に付き合ってフロッピーディスクを買いに行ったときだった。雑談しているうちに意外にも彼が同じ大学の四つ上の先輩だとわかり、授業が終わったらいっしょに食事をしようと誘われた。食事が終わると、彼はついでだから家まで送っていくと言った。その日はたくさんおしゃべりをしたけれど、私はもちろんただ聞く側で、彼はずいぶんプライベートな秘密まで打ち明けた。崩壊した家庭、反抗的な青春時代、交際五年になる恋人の不慮の死……初対面の人に話すにはふさわしくないこれらの話をしたあとで、彼はこう言った。

「君には人を信用させる能力のようなものがあるね」

どうやらこれが、私はこんなに平凡なのに、いろいろな人を惹きつけ、会ったばかりなのに居ても立ってもいられず堰を切ったように人が自分の秘密を話し出すいちばんの原因なのかもしれない。だが実は、私は何も意見を言えないし何か慰めの言葉を言えるわけでもない。ただ静かに、自分と遠く離れた、でも聞くととても真実味のある話に耳を傾けて、そのまるで別世界のような生活をなんとか想像していたにすぎない。

阿明は私が出会った人の中で、辛い過去のために自己憐憫に陥ったり、ことさらそれを鼻にかけて思い上がったりすることのない数少ない人だった。彼の悲しい傷はまるで一筋の細い川の流れのように、自然に低く浅く遠くに向かって流れていて、その川を私がちょうどまたぎ越して、彼の心に足を踏み入れたのだ。

彼を愛しているかですって？　きっとそのはずだ。当初、結婚は私自身が望んだものだった。父母の命に従ったわけでも、子どもができたからでもなく、晴れやかな気分で受け入れたのだから。しかし、愛は私にとって一つの文字にすぎず、その含意を正確につかむことができなかった。かりに、ある人と話をするのが好きで、その人とセックスしてもいいと思い、いっしょに生活しても無味乾燥だと感じない、それが愛と言えるならば、私はきっと彼を愛している。恋愛の名手の名に恥じない私の妹が以前ひどく残念そうにこう言ったことがある。

「ねぇ、姉さんって頭のネジが一本足りないんじゃないの」

宝宝《ベビー》が生まれ、看護師が赤ん坊を抱いて病室に入ってきたその瞬間、私はようやく痛いほどの喜びを体験した。宝宝の真っ赤な小さな顔と皺だらけの目や鼻を見ていると思わず笑みがこぼれた。たぶんこれが愛の魔力というものだろう、まぎれもなく子ザルそっくりな顔が、見れば見るほど小さな天使に見えてくるのだから。

そのときの私は、自分のマンションがあり、愛してくれる夫とかわいい宝宝がいて、仕事もそこそこ楽しく、毎月お決まりの生理痛を除けば、ほとんど文句のつけようのない生活を送っていた。

ところがひょんなことから阿葉に出会ってしまった。

＊

土曜日の昼は、授業が終わるといつも学校の近くの大型スーパーに立ち寄っている。そこで粉ミルク、紙おむつ、日用品を買い、それから車で保母さんのところに行き、宝宝を引き取って家に帰るのだ。宝宝はすでに一歳を過ぎて歩けるようになっていたけれども、阿明は私に仕事を辞めて家で子どもの世話をするよう求めたりせず、むしろ信頼のおける保母さんを見つけてきて、私が仕事を終えて引き取りに行くまで預かってもらえるようにしてくれた。その日、私がちょうどビスケットを選んでいると、傍にいた女の子がなんといくつも袋を開けてがつがつむさぼるように食べているのに気づいた。見つかったらどうするのよ、と心配していると、案の定、店員が駆け寄ってきて彼女をとがめた。ところがその女の子は少しもうろたえず、反対に私のほうが緊張して慌てて店員に言い訳をしてしまった。

「すみません、私の妹なんです、代金は私が払いますので」

彼女は私が荷物を車に運びこむところまで手伝ってくれた。もともとは彼女に、お金がないの？　どうして盗み食いなんかしたの？　と訊くつもりだったが、意外にも彼女のほうからおっとりした口ぶりでこう言った。

「私、無一文で家を追い出されてしまって、お腹もぺこぺこだったの、さっきはほんとにありがとう。あなたの住所と電話番号を教えてくれない？　今度お金を返しに行くわ」

私がその必要はない、もうこんなことしたらだめよ、私がまたちょうどよくそこに居合わせてるわけないんだから、と言うと、彼女は笑った。なんてきれいな女の子だろう。たぶん十八歳くらい、質の良い白のセーターを着てパステルブルーの短いパンツにロングブーツを履き、肩まで届く髪をポニーテールにしている。どう見てもスーパーで盗み食いをするようには見えない。むしろ父親は弁護士か医者で、戸建ての家に住み、お小遣いは使い切れないほど持っている類《たぐい》の子に見える。私が千元札を取り出して、これでご飯を食べに行きなさいと言うと、彼女は笑って言った。

「いっしょにご飯食べようよ。近くにおいしい日本料理のお店があるんだ。その隣にはすごくおいしいコーヒーが飲めるお店もあるよ」

こうして、結局、私は彼女を拒絶できなかった。彼女にはもっと彼女のことを知りたいと思わせる何かがあって私を惹きつけた。それで、保母さんに電話をいれ、用事が出来たので宝宝のお迎えは少し遅くなる……と言い、彼女についていった。

その日は午後五時にようやく帰宅した。私ははじめて阿明に嘘をついて、同僚の先生に付き合って街をぶらぶらしたの……と言った。なぜ嘘をついたのかわからない、だが一度嘘をつけば次々に嘘を重ねることになるのは知っている。その日の午後いっぱい、私たちはご飯を食べコーヒーを飲んだ。彼女は自分が阿葉《アーイェ》という名前で、無職でぶらぶらしていると言ったほかは、話はもっぱら彼女が飼っている三匹の犬のことばかりだった。他の人のように心にたまった辛い出来事を堰を切ったように話し出したりしないで、家を飛び出してきたので犬がご飯を食べてないんじゃないか心配だという話しかしない。そのかわり私はたくさん話をした。宝宝は音楽を聴くのが好きで、とくにチェロの音が好きなこと、阿明は赤ん坊が楽器の音を聴き分けられるはずがないと言い張るけれど、でも私はあの子が聴きとれているのを知っていること。阿葉は信じるわと言って、こんな話をした。

「私、三歳で漢字が読めたのよ。父さんは信じなかったけど、母さんはわかってくれて、たくさん本を買って読ませてくれた。小学校のときみんながボポモフォって漢字の発音記号の勉強をしているとき、私はもう武侠小説を読んでいた。だから学校に行っても面白くなくて、一日中授業をさぼっていたら、算数がもう全然できなくなって、それから成績はひどいものよ」

あなたはとくに何かしたいことはないの、と私は訊いた。彼女はいかにも不思議そうな表情をして私を見つめて言った。

「どうしてみんな同じことを訊くの？　小潘《シャオファン》もしょっちゅう、私が人生を無駄にしているとか、こんなこと続けているとそのうち自分だって私を軽蔑するようになるかもしれないとか言うし……」

私は恥ずかしかった。なぜこうもおせっかいを焼いて余計なことを言ったりしたのかしら？　完全に職業病だ。でもその小潘とは誰なのかとても知りたくなった。彼女は私の心を見透かしたように続けて言った。

「昨日、小潘とけんかして追い出されてしまった。しかたない、なにしろ居候の身だからね。ほんとうは彼女、普段はすごくよくしてくれるんだけど、とにかく何やかや世話を焼いてうるさいの。あなたはそんなことなくて、とってもやさしい」

つくづく変わった子だ。私は自分の好奇心をしまい込んで、もうバカな質問はしないことに決めた。彼女だって何も訊かないし、名前さえ尋ねない。

そのあと、とぎれとぎれに自分のことを話した。私は小蝶《シャオディエ》〔主人公の名前は蝴蝶。小蝶はその愛称〕といい、この近くの高校で国語を教えていて、クラスの二人の女生徒がとくになついてくれていること。去年やっと自分の車を買って、よく車で友達に会いに山間《やまあい》のお寺に出かけていること。彼女は自分の最も親しい友人で、二十三歳のときに出家したこと。今度あなたを連れて会いに行ってもいいかしら？……言い終わると自分でも驚いた。この話は阿明にさえしていないのになぜ彼女に話したりしたのだろう？　これまで阿明にはいつも嘘をついてお寺にお参りに行くのだと言ってきた。思えば彼についた嘘はずいぶんと多い。実は私は外見から想像されるほど静かな人間ではないのだ、突然そう思った。気持ちがひどく動揺しているのを感じ取ると、すぐ手を洗いに行く癖がついている。年齢とともに手はいつの間にかざらざらして乾燥するようになった。毎日寝る前にワセリンを塗っているのになんの効果もない……ふいに彼女が私の手を握り締めたのではっと我に返った。

「きっとすごく辛くなるときがあるんだね。話してもいいよ、誰もあなたを責めたりしないから」

彼女がこう言うのが聞こえると思わず涙がこぼれた。ほんとうに不思議だ、かれこれ十年の間泣いたことがなかったのに。最後に泣いたのは家で飼っていたシェパードが病気で死んだときだった。なぜ今思わず涙が出たのだろう？　自分は辛いんだと言ってもかまわないの？　私は小さいころから体は健康で、姉より背が高いし妹よりきれいだ。父は銀行の支店長で母は公立中学の教師。大学時代、同級生はみんなアルバイトをしていたのに、私は毎月一万五千元の生活費をもらっていた。とくに勉強ができるほうではなかったけれど入試ではいつも運がよくて、大学卒業後は軽々と人がうらやむ仕事に就いた。夫だって穏やかでやさしくて、稼ぎはいいし家事も自分から手伝ってくれる。あぁ、私はそれこそ百年に一度のめったにお目にかかれない幸運な人間なのだ。私はもちろん感傷的な人間ではないから、ほぼ毎日十回は感謝感激の言葉を言うのを忘れない。それなのに何か不平でも言おうものなら人から袋叩きに遭いそうだ。でもやっぱり泣いた。彼女がざらざらした手のひらをずっと撫でてくれたので、とめどなく涙を流し続けた。どうしてこんなに疲れ、こんなに胸が痛いの？　何かが突然飛び出してきて私をかき乱している。でも、これまではうまく処理してきたし、いちども他人に心配してもらう必要はなかったじゃないの。たった一度でもうっかり辛いとか苦しいとか思い始めたら切りがなくなってしまうことだってある。私はそんなに自分で自分をかわいそうに思ったりしてはいけないのだ。

そのあと私たちはもう何もしゃべらなくなった。残ったコーヒーを黙って飲み終え、黙って車を停めているところまで歩いていった。その間、彼女は私の手をつないだままだったが私は拒まなかった。手をつながなければ私が転ぶかもしれないと知っているのだ。これまで誰も私だってつまずいたり傷ついたりする人間なのだと考えたことはなかったと思う。なぜならいつも私が他人の苦しみや悲しみの一部を引き受けてきたのだし、そのうえ私が人もうらやむほど幸せだったからだ。なのになぜ一人の少女が私の手を握りに来たのだろう？　別れのとき阿葉は私の額に軽くキスをして言った。

「これからは、泣きたくなったら私に会いにおいでよ、私にご馳走してくれるだけでいいからさ。どんなに大声出して泣いてもかまわないよ」

　だんだん遠ざかる痩せて小さな彼女の姿を眺めながら、胸が何とも言えない温かさでいっぱいになった。彼女が手を挙げて赤いスポーツカーを停めるのが見え、車輪の砂埃が立ち込める中に姿が消えていくのを見ていると、ようやく彼女が住所も電話番号も何一つ私に残さなかったのに気づいた。

＊

　まさか彼女のほうから先に会いに来るとは思いもしなかった。

　水曜日の午後、作文の授業のときに生徒たちは作文を書き、私はその合間に小説を読んでいた。すると教壇の下からひそひそと話し声が聞こえてくるので、どうしたのか尋ねたところ、先生にお客さんです、と生徒が言う。窓の外のほうを向くと、小さな布切れと見紛うばかりの、背中が大きく開いたミニのワンピースを着た阿葉が、髪はぼさぼさのまま、まるで蝶のように私に向かって微笑んでいるのが見えた。私は慌てて飛び出していって、彼女に訊いた。

「どうしてここがわかったの？」

　彼女は手紙を私の手に押し込んで、両手で三十秒くらい握りしめてからようやく手を離した。

「あなたに会いたくてたまらなかったからすぐに見つかった」

　きっと顔が赤くなったにちがいない。この妖精のような少女はいつも軽々と私をかき乱す。彼女はこう言うとすぐに行ってしまった。私は手紙を握りしめて教室に戻ったが少し不安な気持ちになった。生徒たちは見てどう思ったかしら？　自分が何にびくついているのかわからない。一人の少女が手紙をくれただけで、他人がつべこべ言えるわけがないというのに。あの日、彼女とご飯を食べて家に帰ったときもそわそわしたせいで、私に何か起こったのではないかと阿明に心配をかけてしまった。

席に戻ったあと、もはや小説に熱中できなくなり、そこでゆっくりと封筒を開けて中から一枚のカードを取り出した。それにはこんなことが書かれていて、読み終わると思わず笑い出しそうになった。

小蝶へ

私は阿潘〔小潘の愛称〕のところに戻りました。最初はあなたにお金を返そうと思っていたけれど、やっぱりご馳走を作ってあなたに食べてもらうことに決めました。土曜日のお昼はいかがですか？　宝宝も一緒に連れてきてください。そうそう、あなたは私に何がしたいのかって尋ねたでしょう？　私が一番したいことは実は二つあって、ある女の子を探すことと野良犬の収容所を作ること。どちらもわざわざ人に話すほどのことではないし、自分でもいつそれが実現するのかわからない。

あの日の夜、夢であなたを見ました。どんな内容か知りたかったら、土曜日は絶対に来てね。

面白かったのは、カードの右下の隅に自分の名前を書き、さらに三つ大きさの違う犬の足跡のスタンプを押して、それぞれにpiano、dancer、darkと書かれていたことだ。おおかた犬の名前だろう。

私はカードを何度も読み返し、何度もさっき話をしたときの彼女の表情を思い出していた。ひときわ透き通った目、ミニスカートの下の子どもみたいに細くて痩せた脚、それに左右色が違うデザインのサンダルを履いて、飛んだり跳ねたりしながら階段を下りていった様子を思い出していると、胸の中は抑えきれない優しさでいっぱいになった。心ではわかっていた、これからは彼女のために絶えず嘘をつき続け……絶えずそわそわするだろう……まだ何が起こるかわからなかったけれど、私ははっきりとわかっていた、彼女がもう私の世界に飛び込んできていることを。

＊

阿明との結婚生活を振り返ると、自分が幸せではなかったなんて言えるはずがなかった。彼は大学に入るとすぐに自立して、家庭教師を三つ掛け持ちし、さらにパソコン関係の会社でアルバイトもした。兵役を終えたのち同級生と共同で店を開き、経営手腕も素晴らしかった。彼の家柄は私の家とは比べものにならなかったが、しかし父は彼の勤勉さと経営能力を買って快く資金を提供し彼が自分の店を持つ手助けをしてくれた。彼も期待に応えて、二年後には店を拡大したばかりか、父からの借金も完済し、さらに住宅の頭金を払って、三十坪のマンションを購入した。彼は仕事人間だけれど、家に帰ると料理や掃除の手伝いもしてくれる……幼いころから母親がいなかったせいで自分で家事をやる習慣がついてしまったのだと彼は言う。姉は私をうらやましがって、もし私がいらなくなったらいつでも引き受けるわよ、としょっちゅう言っている。実際、私はこれまで何の不満もなかったが、ただ彼がなぜこんなに私を愛してくれるのかいつも納得がいかなかった。私はあれほど深い愛情を彼に対して持てないからだ。まさにこのために、私は全力を尽くして一層彼によくしたが、そうやって努力すればするほど、自分がひどく疲れるのだった。

思えば、ほかの人たちに対しても同様の態度を取ってきたようだ。何かを選択することに馴染めなくて、私の周りに来る人や出来事をすべて引き受けてしまい、自分の力の限りを尽くして対処してきた。私自身にも追求したい物がなかったわけではないのに、あたかもないかのように振る舞って、結局タイミングを逃してしまった。おおむね小さいころからいい子で、幸せな家庭に育ち、そのうえ常に大勢の人からかわいがられ大切にされてきた人は、何かやらかして自分を愛してくれる人たちを失望させようとは思わないものだ。私の人生はおそらく他人を失望させないよう努力する中で過ぎていったのだ……それはまるで徐々にある種の力を弱める過程のようだった。私の心の中に堆積しているのはすべて他人の幸せと悲しみばかり。理解しようとつとめたのはすべて他人の感覚や気持ちばかりだ。こうして徐々に自分自身を消し去っていった。こういう言い方は大げさかもしれないし、私が鈍感なだけかもしれない。でもわかっていた、もしかりに、ずっと前から自分の考え通りにやって、他人のことは気にしないと決めていたなら、私のことをいちばん聞き分けがよくていちばん物分かりがいい子だと褒める人はいなかったにちがいない……きっと、私の人生はまるで説明書通りに積み上げていったおもちゃの積み木みたいに、高くきれいに積まれているけれど、自分らしさもないし、ちょっと触れただけで全部壊れてしまうようなものなのだ。あぁ、私ったらどうしたの、阿葉に出会ってからどんどんくどくなっていく。これはぜったいにいい現象ではない、何か起きそうな気がする。ここまで考えていたとき宝宝が急に泣きだし、阿明が私を呼んでいた。くどくどつまらない事ばかり考える人間は母親になる資格はない、でも宝宝こそ私がほんとうに大切に思う人なのだ。

実は私にはかつてもう一人、大切に思う人がいた。しかし、私は彼女を深く傷つけてしまった。

＊

土曜日が来るのが待ちどおしかった。この間に一度、阿葉が教えてくれた番号に電話をかけてみると、電話に出たのは女の人の声だった。きっと小潘だと思ったが、無言で電話を切ってしまった。失礼だとは思ったけれど、正直、何と言ったらいいかわからなかった。金曜日の夜、阿明に言った。

「明日はたぶん大学のときの友だちと食事をすることになりそうよ。宝宝をいっしょに連れていくつもりだけど、帰りは夕方になるわ」

阿明は最近何とかというサイトにはまっていて、いつもパソコンの前に何時間も座っている。彼はこう言った、たっぷり楽しんでおいで、ついでに服とか、靴とか買うといいよ、君はもうずいぶん自分のもの買ってないだろ……

罪悪感からかそれとも感動したからか、急に彼とセックスしたくてたまらなくなった。子どもが生まれてからあまりしたいとは思わなくなっていたというのに。私は手を彼の胸に伸ばしてさすりながら、言いようのない悲しみを覚えた。こんなにいい夫をなぜ心から愛せないの？　ただよき妻を演じることができるだけで、朝から晩まで演じ続けるのはうんざりなのよ……阿明は私の欲望を察するとパソコンの画面を閉じて振り返り、私を抱きしめて、キスをしながら呟いた。小蝶、最近ちょっと変だぞ、僕がいつもパソコンばかりやって君の相手をしないからかい？　ほんとうにごめん、これからは気をつけるから悲しまないで、いいね？……私はそれを聞いて泣きたい気分になった。なんてバカなの、あんなにたくさん嘘をついたのに気づかないの？　母さんと同じだ。小さいころ学校に行きたくないときいつも頭が痛いって言うと、母さんは信じてくれた。私が何を言っても母さんは信じた。みんながあんまり信じるから私はこんなに苦しいのに。このままいけばきっとあなたと別れることになるのをあなた知っているの？　なんてバカなの、私が他の人を愛そうとしているのがわからない？　嘘ではない、もうすぐ彼女を愛する予感がしていた。おそらく、明日行かなければ何事も起こらないだろう。たぶん、私は二度と彼女に会ってはいけないのだ。

校門を出るとすぐに、彼女が百合の花束を抱えて私の車の傍で待っているのが目に入った。シンプルな白いブラウスにジーンズを穿いていて、清楚でとてもきれいだ。私を見るとすぐ嬉しそうに笑って花束を差し出した……会うたびにまったく違う印象を受ける。彼女はまるで一二〇種類の顔を持ち、私が一つ一つ発見するのを待っているかのようだ……自分を強く印象づけるためにどうやらわざとやっているみたいだけれど、それでも実際、二度と彼女に会わないなんて私には到底無理だった。

私たちはいっしょに宝宝を迎えにいき、それから彼女が住んでいるところに行った。彼女は高級マンションの十二階に住んでいた。あの日電話で聞いた声を思い出して、小潘の年齢はそう若くはないか、少なくとも私と同じくらいだろうと想像した。彼女と小潘はどういう関係なのか？　もし愛人なら私はどうすべきか……あぁ、こんなに妄想をたくましくしてどうするつもり？　相手はただ食事に招いてくれただけ、何も複雑なことはないじゃないの。

部屋に入ると、犬がすぐに尻尾を振って歓迎してくれた。彼女は言った、このpianoは白い秋田犬、

dancerは雑種のプードル、darkは見た目は凶暴だけど実はとっても臆病な黒い土着犬、どれも拾ってきた犬で、長い時間をかけてようやく皮膚病を治したのよ。私はそこで一匹ずつ挨拶をして、それからこの美しくアレンジされた家の中を見てまわった。彼女が私を引っ張ってダイニングまで行くと、果たしてテーブルいっぱいに料理が並んでいる。

食事のときになっても小潘がちっとも姿を見せないので、私は訊いた。

「ここは小潘の家だって言ってなかった？　どうして彼女はいないの？」

阿葉は笑って言った。

「なんだ、ずっとそのことを心配してたの？　消化に悪いって思わない？　小潘は美容院をやっていて、今はお客さんが一番多いときなの。それに、彼女にはあなたが食事に来るって言ってあるし、しばらくするとその誰かさんがケーキを持ってくるはずよ。今日は私の誕生日だって言わなかった？」

「夢の話をするとしか言ってなかった、それに私、プレゼント持ってきてないわ」

私は口ごもって言った。なぜかいつも彼女の前ではゆったり構えることができなくて、まるで私こそ子どもみたいだ。

「ただあなたに会いたくて、ついでに誕生日を祝っているだけ。あなたはいつもこんなふうにまじめで緊張しやすいの？　さあ、煙草を吸って気持ちを楽にするといいわ」

言いながら彼女はほんとうにMILD SEVENを一箱取り出し、一本に火をつけて私にくれた。前回煙草を吸ったのはもう十数年も前になる。真真《ジェンジェン》と一緒に、彼女の部屋で、彼女が私に教えてくれた。私が深く吸うと、あのときと同じようにすぐさま咳き込んでしまった。彼女が近寄ってきて背中をそっと叩いてくれた。手のひらが私の背中を優しく滑る。彼女は私から煙草を奪うと、私の顔を上に向かせてキスをした。私は思わず彼女の首に手を回して彼女の深いキスに応え、さらにどん欲に彼女を吸った。なぜこうなるの、阿葉。私は自分がわからなくなる。

時間が刻々と過ぎていく。私たちはただキスをしているだけなのに、私は泣いたり笑ったりしていた。彼女は私の涙をキスで乾かし、自分は涙を流して、泣きながら言った。

「はじめてあなたを見たときからキスしたかった。けれどあなたを怒らせるんじゃないかと怖くて、だからこんなにたくさん悪知恵をはたらかせてしまった。まるでピエロそっくり」

私は言った、私はすでに結婚しているし、子どもだって今そばで眠っている、でもあなたを思わない日はなかった、こんなに怖かったのははじめてよ……

ほんとうに、私は幸せな気分の中で苦しみを感じている。これは私には耐えがたいことだった。私は女を愛することのできる女だ。もし私がきちんと対応できていたなら、今ごろ真真は出家して尼僧にはなっていなかった。阿葉が言った。

「もう何も言わないで。あなたに無理強いはしない。私にあなたを愛させてくれるだけでいい」

彼女はわかっていない、事はそう単純ではないのだ。私は言った、さあご飯にしましょう、料理が冷めてしまうわ。これ以上続けるとコントロールが利かなくなりそうだ。

私が言い終わらないうちに、小潘が旋風《せんぷう》のごとく入ってきた。

「こんなごちそうを私の帰りを待たずに食べるなんて冷たいじゃないの。あなたが小蝶ね、ほんときれいな人だこと。阿葉はすごく手が早くて、美人を見るとすぐにかわいそうな小潘を脇に追いやるのよ。こんなに冷たくされても、私はわざわざ彼女のためにケーキを買ってきたわ……」

いやはやまったく旋風のような女性だ。機関銃のようにまくし立てて、言葉の一つ一つが私の心に突き刺さる。阿葉がうんざりして言った。

「ご飯が食べたいならそう言えばいい、くだらない話はやめて」

彼女たちは確かに恋人同士に違いないと思った。小潘は私のような愚か者ではない。彼女をよく見ると、豊満でなまめかしく、全身に流行の高級な服をまとい、美しい目鼻立ちをしている。彼女のような人をこそ美人というのだ。私は急いで愛想笑いをして言った。

「どうぞ先に始めててください、私は宝宝に食べさせなくてはならないので」

「阿葉はあなたが結婚して子どもがいるなんて言ってなかった。ともあれ、彼女は前から少し年上の人が好みなの。きっと小さいころ母親の愛情が足らなかったのね。さあ行って、子どもにひもじい思いをさせてはいけないわ」

小潘は弱みを握ったとばかりにまたひとしきりしゃべりまくった。私は彼女の嫉妬を感じ取ることができたが、この種の面倒を避けるべきなのは確かだった。自分が気まずい思いをするだけだ。

阿葉が少し怒って言った。

「店をほったらかして駆けつけたくせに何をくどくど言っているの？　今日は私の誕生日、私を解放してくれてもいいじゃない？」

「わかった、行くわよ、でも絶対にこちらの良家のご夫人をいじめちゃだめよ」

小潘はご機嫌を取るようにケーキをテーブルの上に置くと、コツコツとハイヒールの音をさせて出ていった。

私も帰るべきだと思った。だが言葉が出てこない。今日は何もかもめちゃくちゃだ。昨日は夜通し行くべきかどうか考えあぐねて眠れなくなり、眠れない夜は不愉快な出来事までついでに思い出してしまった……私は宝宝にミルクを飲ませながら阿葉をしげしげと見ていた。彼女はちょうどケーキに蠟燭を立てているところで、終えると嬉しそうに両手で捧げ持って私の前に差し出した。

「小潘のことは気にしないで、さあハッピーバースデイの歌を歌おう」

「でも彼女すごく怒ってたわ。どうしてあんなにひどくあたるの？」

私は言った、あなたは私にはとてもやさしいのに。

「バカね、彼女は私の恋人じゃない。私が女の子を連れてくるといつもからかうんだ、彼女に騙されちゃだめ」

彼女が嬉しそうに笑うので、私も笑った。ところで、ほんとうに私くらい年上の人が好きなの？

「私、あなたを好きって言った？」

彼女は私の腰に手を回してそう言った。ああ、恥ずかしい。私は耳が真っ赤になった。彼女は私の耳たぶにキスをしながら続けて言った。

「慌てないで。私、あなたを愛してるって言おうとしてたところ。もうすぐ三十になるのにこんなに恥ずかしがる人、見たことない」

彼女は私を愛していると言う。でも、それから？　私たちにそれからはあるの？

私は言った、そうよ、あなたを愛しているわ、あなたは私が二番目に愛した女の人。けれど最初の人はもう出家してしまった。

「どうして？」

阿葉が尋ねた。この疑問は実は今でもたびたび自分に問いかけているものだ。

なぜだかわからないが、阿葉の前では別の人間になったみたいだ。なきべそで、臆病で、悲しんだり喜んだりしても、気分はとてもリラックスしている。一人の子どもに身を任せて、かわいがられたり、からかわれたり、なされるままなのは、たぶん私がこれまで子ども扱いされたことがなかったからかもしれない。おかしなことだが、私は年齢のない人間のように、ほかの子がキャンディーを食べ人形で遊んでいるとき、いつも母の世話をしていた。だから、あのとき母がどんなに私を頼っていたか、いつまでたっても忘れることができない。父はあのころよその地に勤務しており、母はかねてから父に愛人がいるのではないかと疑っていて、一日じゅうびくびくしていた……このことは私と母の秘密だったが、父は確かにある女性と同居していて、これは私と父の秘密だった。大人たちは十歳になったばかりの子どもにあんなにたくさんの秘密を見せるべきではなかった。そんな子どもが楽しい子ども時代を過ごせるわけがない。

＊

それから私たちはケーキを食べ、ビールを六本も飲み、私はさらに煙草を三本吸った。体じゅうについた煙草とお酒のにおいを消すために、お風呂のあと阿葉の服を借りて着た。私たちがいっしょにバスタブにつかっているとき彼女の美しい体に私はすっかり落ち着きをなくしてしまった。彼女は狂ったように私を求めたが、ダメ、まだ準備ができていないと言うと、これまでこんなに苦しい目に遭ったことはないけれど私がしたいと思うまで待ち続けると言った。

お風呂から出ると宝宝の泣き声が聞こえてきて、そこではじめて宝宝がソファーから転がり落ちて、膝を擦りむいているのを見つけた。私は突然、自分は愛情の泥沼におぼれて夫と子どもを忘れていたが、そもそも私には彼女と恋愛をする資格などないことにはっと気づかされたのだった。


阿葉は私が宝宝を病院に連れていくのに付きそってくれた。幸い膝にほんの少し擦り傷を作っただけで、頭やほかのところは打っていなかった。医者は遠慮がちに少し責める口調で言った。

「お子さんはまだこんなに小さいんですから、よく気をつけて見てあげてくださいよ」

ああ、家に帰ったら何て言えばいい？　あの子一人をリビングに残して自分は仲睦まじくお風呂に入っていたなんて言えるわけがない。まったく頭がどうかしてたんだわ。

「こんなのいけなかった。私、帰らなくちゃ」

阿葉を家まで送ったときはすでに五時近かった。私は十年あまりつけていた玉《ぎょく》の飾りをはずして阿葉につけてやった。

「誕生日おめでとう。私には出会わなかったことにしてね……ちゃんと仕事を見つければ、お金が早くたまって、野良犬の収容所を作ることができる」

こう言っているとき、かつて私が真真に言ったことを次々に思い出していた。一生懸命勉強すればもう一度大学受験できるわ、馬鹿げたこと考えないでよ、私はもうあなたとこんなことしていられないの……どれも本心から、彼女たちにいいと思って出た言葉だったが、ひどく無責任なのは明らかだ。

「私はあなたみたいにすぐあきらめる人間じゃない、いずれわかるわ」

彼女は言った。

あなたみたいにすぐあきらめる人間じゃない。家に帰る道すがらずっと彼女の言葉を考えていた。その通りだ、私はもうあきらめるのに慣れている。あきらめ手放すことは、つかんで離さずにいるよりはるかに簡単だから。

＊

二か月ほど過ぎても彼女はちっとも姿を見せない。

その間、私が担任しているクラスでいろいろなことが起こり、家でもそうだった。

あの日家に帰ると、阿明が珍しく怒った。まず赤ん坊の傷に気づき、それからまたこうも言った。午後、ちょうど君の友達が店に来てね、君はどうして長いこと連絡してこないのかって訊かれたよ、君は彼女たちと会うって言ってなかった？……

「僕を騙さないでくれ、それに宝宝に怪我までさせている、ちょっと説明してくれないか？」

口調は穏やかだが、その穏やかさの陰に隠れているのは巨大な怒りであるのに気づいた。

「山に行ったの、宝宝がうっかり転んでしまって、お医者さんに見せたわ」

自分が次々に嘘をつくだろうことはとっくに知っていたが、まさか少しの罪悪感もなく軽々と口に出てくるとは意外だった。どのみち彼女とはもう会うことはないのだから、これは私の秘密、必ず守り通さなくてはならない。

「山に行く、山に行くって、君はいつもそう言うけど、我が家は山の上の尼寺にも及ばないのか？　いったい何を考えてるんだ、なぜ僕に話そうとしない？　ぼくはとても心配なんだ、わかってるのか？」

彼がわめきだした。その激しい声が私の鼓膜を痛いほど揺さぶり涙がほとばしり出た。私はよろめきながらしゃがみ込むと声を上げて激しく泣きだした。

お願いだからこれ以上言わないで。私がどれほど大きな決心をして家に戻ってきたか知っているの？　よっぽど彼女といっしょにいて家には帰らないところだったのよ。でも、黙っていた。言うことは何もない、こんなことを言う権利はまったくない。彼が怒るのは当たり前だ、これまで、彼はあまりにも自分を抑えつけてきたのだから。

一晩中、彼は口をきかず、ただパソコンの前に座って煙草を吸いながらクロンダイク〔Windowsに付属しているトランプゲームの一つ〕をしている。私は泣き疲れて、宝宝を抱いてベッドに入り雑誌を見ていた。ほんとうに長い夜だ。明日は仕事に行かなくていいけれど、いつもなら日曜日はいっしょに郊外へ遊びに出かけている。実際、彼は私を幸せにするためにこれまでひたすら努力してきたし、この三年間、努力し続けることを片時も忘れたことはない。彼はこう言ったことがある。はじめて君の家に行ったときわかったんだ、僕が欲しかったのは君たちのような幸せで満ち足りた家庭なんだって。君みたいに家庭の温かさを深く理解している女性こそ僕に理想の生活を与えることができる……だが彼はわかっていない。幸せそうに見えるものの多くが、実は言葉では言い表せないさらに多くの苦痛を積み重ねてできた、みせかけの姿なのだということを。そして私は、そのみせかけを懸命に維持するバービー人形にすぎない。

バービー人形？ 真真は言った、それには代償がともなうことをあなた知らないの？

私が尼寺へ真真に会いに行き、彼女の昔と変わらない深い愛情に満ちた眼差しを見るたびに、代償は彼女が背負っているのだとわかった。仏門に入って修行しても彼女は水火の苦しみから救われることはない。私はまだ現実の世界の側にいて、よき娘、よき妻、よき教師、よき友、よき母親を演じ、みんなに希望と羨望を抱かせて、愛情たっぷりに一歩一歩彼らが私の体を踏みつけて通り過ぎるのを眺めている。

目を開けると、阿明が朝食とバラの花束を運んできてベッドのへりに腰かけた。微笑んでいる顔はいくらか疲れが見られるが、私の唇にキスをして、楽しそうに言った。

「おはよう、お姫様、もう起きる時間だよ！」

私は知っている、彼はいつも勇敢に前へ進む人だ。朝六時、私はもう一度もとの人生に戻る決心をした。しかし、そのときはまだ知らなかった、そこはもう以前と同じではなくなっていたことを。

＊

まず私のクラスの心眉《シンメイ》という生徒のことから話そう。一年生の国語を教えていたとき、すぐに彼女が私の目にとまった。校風が厳しくて進学率が高いこのクリスチャンの女子高では、生徒は誰もが早くから入試の準備にとりかかっているので、作文の授業もできる限り大学入試に役立つ方向で教えていた。私は正直言ってとくに文学的素養があるわけでも、また何か教育的な理想があるわけでもなく、ただ職分を尽くして授業をやっていたにすぎない。ときどき生徒を楽にしてあげようと軽めの面白いテーマを指定することもあったが、しかし心眉は毎回、私が出すテーマをどれも工夫を凝らして愛に満ちたエッセイ、小説、ひいては詩に書いてきたのだった。ほんとうに才能豊かな聡明な女の子で、早熟で感受性が強く、彼女の文章はどれも阿舞《アウ》という名前の子にまつわるものばかりだった。阿舞はあるときは「彼」、あるときは「女の子」になっていたが、阿舞と眉《メイ》という名の女生徒の話になると、二人の少女の間の愛情が細やかに描かれていて、私でさえ読んで感動してしまった。だがこのまま彼女をかばっているといずれ面倒なことになるのはわかっていたので、やむなく内々に彼女を呼び出して話をすることにした。

「先生があなたにいい点数をつけているのは実際よく書けているからよ。でもだからといってこんなふうに書くことに賛成しているわけではないの、わかるでしょう?」

美人ではないけれど個性的な顔立ちをした、私を見透かすような眼差しを向けるこの女の子を前にして、私は完全に教師としての気迫を失っていた。

「先生に迷惑をかけていること知っています。でもどうしても彼女のことを書かないではいられないんです」

彼女のはにかんだ表情は、いよいよ私をぜひともその阿舞という女の子に会ってみたいという気にさせるのだった。

「彼女に手紙を書いてみるのはどうかしら、そして作文のほうはまじめに書くの」

「まじめ」という言葉を口にしたときどこか自信なげで、しかもラブレターを書くように勧めたのだから、人に知れたら恋愛を奨励したかどで学校をクビになりかねない。

「書きました、ところがぜんぜん反応がないんです。先生は知らないでしょうが、彼女は近寄りがたいんです」

こう言ったとき彼女は今にも泣き出しそうになった。私は胸が痛んだのか、ついこんなことを言ってしまった。

「先生はその子のこと知ってる？　ちょっと助けてあげられるかもしれないわ」

彼女は救世主を見つけたように私の手を引き寄せて言った。

「知ってます、知ってます。彼女は先生の担任クラスの学級委員長です。それに噂では先生のことがとても好きみたいです」

学級委員長？　ああ、そういうことだったのか、ようやく彼女の気持ちが理解できた。学級委員長は名前を武皓《ウーハオ》といって、クラスの中で最も私を惹きつける生徒だ。たいへん美しい子で、性格は明るく爽やかで、私を手伝ってクラスの生徒たちの面倒を見てくれている。よく職員室にやってきて私とおしゃべりをしていた……もし私が心眉だったら私も彼女を好きになっていたかもしれない。

「あなたたちは知り合いなの？　私が紹介しようか？」

教師の身分でこんな話をするのは不適切だとわかっていたが、教師だって人間だ。まして私も高校生のときに似たような経験をしたことがある。当時真真もまた感動的な手紙をたくさん書いてくれたし、私も彼女にマフラーを編んであげたことがあった。

「私たち合唱団のメンバーなんです。彼女を好きな人はすごくたくさんいるけど、私はただの、きれいでもなく成績もよくない普通の生徒だから、彼女はこれまで私に気づいたことがないんです」

心眉が話をするときの声はとてもやさしくて、一言一句が私の哀れみを誘った。

「バカな子ね、あなたはとってもきれいよ、彼女があなたのことを知ればすぐにわかるわ」

私は思わず彼女の手を握りしめた。彼女は若いころの真真を思い起こさせた。


これは一年あまり前の事だ。その後、私はほんとうにちょっと理由をつけて、クラスの生徒を家に呼んで水餃子を作り、心眉と彼女のクラスの生徒も何人か呼んだ……。二年生に進級するときクラス替えがあり、思いがけず彼女たち二人は私のクラスになった。新学期が始まってひと月くらいたったころ、彼女たちがしばしばいっしょに姿を見せるのに気づいた。去年の十月の私の誕生日のときは一枚のバースデーカードをくれたが、署名は「阿舞と眉」になっていた。二人が恋愛しているのがわかった。

六年間の教師生活の中で、私は大勢の生徒の恋愛を見てきたし、陰で誰が人気者だとか、誰がいちばん好かれているかとか話しているのもよく耳にしたが、今までそれは美しい純真な感情だと思っていた……ときどき放課後に武皓と心眉が私のところにおしゃべりをしにやってきては、いろいろ自分たちのことを話していたので、彼女たちを理解すればするほど二人を思いやる気持ちがどうしても強くなるのだった……。のちに事件が起こったとき、にわかには信じられなかった。

はっきりと覚えている、それは阿葉の誕生日のあと、三回目の土曜日のことだ。朝、学校へ行くと武皓と心眉の席が空席なのに気づいた。家に電話をして尋ねてみると、心眉の母親が言うには二人とも朝早く学校に行ったとのことだった。そのときはじめて武皓が心眉の家に何日も身を寄せていることを知った。授業が終わったとき、二人の生徒が私のところに来て、内緒で話したいことがあると言う。

「先生、武皓は家出をして林《リン》心眉の家にいるんです」

風紀係の生徒が言った。

「あの二人、なんか変です、同性愛みたい」

彼女はあいまいな口調で言った。私はもちろん知っていたが、それでも同性愛の三文字を耳にするとひやりとした。ふつうこの三文字が出現したときは間もなくよくないことが起こる前兆だ。

「生徒同士がちょっと仲良くしたくらい別にいいでしょ？　言葉をいいかげんに使ってはいけませんよ。あなたたち二人だってすごく仲がいいじゃないの」

私に話をしに来たのはクラスの学芸係と風紀係で、その学芸係の生徒は一年のとき武皓ととても親しくしていた。二人の家はたしか隣同士だったと思う。

「でも私、二人がキスしてるのを見たことがあるんです、ほんとうです、この目で見ました、学校の築山のかげで。ほかの生徒も見ています。武皓のお父さんも、林心眉が彼女に悪い影響を与えたんだって言ってます。武皓はもともと成績がすごくよかったのに、林心眉の家に行って内職の仕事を手伝うようになってから、成績が落ちてしまったって」

学芸係の生徒がこの話をしたときなぜか不安を覚えた。たぶんこの子は言ってはならないことをあれこれしゃべったにちがいない。この子たちはなんて軽率なんだろう。だが、あの二人にあまり注意を払わなかった自分も悪い。武皓の家柄はよくて、父親は退職した校長、兄も姉もアメリカ留学中で、両親の彼女への期待はおのずと高い。一方の心眉の家は麵屋台をやっていて、経済的に厳しい状況にあった。夜は内職を手伝ったり食器を洗ったりしなければならず、休日は屋台に出て麵をテーブルまで運んでいた。数学の成績が悪くて追いついていけないのでいつも武皓が教えていた。だがともかく、学校で親密にするのは大胆すぎる。私は彼女たちに何か悪いことが起きはしまいかだんだん心配になってきた。この件に関しては私にも責任がある。結局のところ、私は彼女たちを止めなかったばかりか励ましさえしたのだから、あまりに思慮に欠けていた。それに、私自身この種のことを処理することができないでいた。二十歳のときできなくて、今三十になってもできないというのに、まして彼女たちは言うまでもない。

そのとき急に、阿葉は今どこにいるのか心配になってきた。彼女だって私の生徒と同じ年ごろのはずだ。

午後、私は彼女たちの家をそれぞれ訪問した。武皓の母親によれば、数日前に武皓は父親とけんかをして殴られたらしい。母親は言った。

「私たち前々から腑におちなかったんです、よく図書館に行ってるのになぜ学校の成績が落ちたのだろうって。あの子に訊いても言わないので、隣の家の暁蔵《シャオウェイ》に訊いてようやくわかりました。なんと同級生の家に行ってプラスチックの造花を作っているというじゃありませんか。先生、これが怒らずにいられます？家ではお碗一つだって洗わせてないんです、それなのにあの子は人様の家に行って手に豆ができるくらいやってるんですよ。おたくはいい学校なんですから、生徒の質も考慮すべきです、ああいう悪い生徒は淘汰すべきでしょうに、よくもまあよその子をかどわかして家出なんかさせたものだわ……それに同性愛とかをうつされて、先生はなんにも管理しないんですか？」
武皓の母親は話すにつれますます腹を立てている。その様子を見ていると悲しい気持ちになった。親心とはいえ、夜にプラスチックの造花を作る子が悪い生徒だなんてけっしてそんなことはない、この世界はどうなってしまったの？

いとまごいをする前、武皓の父親はしきりに大声で怒鳴り続けた。学校のしつけがなっていないと言い、武皓をアメリカにやって彼女の兄といっしょに住まわせるとも言った……この出来事がこれから先どうなるのか私には見当もつかない。

つぎに心眉の家に行った。以前心眉が麺を食べに連れていってくれたことがあり、その後、暇なときに彼女の母親にも会いに行ったことがあった。女手一つで三人の子どもを育て上げるのはさぞかし大変だろうに、そのうえやっとの思いで心眉を私立学校で学ばせていた。武皓がそれを見ていられなくて一生懸命手伝ったのは無理もない。私が家に着いたとき心眉の母親はちょうど泣いているところだった。

「先生、すみません、二人が学校に行ってなかったなんて知らなかったんです。朝、小武《シャオウー》〔武皓の愛称〕の両親が来てひどいことを言って責めましたけど、うちの小眉《シャオメイ》〔心眉の愛称〕は悪い子ではありません、家が貧しいから手伝わせているんです。普段は小武が来ると私は早く帰るように言ってましたし、二人はここでいつも夜遅くまで勉強していました。あの日、小武が父親に殴られて血を流していたから、それでしばらくここにいなさいって言ったんです。私は毎朝二人を学校に行かせてました、ほんとうです……」

私はこらえきれずいっしょに泣いた。嫌な予感がしてだんだん怖くなってきた。

「昨日、小眉と話をして、大学に進学するのはたぶん無理だろうと伝えました。先生、私は糖尿病を患っていて、下の二人の子はまだ中学生なので、ほんとにどうしようもないんです。先生はあの子たちが泣いている姿を見ておられませんけど、私は胸をナイフで割《さ》かれる思いでした」

心眉の母親は言いながら涙をとめどなく流した。

「大丈夫、私がなんとかして探し出しますので、心配しないでください。きっと気分が落ち込んだので外をぶらぶらしてるんでしょう。私が二人を説得しますから大丈夫です」

彼女を懸命に慰めたが、まるで自分を慰めているみたいだった。


私は車を走らせて狂ったように探しまわった。学校近くの泡沫紅茶店《シェイクアイスティー》、書店、公園、コーヒーショップ……実際、彼女たちがこういう場所へ行くはずがないと知っていたけれど、それでも探した。いったいどこに行ったのだろう？　かいもく見当がつかない。探せば探すほど不安になり、ますます恐ろしくなった。十時になり、ようやくあきらめて家に戻った。

夜の十一時、なんと彼女たちのほうから我が家にやってきて玄関のドアをノックした。

「なぜ学校に行かず、先生にも黙ってたの？　お父さんもお母さんもひどく心配しているのよ」

私は彼女たちを家に入れて、熱いお茶を飲ませた。心では嬉しくもあり腹立たしくもあった。

「先生、私、心眉と別れたくない……」

武皓が心眉を強く抱きしめて嗚咽しながら言った。そもそも感情には正しいとか間違っているとかはないはずだ。問題は彼女たちがあまりに幼すぎて、まだ自立する能力もなく、さらにこんなことを続ければ学校さえ卒業できなくなる恐れがあるということだった。

「おとなしく家に帰りなさい。大丈夫。しっかり勉強すればいつかきっといっしょになれる日がくるわ」

こう言ったとき自分が嘘をついていると思った。だが、彼女たちの教師として、どう言えばいいのかわからなかった。彼女たちに私がよく知っているいばらの道を歩むよう勧めることなどできるわけがない。しかしどうして良心に背いて、いっしょにいてはいけない、こんなのはよくないと言えるだろう。

「先生は知らないでしょうが、父は私をアメリカの学校にやるつもりでいます。それに、もしまた小眉の家に行ったら小眉を学校に行けなくしてやるとも言ってました。父は言ったら必ずやる人なんです」

「それに、同級生たちはひどいことを言って、みんなしてなんだかんだ陰口をたたいているけど、実は私たちのような人はほかにもたくさんいるし、何の問題もないんです。どうせ小武の以前のクラスメートが広めているに決まってます。自分が捨てられたと思い込んで嫉妬からでたらめを言ってるんだわ」

「先生、私たち家に帰れません。家に帰ったら、私、閉じ込められて殴られます。父が本気で私を海外に行かせたらどうすればいいですか？」

「先生、私たちを助けて」

「先生、私たちに少しお金を貸して、逃がしてください。あとでお金を稼いで倍にしてお返しします……」

…………

彼女たちはパニックになった小動物のように、我も我もと、必死になって私に救いを求めた。

私はどうすべきか？　お金の問題ではない。二人の少女を外に放り出して安心できるはずがない。かといって彼女たちをここにかくまい、親たちを家で心配させておくこともできない。やっぱり、彼女たちを家に帰るよう説得するしかない。親たちの怒りが収まればおそらく大丈夫だろう。

「今夜は先生の家に泊まりなさい。明日、家に帰るとき先生が付き添っていって、あなたたちが別れさせられないよう、私からも頼んでみます、いいわね？　でも先生に約束してちょうだい、一生懸命勉強すること、それから、学校では人から悪口を言われないよう行動には気をつけること。たくさんのことはゆっくり解決していくの、焦って後先考えずに行動したら自分を傷つけるだけよ……」

私はすでに力を尽くした。だが、この言葉はまさに説教以外の何物でもない。武皓の家の人はどう見てもそう話のわかる人には見えないし、学校側もすでに知っているかもしれない。うまくやらないと私まで面倒なことになる。思わず考えてしまった、もし私がすべてを投げうって阿葉といっしょになったとしたら、そのときはきっともっと悲惨だ、仕事も失いかねない。あぁ、どうしてまた彼女のことを思い出したりするのか。彼女のことは忘れると自分に約束したじゃないの？

彼女たちに比べると私は物分かりがいいほうなのか、それともあまりに臆病なのか？　でも、がむしゃらに勇気を出して勝ち取ったとしてもその結末は？　当時の真真の出来事が再演されるのではないか？　なぜ最初のころ彼女たちを止めないで反対に励ましたりしたのだろうか、代償は私が背負っているのではないのに。

私に何の損失もない、ほんとうか？　しかし、私が失ったのは一生取り戻せないものだった。

明日どうやって保護者に説明しようか、またどうやって彼女たちのために許しを請おうかと悩んで何度も寝返りを打っていると、阿明が我慢できずに話しかけてきた。

「小蝶、君のこういう対処の仕方は間違っている。生徒は同性愛の騒ぎを起こして家出したんだ、なのに君は彼女たちを家に泊めて、保護者に電話もしない、こんなの教師としてどうかと思うよ」

「あなたはわかっていない、理不尽にもみすみす別れさせられたらどんな気持ちがするか」

ついロをついて出てしまった。言ってすぐ後悔した。彼はもちろん知っている、彼の婚約者は交通事故で亡くなっていたのだから。だからびくびくしながら私を守り、世話をやいてくれる、私がまた彼から離れていくんじゃないかと恐れているのだ。こんなふうに言うのは残酷だとわかっている。たぶん私がひどく敏感になっているのかもしれない。ちょっと同性愛を批判する言葉を聞いただけですぐにびくつくとは、まったく頭がどうかしている。当時、真真とはまぎれもなく私が関係を壊して別れた、そして今、阿葉に出会ってまた私からやめようと言った。誰のせいでもない。

ところが思いもよらないことに、翌日の朝、武皓と心眉の姿はすでになかった。

＊

二週間後、二人は武皓の外祖母の家で見つかった。武皓は休学してアメリカに送られ、三日目の夜自殺した。心眉は精神に異常をきたし家の倉庫に閉じ込められた。

私は大病を患った。毎晩悪夢から覚めると、夢の中でしきりに助けを求める心眉の声がよみがえってきた。

「先生、私を助けて、先生、助けて……」

そして武皓がナイフで切りつけた腕から鮮血がどっと噴き出して私の全身に飛び散った……

なぜこんなことになってしまったのか？

私は五日間休暇をとった。回復して授業をしたその日の正午、阿葉からの電話を受けた。こういう事が起こったために、学校全体が異様な空気に包まれていた。阿明は私に新聞もテレビも見せようとせず、学校、保護者、テレビ記者をすべてシャットアウトして、ひどいショックを受けているのでこれ以上問い合わせや取材を受けることはできないと言ってくれた。学校に戻ると座席が変わっているのに気づいた。彼女たち二人の机と椅子が運び去られ、まるで存在しなかったかのようだ。私はなんとか国語の授業をこなしていたが、自分で何を話しているのかわからなかった。この場所にはもう戻れなくなった、と思った。私は崩れ落ちそうだった。

そのとき、阿葉が電話をかけてきた。

「武皓が死んだ」

私は彼女の声を聞いた途端、泣きだしてしまった。そして、阿葉に武皓が死んだことを告げた。ほんとうよ、心眉はまだ知らないの、彼女が知るはずもない、私のことさえわからなくなって、ただ小武、小武と呼び続けている、髪を振り乱して地面をのたうち回りながら……

「私、全部知ってるから、あなたはもう何も言わなくていい。荷物を片付けて外に出ておいで、私が迎えにいく。彼らはあなたを殺す気よ。そこにいてはだめ、私と行こう」

阿葉は言った、彼らはあなたを殺す気よと。そうなの？　誰が武皓を殺し、誰が心眉を狂気に追いやったの？　私？　違う！　こんなことになるとは思いもしなかった。でも、彼女たちを家にかくまってちゃんと世話をすべきだった。そうだ、貯金通帳を彼女たちに渡すべきだった、中にかなりの額のお金がはいっているから旅館に泊まることができたはずだ。それに、彼女たちを我が家の山の別荘に連れていって住まわせこともできたのだ、そこは奥まったところにあるから誰にも見つからない……なのになぜ私は助けもしないで、事もあろうに家に送っていくなどと言ったのか？　なぜ彼女たちが行き場を失い連れ戻されるようなことをしたのか？　すべて私、すべて私のせいだ。

「しっかりしてよ。私を見なさい、私は阿葉、私よ」

誰かが私をしきりに揺さぶっているけれど、誰なのかよく見えない。ばしっと音がした。誰が私の頬をぶったの？

阿葉だ。ほんとうに彼女だ。私は我に帰って周囲を見回した。

私は自分の車の中にいて、阿葉が運転席にいる。私はどこに行っていたのだろう？　ひどく疲れている。阿葉が私を強く抱きしめて、まだ痛みが残っている私の頬にしきりにキスをした。

「わざとぶったんじゃないのよ。あなたったら校門を出ると独り言を言いだして、私にも気づかない、もうびっくりしてしまった。それにどうしちゃったの、一回りも痩せて、こんなにやつれて」

どうしてかしら？　私は考えることができない。頭の中は空っぽで、すこしでも力が加わると痛くて裂けてしまいそうだ。

「私、眠りたい。あなたと一緒に眠りたい」

私は言った、阿葉、あなたにとても会いたかった。

阿葉は古いマンションの前で車を停め、私たちは階段を上がって五階まで行った。彼女はすでに小潘のところを出て、自分で部屋を借りてここに住んでいるのだと言う。それは屋上に建て増しされたトタン屋根のプレハブ小屋で、部屋の前にかなり広いテラスがあり、何匹も犬を飼うことができた。彼女が言った、今はレストランでピアノを弾いて、歌を歌ってお金を稼いでいる、一生懸命仕事してお金をためて、あなたに私の変化を見てもらいたいの。

「一日三回の出番があって、時給七〇〇元！」

彼女は私をおよそ十坪ほどの家の中に案内した。室内は、空洞レンガを重ねて低い壁を作り、それを寝室とリビングルームの仕切りにして、すっきりと上品に整えられている。リビングルームにはシンプルなテーブルと椅子、それに古いピアノがあるだけで、空洞レンガの上に十四インチのテレビとラジオが置かれている。寝室にはベッドと机のほかに、さらにベビーベッドもあった。

「部屋を整えながらあなたがここで暮らす姿を想像していた。家具はみんな拾ってきたものだけど、ベビーベッドだけは新しく買ったのよ。

私が自分一人で作ったお城をあなたに見てほしかった」

彼女は私の手を引いてベッドに座った。

「あなたがこんなにたくさんのことができるって知らなかった、それに歌もピアノもできるなんて」

私は彼女の柔らかい髪をなでた。実際、彼女のことを何一つ知らずにもう彼女を愛してしまっていた。

「あなたが知らないことはまだたくさんあるわ。私、実は二十三歳で、十八歳じゃない。歌を歌ってもう三年になるけど、小潘と知り合ってからやめてたの……他はこれからゆっくり教えてあげる。先にあなたから何が起こったのか話してちょうだい。新聞はいい加減なことばかり書いているけど、あなたのことは何も触れていない、なのにどうしてこんなになったの？」

阿葉は話をしているとき両手をしきりと私の体の上に這わせるので頭がぼうっとしてきた。

「私はいつも女の人を好きになるけれど、これまでこんなふうにはできなかった。私の人生はいつも自分に背くことばかりしてきた。武皓と心眉が勇気をもって互いに愛し合っているのがどれだけうらやましかったことか。私は助けたかったのに、結局彼女たちを傷つけてしまった。私とても怖いのよ、もう二度と元の世界に戻って人を安心させるいい人にはなれない気がする。しかも途中までやってあとは投げ出してしまった。もし私がこんなふうに逃げていたら、たくさんの人を傷つけることになる」

事実はまさにその通りで、だから私は自分を何も感じられない人間に鍛え上げることができたのだった。彼女たちが私を好きだと言ったとき、即座にごめんなさい私には無理だと言い、私が彼女たちを愛したときは、これはきっと錯覚だから変なことを考えてはいけないと自分に言い聞かせた。しかし武皓は死に、真真はまだ尼寺にいて、心眉は精神を病んでしまった。私はどうすればいい？　阿葉さえも失うの？　もう二度と私が愛した人を失いたくない。

「それはあなたの責任ではない、わかる？　なぜ何でも自分で抱え込むの？　誰もが自分の選択に責任を持たねばならないし、誰もが自分の運命を背負わねばならない。あなたはすでに力を尽くした、もう十分よ。あなたを責める人なんていないわ」

阿葉は怒っていたが、話し終えると私の服を脱がせ始めた。

「私はそんなにたくさんのことは考えない。私はあなたとセックスがしたい。嫌だと言っていいけど、でも、まだ準備ができていないとか、もう少し考えてみるとか言うのはやめて。私の前では、あなたはしたいことだけをすればいい、誰もあなたを笑ったりしないし、誰もあなたの態度が完璧かどうか品定めをする人はいない。私なら絶対、人生をつまらないなぞなぞゲームで浪費したりしない」

彼女と私はまったく違う種類の人間なのだとつくづく思う。彼女が持っている力に私はとうてい及ばない。私はいつもまず先にこうすればどんな結果になるか、他人にどんな影響を与えるかを考えるので、どの側面もすべて考え終えたときには、安心してやれることはほとんどなくなっていた。

「あなたとしたい」

そう、私は彼女とセックスがしたい。もう何度も彼女への欲望が体の中で潮《うしお》のように湧き上がっていた。夜、彼女が欲しくて目が覚め、何度も何度も手を洗ったりシャワーを浴びたりしたけれど、その波動を鎮めることはできなかった。さらには制御できなくなった自分を救おうと試しにもっと頻繁に阿明と仲良くして、夫婦の義務を必ず忠実に守るように自分を説得してみたりもした。一生懸命に教え、まじめに家事をやり、愛らしい赤ん坊を抱いて、もともと幸福で楽しいはずの家庭を自分勝手に壊してはいけないと自分に言い聞かせて、それは武皓と心眉に事件が起きるまで続いた。私は強烈なビンタを食らったみたいに、本来は無関係でいられたその出来事が私に強烈な打撃を与えた。この悲劇を目の当たりにして、反対に心に秘めた阿葉に対する気持ちが強まり、それが特別に私に属する世界へと私を突き動かしたのだ。私は女しか愛せない女だ。一度ならずこのような呼びかけを感じたが、過去の私は抵抗し逃げ切った。ところが阿葉に出会ってしまった。まだ子どもみたいなくせにこんなにも私を虜にする女。いくら逃げても彼女はいつもちょうどよいタイミングで現れる。彼女は今、確かに私の目の前にいる。私の服を脱がせようとする彼女の手をつかんでやめさせようとしたとき、反対に彼女のシャツを引き裂いてしまった。なんと、ビリビリとシャツの破れる音が私を興奮させた。間違いなく、私も興奮することができる人間なのだ。いったん興奮すると教養とか品格とかにかまっていられなくなった……

「あなたの乱れた姿がどれだけ美しいか知らないの？」

彼女は猫のように爪で私の体をひっかき、舌で私の肌を洗った……彼女が動物のようなうめき声をあげ、口の中で卑猥な言葉をつぶやいている。彼女は何度も言う、あなたが狂ったようになるときがいちばん好き、あなたの血の中に流れているのは誰よりも奔放な情熱、今まであなたを解き放つことができる人がいなかっただけ……

私は自分の行動に驚いたけれど、このときの自分がとても好きだった。思うままに体を開き、揺れ動き、何が欲しいかわがままを言って彼女がその通りに悦ばせてくれるのを望み、彼女の美しさ、彼女の秘密をどん欲に勝手気ままに味わう。そして私も惜しみなく彼女を悦ばせて、彼女の乱れもだえる表情を見ると山のようにご褒美をもらった気分になる。これがセックスなのだろう。心から愛する人の前では恥じらいは要らない。私に欠けていたのはまさにこんなふうに安心して大胆に自分の気持ちや欲望を表現することだった。これまでずっと注意深く、戦々恐々として、他人を傷つけたり、他人に影響を与えたりすることをひどく恐れ、セックスをするときでさえ、優しく思いやりをもってできたかどうか考えた。阿明とのセックスのとき、コンドームが破れないか心配したり、彼が翌日仕事に出かけるときに元気がないのはかわいそうだと思ったりした。シーツを汚さないか気にかけるか、さもなければ自分の姿勢がみっともなくて、うめき声が聞き苦しいのではないかと心配した……それではまるきりショーをやっているのと同じで、セックスをしているのではない。阿明はこうも言っていた、私のように優しく上品で、おとなしい女の人が好きだと。でも私はそんな女になるのは嫌だ、もううんざりだ。

一度でもいいから、自分をもう一度めらめらと燃え上がらせたかった。

＊

「あなたが怖がっているのはわかってる。でも、帰って現実に向き合うべきだわ」

阿葉が言った。まさか彼女はこれまで逃げたいと思ったことはないのだろうか？　私が現実に向き合ったのちに彼女を捨てる選択をするかもしれないと一度も心配したことはないのだろうか？

「どのみち私はいつまでもここであなたを待っている。自殺もしないし、突然出家することもない」

「あなたはただ私の恋人になって火遊びがしたいだけなの？」

彼女の話を聞いて納得できずに尋ねると、彼女は言った。

「私はほかの人より忍耐力がある。それに、あなたに迫って衝動的に決めてほしくないの。私だって希望を持っているからこそ頑張っていけるのよ。私が精いっぱい仕事をして、ベビーベッドさえ買ったのが目に入らない？　けっしてあなたと寝てご飯を食べてコーヒーを飲みたいだけじゃない。それぞれが異なる思いを抱いて異なる代償を払う。私の状況はあなたに比べればはるかに単純だし、それにあなたに勇気を与える余力がある」

彼女のことを理解すればするほどますます彼女への気持ちがはっきりしてきたのに気づいた。彼女の美しさと若さだけでなく、彼女本来の澄みきった生命力が、私を感動させ、私を自分の人生をじっくり見つめ直す気にさせるのだった。

譬えようのないほどのセックスをしたあと、私はやはりおとなしく家に帰らねばならなかった。良妻賢母の大きな帽子をかぶっていると、夜はそわそわして寝つけない。私は確かに激しく燃えたが、あとに残った灰に行く場はなく、私は相変らず元の場所に立っている。あらゆる事物が新しい解釈を持っているのに、まだ自分の言葉が見つからないでいた。人は突然悟りをひらくことはない、とくに私のように責任を負うのに慣れてしまった人間は。

「離婚したい」

この言葉を私が言えたらどんなによかったか。残念ながらこう言ったのは私の母だ。年は六十近くで、高血圧の持病をもち、そのうえ一生涯ダイエットをすることと父に愛人がいるかどうか調べることを生活の中心にしてきた母だった。

阿葉のところから家に戻ったのは夜の七時だった。保母さんによると宝宝は三時に阿明が迎えに来たというので、家に帰ればまたひとしきり叱責を受けるのは免れない、どうしたものかとちょうど考えあぐねていたところだった。ドアを開けると、意外にも私の家族が全員集まっている。父、母、姉、義兄、妹、そして妹が新しく交際している日本人の恋人までも来ている。そんなに深刻にならなくてもいいじゃないの、私はただ授業をさぼり、それに赤ん坊を家に連れて帰るのを忘れただけなのに、家族全員を動員する必要があるかしら、阿明はちょっと大げさすぎる……でもよくよく聞いてみると本日の裁判の主役は私ではなくて母だとわかった。父は言った。

「小蝶、ちょっと母さんを説得してくれ、母さんはお前の言うことをいちばんよく聞くからな。冷静になるように言ってほしいんだ、この年で離婚騒ぎなんてみっともない」

家で最近何が起こったのかちっとも知らなかった。模範的な夫婦だと言われ続け、退職後はいつも友人とテニスをしたり、KTV《カラオケ》で歌ったり、海外旅行をしたりして、快適な生活を送っている私の両親でさえ、離婚騒ぎを起こしたりするのだ。昔若かったとき父は確かに何回か愛人問題を起こしたことがあるが、母は一度も騒ぎ立てたりしなかった。二人はよく喧嘩をしていたとはいえ、しばらくすると収まった。母は気立てがいいことで有名だし、父のほうも年を取るにつれ怒りっぽくて頑固だった性格がずいぶん和らいだように見えた……それでも母の断固とした態度を見ていると、離婚の理由をどうしても知りたくなった。

「父さん、焦らないで。まず母さんの言い分を聞きましょうよ」

私は父をなだめた。このとき姉が突然義兄とぺちゃくちゃしゃべり始めた。

「ただの喧嘩でしょ、夫婦は誰だって喧嘩するじゃない。我が家が人様の笑い話にされるのはごめんだわ」

「そうですよ、お母さんはこれまで体面をいちばんに気にされてきましたから、ここはお父さんがお母さんのご機嫌をとられては……」

「僕が彼女のご機嫌をとる？　恥をかかされたのにまだ足りないっていうのか？」

父が突然大声を張り上げた。父は言った、母さんがいい年をして外でふしだらなことをしているのをお前たちは知っているのか。こっちはバラすつもりはなかったのに、母さんのほうが離婚したがってるんだ。

「あなたにご機嫌をとってもらわなくて結構。私は離婚したいだけ」

母がついに口を開いた。彼女の口調は冷ややかで、普段の様子とまったく違う。たぶん私たち母娘は氷山型の人間なのだ。冷静で理知的な表面の下に隠されているのは底なしの秘密だ。いったい母の秘密は何だろう？　まさか彼女も同性愛者じゃないでしょうね？　もしそうなら実にあっぱれだけど。母が言った。

「私は他の人と恋愛したの。ここを離れるつもりよ」

このとき妹が叫び声をあげた。姉は息も尽かせぬ勢いでしゃべり続けた、何をしたって？　母さん頭がおかしくなったんじゃない？　父さんたちどうしたのよ、でたらめもいいところだわ……

「君は子どもたちの前でこんな話をして恥ずかしくないのか？」

父が少し弱々しく言った。

「あなたは昔、小蝶の前で女とふしだらなことをしたわね、あなたこそ恥ずかしくないの？」母が冷たく言葉を返した。意外にも母は昔のことはすべてお見通しで、そのうえずっと胸に秘めてきたのだ。私は今日が昔のことを蒸し返す日になるのかもしれないと思った。阿明も姉も妹もきっとびっくり仰天、彼らの想像を超えるたくさんのことを知ることになるだろう。

父と母は互いの傷を暴き始めた。父は訴えた、昔母があちこちで出勤状況を調べ回ったせいで落ち着いて仕事ができず、噂がそこらじゅうに広まって父のメンツは丸つぶれだった。母の体の具合が悪いときは父が世話をしてやったというのに、母は家事もうまくできず、料理はまずくて数十年いっこうに進歩なしだ……母は、父がどうやって女を作ったかを話した。わざと台北に残って仕事の都合だと言っていたけれど、こっちに戻ってきても収まらず、あげくに一人の女に一千万元あまり騙されてしまった、そのお金にしても母が工面して解決してやったのだ……

なんと私が知っていたのはほんの一部分だけだった、あぁ、まったく聞いていられない。数十年連れ添った夫婦がなぜ敵《かたき》同士のようになるのか？　私は思わず昔のことを思い出した。あるとき母が父を訪ねるのだと言って、私を連れて汽車で台北に向かった。私たちが銀行の出入口のところで待っていると、父が女子行員と手をつないでずいぶん親密そうにしているのをこの目で見てしまった……母は何も言わないで、私をアイスクリームを食べに連れていったが、母は氷が溶けて服にポタポタ落ちているのも気づかないようだった。それは母のいちばんお気に入りのスカイブルーのブラウスで、胸元のあたりが数滴、涙のように濡れていたのを覚えている……その後、母は私を台北の学校に転校させ、父に言った、私の成績が落ちてきたのに母一人ではどうにもできないからだと。私は一年間台北に住み、父の宿舎でよく一人でテレビを見ていた。父は帰ってくるとおもちゃや物語の本を買ってくれた。父には確かに付き合っている女の人がいて、そのうちの一人は宿舎にも来たことがあり、二人は部屋の中で騒がしい音をたてていた……母が私に尋ねるたびに、父は同僚とテニスに行っていると答えた……それはとても辛い一年だった。なぜ彼らは互いを欺きながら間に私を置こうとするのか理解できなかったが……私はずっとこうしてきた。彼らのどちらか一方を傷つけたくなかったからだ。でも彼らは、実は私がまだ子どもで、私も傷つくことがあるのを忘れていた。

母はきっとたくさん辛い思いをしたに違いない。私が中学生のとき、車を運転して私を海辺に連れていったことがある。母は私に自分といっしょに死んでくれるかと訊いた。そのときものすごく強い風が吹いていて、恐ろしくてたまらなかった。母が私の手を引いて海の中に入っていき、私たちの服は濡れ、私のお腹のところまで水につかってとても気持ちが悪かった。私たちは海の中で長い間立ち続けた。母が突然声を上げて泣きだし、泣き終わると岸に戻っていった。私はつまずいて転び、海水を飲んでしまったが、母は気づいていないようだった……家に帰る途中で母は私に新しい服を買って着せてくれた。母自身もきれいな洋服に着かえた。私たちがもう少しで死ぬところだったのを誰も知らない。その日の夜、一家そろってステーキを食べに行った、まるで何も起こらなかったかのように。私は心の中でわかっていた、私は母の唯一の頼りなのだと。私が望むと望まないにかかわらず、事実はそうなのだ。

「この世には美しい時もある」

阿葉が言った言葉を思い出した。その通りだと思う。私は元気を出して、もう二度と辛い過去の出来事に浸るべきではない。彼らが諍いをしようと離婚をしようと知ったことではない。とにかく、昔みたいに取り繕って天下太平を装い、幸せで円満なふりをして、人を気が狂うほど追い詰めるよりはましだ。みんな心にある不満や恨みを根こそぎぶちまければいい、それでもどうにか暮らしていける、そうじゃない？

大騒ぎしたあとは長い長い沈黙。人を傷つけたり、慰めたり、恨み言を言ったり、非難したりする話をすべて話し終わると、みんなは一人また一人と帰っていった。私はついにもう仲裁人になる必要はなくなり、彼ら自身で自分の問題に向き合うようにした。もっと早くこうすべきだったのだ。

「いやあ、すっかり失望させられたよ。君の家はいちばん幸せで仲がいいものとばかり思っていたのに、問題がどこよりも複雑だとはねえ。君はあれだけたくさんのことを隠しておいて、よく耐えられたもんだ。君は僕に何か隠していないだろうね？」

阿明が感嘆して言った。私はそれには返事をしなかった。今は正直に話すタイミングではない、実際ひどく疲れていた。

「おいおいわかってくるわ、幸福はあなたが思っているようにそんな簡単なものじゃないってことが」

私たちはそれに気づくべきだ。

＊

翌日、学校に行くと、匿名の手紙を受け取った。それにはこう書かれていた。

上の梁がまっすぐでなければ、下の梁も曲がる〔上に立つ者が不正を行えば、下の者もそれにならって悪いことをする〕、人の手本となるべく自重せよ。

私は腹を立てたり怖がったりしなかった。たぶん誰かが私と阿葉のことに気づいたのだ。しかたがない、このあとまだたくさんのことが次々に起こるに違いない。もし心から教師の仕事が好きでなかったら、さっさと辞めてここを離れればいい。でもクラスの生徒たちとはとてもうまくいっていたし、愛着もあったので、辞めたいからすぐ辞めるというわけにはいかないのだ。

昼休みのとき阿葉が歌っているレストランに会いに行った。彼女はステージに立っていた。白いワンピースを着て、首に私があげた玉《ぎょく》の飾りをかけている。長い髪を編んで片方に垂らし、顔に薄くお化粧をして、控えめで鮮やかな美しさを漂わせていた。彼女は熟練した手つきでピアノを弾きながら軽くなめらかに歌を歌っている。私はすっかり彼女に首ったけになった。これが私の知っているいたずらっぽくて風変わりなあの子なの？　彼女は私の知らない顔をいったいいくつ持っているのだろう？

食事を済ませるとすぐにそこを出たが、メモを残してウエイターに彼女に渡してくれるよう頼んだ。私はこう書いた。

きょうのあなたはすごくきれい、これ以上見続けていると授業に戻れなくなりそうよ。夜電話します。

意外だった、私にもこんな言葉が書けるなんて。私は確かに少しずつ変化していた。なんとも奇妙な変化だ。母がほかの人を好きになったと言ったのを思い出した。その人はどんな人だろう？　だが、母に離婚まで考えさせたのは、おそらくその人が現れて母を変えたのではなくて、これまで全力で夫の心をつかまえようとして再三失望し傷ついた女がついに自分のためにあることをしようと決意したからではなかろうか。子どもが成人し家庭をもったあと、ようやく自分の知らない世界を見に行く勇気を持ったのだ。母にはそうする権利がある。

私自身は？　まだ何をためらっているの？

「私たち離婚しよう」

浴室の鏡に向かって、話す練習をした。まるで自分の声ではないみたいだ。もう一度試してみたけれど、やはりだめだ。なぜこうも自信なげに聞こえるのかしら。今もし人から「君、何か言った？　もっと大きな声で言ってよ、聞こえないんだ」と言われたら、「何でもないの、独り言を言ってたの、私にかまわないで」って答えそうだ。あぁ、理由が見つからない。阿明は一度も愛人を作らなかったし、夜の六時には店をアルバイトの学生に任せて急いで家に帰ってくる。そして私が料理をしたり子どもの世話をしたりするのを手伝ってくれる。寝ているときにいびきをかいたりしないし、そればかりか必ず私を抱きしめておしゃべりをしてからでないと眠れない。家にいるのが好きで、付き合いで出かけることはほとんどない。私が妊娠するとすぐに煙草をやめ、毎朝六時に時間通り早朝のジョギングに出かける……彼は私が離婚を言い出すとは夢にも思わないだろう、私自身でさえ思ってもみなかったのだから。私に愛人ができたの、相手はやはり女の人。不倫？　この二文字はすごく変だ。まるでテレビの連続ドラマみたいで、私と阿葉の仲を形容するのには向かない。

夜八時、ご飯を食べ終わるとすぐ阿明はまたパソコンの前に座ってクロンダイクをしている。ここ数年の生活を振り返ると、これまで私たちは違う世界で生活してきたのだと思う。彼は正真正銘、着実にまじめに大きく発展していく人で、過去の数々の辛い苦しみの記憶から抜け出るためにあらゆる努力をしてきた。働きながら大学を終え、いくつも仕事を掛け持ちしてお金をため、パソコンショップを開いた。二人の女性と交際したことがあり、一人の婚約者は不慮の死を遂げ、もう一人とはようやく結婚して子どもが生まれたのに同性愛者だった。あぁ、なんて不公平なの。私は彼が穏やかで幸せな結婚生活を強く望んでいるのをはっきり知っていたし、昔の家庭の崩壊が彼に辛い記憶を残していることも知っていた。なのにどうして、このうえさらに打撃を与えることなどできよう？　もし本気で彼を愛していなかったのならなぜ彼と結婚したのか？　ほんとうは彼を愛していないのか？　つまり私は偽善的で利己的な人間なのか？　私はひどく困惑した……

いったい何を求めているのか？　何が欲しいのか？　三十年生きてきて、何か正しいことをやったことがあるのか？

私は宝宝を抱いて書斎で音楽を聴いていた。三〇〇回以上も聴いた「ゴルトベルク変奏曲」だ。この曲を聴くたびに宝宝との間に一種奇妙な共鳴が生まれるのを感じる。宝宝はもとからおとなしすぎる子どもだったが、ピアノの音の流れに合わせてアーアーウーウーと口ずさんで、とても聞き分けのいい表情をするので、彼女が大きくなって私と同じように自分を押し殺す人間になるのではないかといつも不安になる。小さな赤ん坊に年老いた魂を持たせてはならない。阿明は子どもを平凡に楽しく成長させる方法を知っていて、年齢に合った玩具を買い与え童謡を聴かせることができ、愛らしい童話を読み聞かせることができる。ところが私は人に言えない苦痛や憂いを彼女に注ぎ込み、無邪気で純潔な心をあまりにも早く悲しみに染めている……当時私の両親が私に対してしたように、私はもう一人、不自由を運命づけられた子どもを複製している……何の資格があってそんなことをするの？

「君に悩みがあるのはわかってる、ずいぶん前からだ、僕は心配でしかたない」

阿明がいつ私の背後に来たのか、私を抱いて優しく言った。

「ほんとうは僕が君のことを理解してないって思ってるんだろ」

彼は宝宝を抱きかかえてベビーベッドに寝かせると、自分はもう一つの椅子に座った。彼は言った、僕が金儲けとパソコンができるだけじゃないってこと、君は知っている？

「ちょっと問題が起こったの、でもあなたにどう言ったらいいかわからなくて」

私は言った、たくさんたくさんあるの。これまで自分に関する部分はすべて閉じて、一度も彼に理解する機会を与えなかった。今、その部分がすでに他の人によって開かれてしまった以上、もう遅い。

「すでに起こってしまったのならやり過ごすことだ、君が戻ってくれればそれでいい、戻ってくる気持ちはあるの？」

彼は深く息を吸うとゆっくりと吐き出し、それから微笑んで言った。

「僕はもうこれまで通りにはいかない、どうしようもないんだ、わかるかい？　君はなぜ何も起こらなかったふりができるんだ？　僕はすでに変わった、君にはそれがわからないの？」

私は思わず叫んでしまった。彼の包容と逃避はいつも私の心を傷つける。それは私を殴ったり怒鳴りつけたりするよりもっと私を辛くする。

彼は私の手を取って力いっぱい揺らした。彼は言った、なぜなら僕が君を愛しているからだ、僕がどれだけ君を愛しているかわからないの？

「もう何年にもなる。君が僕のことを同じように愛してくれるのを期待し続けてきた。僕の要求はそれだけだ。夜中によく目が覚めると、いつも君の熟睡している顔を見ているんだ。君は美しくて、神秘的で、僕は目を閉じるのが惜しくなる。こうやって君を見ていることができるだけで幸せな気持ちになる。僕はどんなことをしても君を喜ばせたいと思うけど、でもどうやって君を喜ばせればいいかわからない。何千何百の方法を試してみたんだ、誓ってもいい、君が何を考えているのか僕は一分だって思いをめぐらさないときはない。だがよくわからないんだよ、君がこうやって自分を閉じて、眠っているときも涙を流しているのを何度も見せられると、僕まで泣けてくる……」

彼は泣いた。話しながら泣いている。はじめて彼が泣くのを見たが、いったい私が何をしたというの？　夢の中で涙を流していたと言うけれど、どうして覚えていないのかしら？　ずっと幸せで楽しかったし、これまでどんな不満もどんな恨みも抱いたことはなかったのに。いったい何が、私の心を少しずつ少しずつ翳り続けて、私を混乱させているのだろう？　とうとう自分でもコントロールできないところまで行きつこうとしているのか？　こんなのは嫌だ！

なぜ阿葉といっしょのときはあんなに楽しくリラックスできるのかしら？　彼女が女だというだけの理由で？　違う、以前真真といっしょにいてもこんなに楽しくはなかったし、むしろ恐怖や不安でいっぱいだった。いつも他人を傷つけるのを恐れ、自分が人を失望させるのを恐れていた。過剰な愛は私を息苦しくさせるが、阿葉のまなざしの中にはそんな大きくて重苦しい期待やいたわりはない。彼女は私がいないところでちゃんと生きているし、私の前ではきらきら輝いていて、私に期待をかけたりしない分、逆に私が彼女のほうへ飛び込んでいくようにする……

「そんなの無駄よ。あなたはとっくにわかっている、そうじゃないの？　あなたが欲しがっているような人生を、私はそもそもあなたに与えることなどできないのよ」

私の目に映る真実は彼と同じではない。高収入で、きれいな家と車、かわいい子ども、日曜日に三人お揃いの服を着て美術館の前の芝生を散歩したり凧上げをしたりして、道行く人をうらやましがらせる、そんな人生ではない。彼は幼いころから、喧嘩の絶えない両親、大酒のみで暴力的な父親、体にいつも傷を負い最後は傷といっしょに逃げていった母親、貧困、恥辱、嘲笑、殴打と罵倒、そして恐怖……の中で生きてきた。彼は懸命に努力して夢に見た家庭を手に入れようとしたが、しかしわかっていない。私はそんな家庭で育ったけれど、他人の目に映る仲睦しい幸せな姿を維持するために支払った代償が、私の人生を完全にねじ曲げてしまったことを。もう繰り返すのは嫌だ。

「君は他の人を愛してしまった、そうなのか？」

彼が突然テーブルの上のものをぜんぶ床に叩き落として、ものすごく大きな声を張り上げた。宝宝が驚いて目を覚まし声を上げて泣きだした。そんなに大きな声を出さないで、宝宝がびっくりするじゃないのと言っても、彼はまた大声でわめきだした。

「まだ宝宝のことは気がかりなのか？　この家に君が大切に思うものがまだあるのか？」

どうしてないと言える？　それがさっさと出ていけない理由なのに。私は大切に思っている、彼も宝宝も、この長年の愛も大切に思っている。私は感情のない人間ではない。彼の努力が見えていないのではない、私は全部わかっている、わかりすぎるくらい。私は言った。

「女の人を好きになったの」

あなたには理解できない。これは私の体に根づいている本能で、ただもうこれ以上自分を騙したくなかった。

「やはりそうだったのか。知ってるよ、君がしょっちゅう山に会いに行っているあの女の人だろ。僕は調べたことがあるんだ、大丈夫、君の高校のときの同級生じゃないか。数日前、彼女に会ってちょっと話をしたけれど、彼女は君が今とても幸せなのを知っていたし、さらに君の幸せを祈っていたよ。親友と交際するのに僕を騙さなくていい。君が昔、女の子とトラブルを起こしたことがあり、大学のときも問題を起こしたこと、僕は全部知っている。どのみち君はもう治ったんだし、僕と結婚して子どもも産んだ、もう問題なくなったんだ」

彼は救いの神が現れたかのように、ほっとした口調で言った。

なぜ私のことを調べたの？　なぜ真真にまで面倒をかけたの？

「よくなってないわ。私は同性愛者、それに変わりはない。あなたは私のプライバシーを調べるべきではなかったし、まして私の友達に迷惑をかけるべきではなかった。私が愛した人は彼女ではない、別の女の人よ」

あまりの腹立たしさからか、思わず言ってしまった。彼に悪意はない、ただ私のことが心配で、こうすれば私を理解できると勝手に思い込んでいるだけなのだ。しかしそれでも傷ついた。彼が真真のことを持ち出した途端、胸に刺すような痛みを覚えた。

「なぜわざとそんなふうに言うんだ？　真真を訪ねたのは君のためだ。君は昔の日記にひどく自分を責めるように書いていた、自分が彼女を退学に追い込んだので彼女は出家したのだと。僕は訊いてみたんだ、そうしたらそうではなかった、彼女自身が勉強を続けたくなかったんだ。彼女は、仏さまと縁を持つよう運命づけられていた、君とは関係がないと言っていた……僕がこんなことをしたのはみんな君のためなんだ、わからないのか？　君は大学生のときほかの男性と交際したこともある、そうだろ？　いつも自分を同性愛者だとみなしてはいけない、君は明らかに違うじゃないか。なぜまた女とふしだらな生活をしようとする……」

言い終わるまで聞いていられなかった。私たちは終わった、完全に終わった。彼はなんと私の日記を盗み読みした、そんなことしていいわけがない。最後にわずかに残っている私の大切なものを彼はすべて壊し、踏みつけにしておいて、それでも私のためだと言う、それでも私のためだと……

目の前がさっと暗くなったかと思うと、私はつまずいて床に倒れ、意識を失った。

＊

真真が見える。いつのことだろう？　それは高校二年の数学の授業のとき、後ろの同級生が回ってきたメモを私に渡した。開けてみると、中にこう書いてあった。

あなたの居眠りする姿とってもキレイだって誰か言ったことある？

真真

それが真真のやり方だった。大胆で、ダイレクトで、魅力にあふれていた。私は文系コースの新しいクラスに進級したばかりでまだクラス全員の生徒を知っているわけではなかった。誰がメモを書いたのか見てみたくて振り返ると、左後ろの二つ席が離れたところで、私に向かって微笑んでいる人が見え、手で顎をささえて私が居眠りをする格好をまねたので、私はすぐ顔が赤くなった。その日の放課後、彼女が校門のところで待っていてコーヒーをごちそうすると言った……

それからの四年間、彼女は完全に私の人生を占領した。

彼女はよその土地から来ていた生徒で、学校の近くに部屋を借りて住んでいた。私はバスに二十分乗って通学していたので、毎朝彼女が自転車でバス停まで来て私を待っていて、自転車を押して私と一緒に歩いて学校へ行った。放課後は彼女の部屋に行って、彼女が入れてくれるコーヒーを飲み、彼女が作ってくれるサンドイッチを食べ、音楽を聴き、お喋りをした。家族に嘘をついて図書館で勉強していると言っていた時間はいつも彼女といっしょだった。彼女はすごく変わった子で、体格は私より痩せて小さかったが、クラスではたくさんの生徒が彼女の指揮に従っていっしょに授業をさぼっていた。当時は成績順に座席が決められており、私は中くらいの成績だったが、彼女は先生たちの頭痛の種だった。英語は軽々と高得点を取るのに、他の科目は及第点すれすれをさまよっていた。髪はピンでとめられないくらい短く切り、スカートは膝上五センチ、靴はつま先のとがったのを履いていた。学生カバンには絵が描きなぐられ、カバンの紐も極端に短くしていたのでせいぜい脇の下に挟んでぶらぶら揺らすことしかできず……朝から晩まで軍訓教官[*1]に呼ばれて叱られていた。もし彼女の父親が国民大会代表[*2]でなかったなら彼女はとっくに退学させられていただろう……ところがこんないわゆる問題のある生徒が私を惹きつけたのだった。彼女が煙草をくわえ、白のランニングシャツにパンティ姿で、ビートルズの歌に合わせてその痩せて小さな体を揺らしているのを見るたびに、抱きしめたくてたまらなくなった。彼女が反逆的で世をすねた態度をとる陰

＊1　全国の高校・大学に配置された現役軍人で、学生の生活指導を担当。かつては軍事訓練や政治的な監視も行っていた。
＊2　国民大会は、五院（中華民国は五権分立）の上に置かれ、政府を監督するとともに、憲法改正などの権限を持つ最高機関。その議員（代表）は、国民政府が一九四九年に台湾に移転したのち、改選を行うことが不可能となったため任期が無期限に延長され、「万年代表」と揶揄されることもあった。一九九一年にようやく改選が行われたが、国民大会は二〇〇五年に機能停止した。本作の時代背景は八〇年代末から九〇年代半ばにかけてであり、真真の父親にも大きな変化が訪れていたときにあたる。

には、たいへん深い悲しみが隠されているのを私は知っていた……

彼女は家のことはほとんど話さなかった。話すのは私がこれまで聞いたこともないロックグループや外国の作家のこと、そうでなければ映画への憧ればかりだった。彼女は勉強しないと言ったけれど、それでもクラスで唯一ジャン＝リュック・ゴダールの映画を観たことがあり、ガルシア＝マルケスの小説を読んだことのある人だった。彼女の部屋には毎月一万元のお小遣いで買った小説、レコード、ビデオテープが山のように積まれていて、私は彼女のところではじめてこの世にこんなにたくさんの不思議な事物があるのを知った。学校は何を教えているんだろう？　大学受験をすること以外に何ができるか教えてくれる人は誰もいなかった。それに、女の子同士でも恋愛ができるのだと言ってくれる人はもっといなかった。そう、それは真真が教えてくれた。彼女はこう言った。

「十三歳だったある日、ある女の子といっしょに寝ていたら、体からすごくいい匂いがしてきた。おまけにずっと抱きしめられていたから、もう我慢できなくなって彼女にキスをした。そのあと、彼女のパンティの中に手を入れて、指を挿入すると、彼女は私を抱きしめて泣き出した……それで、何度も手を女の子の体の中に入れた。それは私が唯一できたことだった」

私はただもうびっくりして、どういうことなのか理解できなかった。彼女は言いながら私を抱きしめキスをし始めた……それは入試の一か月前、彼女は私の家で勉強をしていた。夜の十一時、母が作ってくれた海鮮粥を食べ終えたばかりで、おしゃべりをしていたときのことだ。彼女が突然そのことを話し始め、私にキスをしながら言った。

「ずいぶん前からあなたが欲しかったけど言い出せなかった。あなたが怒るんじゃないかと心配だったから。あなたはほんとに単純だから、私があなたのことをただの親友扱いしているとしか思ってないんでしょうね。私はずっとあなたを愛していた、愛しすぎてどうしたらいいかわからないくらい。何度もそれとなくほのめかしたし、さらに映画を観せてあなたにわからせようとした。でもあなたは観ている途中で眠ってしまった……」

「知らなかったんだもの、今まで私にキスした人なんていなかったし」

ほんとうはとても気持ちよかった。それより前、彼女はしょっちゅう私と手をつないでいたし、あるときなど私を抱きしめて踊ったこともあった。私を渓頭《シートウ》に遊びに連れていってくれたときコテージに泊まったが、夜中に私を起こして面白いのがあるから観ようと言った。私はテレビ画面で二人の女の人が裸でいちゃついているのを見て奇妙に思った。見たところその女の人たちの体が私とあまり似ていなくて、たぶん外国人だったせいもあるのだろうが……私はいつの間にか眠ってしまった。その後、彼女は私を抱きしめては何度も寝返りを打ってなかなか寝つけないようだった。てっきりベッドが合わないからだろうと思っていたのに。

「あなたが家に泊まりに来るよう誘ってくれるたびに行く勇気がもてなかった。あの渓頭でひと晩眠れなかったとき以来すごく怖くなっていたの。あの晩私がどんなに苦しかったかあなたは知らないだろうけど、普通これがほかの女の子だったらとっくに飛びかかってたわ。でもあなたったら私の背中を叩きながら、おとなしく寝ないと明日山登りをする元気がでないわよって言うんだもの……あなたは小さな天使みたいに私の胸の中ですやすや眠っていたから、こっそり何回もキスをしたけどあなたは少しも気づかなかった……」

真真は私のパジャマを脱がせて、指で私の胸のところに丸を描いた。だんだん力が抜けて体が乾いた熱を帯び、ある奇妙な変化が私の体の中で起こった。のちにようやく、それは性欲だとわかった。

その夜、私は彼女の導きで女の体の神秘を知り、快楽のために呻き、むせび泣きすらする感動を味わった。私ははじめて自分の体を発見したかのように、好奇心と驚喜でいっぱいになり、私も彼女の体にほんとうの美しさを見た。なんと、美はこんなにも力を持っていて、人を狂わせることも、知らぬ間に深みにはまらせることもできるのだった……彼女の左の乳房に茜色のアザが一つあり、蝶が羽を広げた形に似ていた。彼女は言った。

「私はあなたを愛するよう運命づけられている。このしるしはあなたを私の体にしっかりと焼き付けようとしているの」

私がしきりにそのしるしにキスをすると、愛情が私たちの間に横たわっているのがほんとうに感じられた。何らはばかることなく、愛はまるで一匹の野獣のように、私を横からかすめ取っていった。私は今このとき新しく生まれ変わったのだと思った。

だが実は、私が向き合わねばならなかったのは、一度も直面したことのない試練だった。

＊

恋愛は決して二人だけのことではない、この事実に気づいたときにはもう事態は収拾がつかないところまで来ていた。

入試が終わって、私たちは最高に楽しい夏休みを過ごしていた。彼女が運転免許の試験に合格すると、家ではすぐにバイクを買い与えたので、私たちはいっしょにバイクに乗ってあちこちを遊びまわった。私もバイクの運転を覚え、最長記録はかわるがわる運転して埔里《プーリ》の山上にある彼女の家のリゾートハウスまで行ったことだ。私たちは食べ物とたくさんのビールを買い込んで、そこで数日間を過ごし、大部分の時間はセックスをした。セックスをするとき、彼女が言うには、私は彼女が出会ったことがある女の子の中で性欲がいちばん強くていちばん大胆なのだそうだ。

「これまであの高尚なご両親に管理されすぎてたのね、ああもったいない、あなたは生まれつきセックスの天分があるのに、誰もあなたに教えなかっただけよ」

彼女の言う事は何でも信じた。安心して自分を彼女にゆだね、彼女に倣ってこれまで聞いたこともないどんな事でもやった。いっしょに煙草を吸いお酒を飲んだけれど、お酒の量は彼女より私のほうが多かった。彼女の部屋にあった小説に夢中になり、一冊残らずみんな読んでしまった。私自身はジャズのレコードをたくさん集めていたので、彼女が骨董の蓄音機を誕生日のプレゼントにくれた……私は家では素直で優しいいい子だったが、いったん外に出るとすぐにミニスカートと背中が広くあいた服に着替えハイヒールを履いて、真真と大はしゃぎした……私は突然美しい女の子に変身し、行く先々で男の子が私に夢中になった。真真が見つめる中で、私がひどく冷淡に彼らを拒絶すると、私たちがさらに親しくなったような気がするのだった……彼女はしょっちゅう粗野な言葉で私をからかい、彼女の急に喜んだり急に悲しんだりする極端な性格は私を不安にし、混乱させもした……その後、同じ大学に合格が決まり、私は中国文学科、彼女は英文学科で学んだ。私たちは部屋を借りていっしょに住み、家族の束縛から解放されてますます何の気兼ねもなくいつも二人いっしょに行動した。

きっと死ぬのだと思った。そうでなければ映画のフィルムを巻き戻すように再び真真の世界に戻ったりするはずがない。それは長い間頑として触れようとしなかった部分であり、たとえ山に行って彼女に会っても触れたことのない過去の出来事だった。私はしょっちゅう避難するみたいに彼女のいる閑静で落ち着いたお寺に逃げ込んだが、ただ彼女を見ているだけだった。彼女と並んで境内を散歩しながら、私が気軽に話したことに彼女はいつも微笑んで耳を傾けてくれた。彼女が今のこんな姿になるなんて誰が予測できただろう。私は口に出してこう尋ねることができなかった。

「こういう生活は辛くないの？」

私はできなかった。私には耐えられない言葉を彼女が言い出すのではないかと怖かった。あのとき彼女はまる二年間失踪した。彼女の性格からして打撃に耐えられず自殺するかもしれないと思ったが、しかし彼女はしなかった。私がさんざん苦労して彼女を探し当てたときは、すでに出家したあとだった。

私に真真が見える。当時野生の馬のように手に負えなかった彼女は、長く伸びた髪が風で乱れても一向に気にせず、ある男子学生がくれた彼女宛ての手紙をすぐにポスターボードに貼り出して公表したこともあった。映画製作のグループに入り父親のお金をあちこちで湯水のように使って、数人で型破りな短篇映画を撮り、倉庫を借り切って上映したこともあった……彼女は傲慢であればあるほどますます傍若無人になり、その我が道を行く姿にますますたくさんの人が彼女に魅了されていった。私が心から愛する真真。彼女の心を私は推し量ることができず、彼女を愛すれば愛するほど不安を感じるようになった。彼女は燃え盛る炎のようで、いつ何時でも燃え尽きる可能性があったが、彼女の火が突然消えてしまわないようにするにはどうすればいいのか私にはまったくわからなかった。

大学二年のとき彼女は映画撮影が縁で一人の労働運動をやっている女性と知り合い、突然社会運動に没頭しだした。かなり長い時間をかけて工場で女子労働者とともに生活し仕事をして、労働組合を組織し、通りをデモ行進した。それは私には理解できないことだった。そのころの私は母の体調が悪くてしばしば家に帰って看病をしていた。しかも成績が大幅に落ちて、大学一年のときに落とした必修科目の勉強に四苦八苦していたので、私たちがいっしょにいる時間は少なくなり、反対に口喧嘩が増えていった。私は彼女がその女性と交際しているのではないかと疑った、そうでなければあんなに熱心に工場に住み着いてただ働きをするわけがない。だが彼女はいつも私のことを、ちっとも成長しないで安逸をむさぼるだけの無能な学生だと言うのだった。正直に言えば、彼女がほかの人と交際することに関してはほんとうに少しも気にしていなかった。ただ怖くてしかたなかったのだ、彼女が私の理解できない世界に入り、ますます遠ざかっていくのに、私は元の場所で彼女の知らない苦痛をかみしめている。一人でいるのはとても孤独で寂しかった。私は嫌いな音韻学を勉強しながら彼女が戻ってくるのを待った。夜中にしばしば電話で起こされることがあったが、それは母が私に家に帰ってくるよう泣きながら訴えるもので、父が夜中になってもまだ帰ってこない、きっと女の家にしけこんでいるにちがいないと言うのだ……私は授業をさぼって朝早く急いで汽車に乗り家に帰ったが、これ以上授業に出なければ単位の三分の二を落として退学になってしまう、どうしようかと不安で頭がいっぱいだった。家に帰った後はまた何事もなかったみたいに振る舞って、母に付き添って銀行に父を訪ね、昼は三人でご機嫌よろしく昼食を食べた。彼らがどんなに喧嘩していても父は私の前でいつも思いやりのある温和な様子を保っていた。まさに、私がたとえ苦しくいらいらしていても可愛く微笑んで父母に甘え、彼らを喜ばせているように……。きっと私たちはみんな過度に自分を抑えつけている人間なのだろう。だから父は絶えず愛人を作ってもとんとん拍子に出世したし、母は全国優秀教師に選ばれても自殺未遂を何回も繰り返した。これらの秘密は私たち三人だけが知っており、姉や妹は知らないし、ましてよその人は知る由もない……なぜ私なの？　私はいちばん年上でもなければ、いちばん聡明でもないのに！　姉や妹はよその土地で安心して勉強しているのになぜ私だけ退学の危険を冒してまで家に帰って仲介役を務めなければならないの？　ずっとわからなかったけれど嫌だとは言えなかった。なぜなら私は彼らの互いの苦しみを知っていたからで、知っていたからこそ見えないふりをして自分には無関係なことにできなかった……では私の苦しみはどうなの？

よい子はいつも自分のことは考えないものだ。それはあまりに利己的というものだ。

「小蝶、目を覚ますんだ、早く目を覚ましてくれ」

誰かが私を呼んでいるのが聞こえる。ゆっくり目を開けると、自分が私たち二人の部屋で横になっているのが見えた。間違いなく、私は再び真真とすれ違った。

阿明は私が突然気を失って倒れたのでひどく驚いたと言った。どれくらい気を失っていたのかと尋ねると、彼は言った。

「三分でも十分怖かったよ、意識がまだ戻らなかったら救急車を呼ぶところだった」

たったの三分間に、自分の一生を見た気がした。夢を見ていたのだろうが、もし夢の中でもう一度生きなおすことができるなら、私はきっともう二度と簡単に彼女をあきらめたりはしない。

「私はあなたのように簡単にあきらめる人間ではない」

阿葉が言った言葉だ。急に彼女に会いたくてたまらなくなった。時間は夜の十二時、外出する理由が見つからず、彼女に電話をすることもできない。不思議なことに、阿明に対してさっきほどには腹を立てていなかった。彼は確かに私のプライバシーを侵害し、私を傷つけたけれど、実際は私よりもっと深く傷ついている。そればかりか永遠に私の彼に対する信頼を失ったのだ。彼はわかっていない、物事にはひとたび明らかにされると、二度と元に戻せないものがあることを。

＊

それからの一週間は冷戦状態が続いた。最初のうち彼はまだ何か話題を探して私とおしゃべりをしようとやっきになっていたが、のちに忍耐を失って、毎日夜遅くまで外で過ごし、酔っ払うまで飲んでから家に帰ってくるようになった。そして家に入ると宝宝には目もくれず、ごろりと横になってすぐに眠ってしまった。私は授業が終わると宝宝を引き取り、そのまま阿葉のところに行って彼女の帰りを待った。彼女は夜のステージでも歌を歌っていたが、最近はさらにたくさん仕事を引き受けていた。夜だけで二か所を掛け持ちすることもあったので、空き時間に急いで戻ってきて私に会い、また慌ただしくレストランに向かうのだった。

私は阿葉の家でご飯を作り、宿題の添削をし、ピアノの練習をし、犬に餌をやり、宝宝と遊んで、心は信じられないほど穏やかだった。おそらく阿葉の影響だと思う。彼女はたとえ忙しく働いて、あちこちのステージに出かけていくときでさえ、いつも落ちついた様子を見せるからだ。不思議なことに、彼女はとても自然に私に起こったすべてに向き合い、阿明の過ちについてとやかく言いもしなければ、この機に乗じて、どのみち仲たがいしたのだからと離婚を急き立てることもなかった……

「私が逃げてきたのではないこと、わかってるよね」

私は徐々に阿葉のこの粗末で犬の毛だらけの場所に慣れてきた。阿葉は宝宝が使う紙おむつ、粉ミルク、哺乳瓶、ベビー服、さらには私の歯ブラシ、タオル、スリッパ、パジャマまで買ってくれたので、知らない人の目には私がここに住んでいるように見えるだろう。

「わかってる、あなたはこの環境が小さな子どもの成長に適しているかどうか実地調査に来てるんだよね」

彼女は慣れた手つきで宝宝のおむつを換え、ミルクを飲ませ、眠らせようと子守唄まで歌った。いつも黙って私のためにたくさんのことをしてくれるのに、そうしたあとは、何てことない、たった今思いついただけよ、というふりをした。

私は言った、あなたは自分のやっていることが無駄になるかもしれないって心配したことないの？

「十七歳のときに流しをやっている女の人を好きになり、家出をして彼女とあちこち歌い歩いていたら、三か月後に彼女は日本人の男と姿を消してしまった。一言の書き置きも残さず、そのうえ一月分の旅館代を踏み倒して。私が持っていた千元札さえ持ち去った」

彼女は私の髪をとかしながら淡々と語った。

「その人が憎くないの？　そんなに薄情にあなたを捨てるなんて。それでどうしたの？」

私は彼女のひどい体験にとても驚いた。きっとほかにもたくさん私の知らない苦しみを抱えているに違いない。なのにどうしてそんなに自由に平然と生きられるのか？

「なぜ彼女を恨むの？　私が自分から彼女といっしょに行くことを望んだのよ。それに、私だって家族を捨てたんだもの。父さんは怒って脳卒中になり、今でもまだ車椅子に座って、ちゃんと話もできない。いくらまじめに計算したって誰が誰より薄情かなんてはっきりさせられないし、私はこれまでそういうのを計算したことがない。去年交際していた女の子は私の貯金百万元を全部盗んだばかりか、さらに私を追い出して路頭に迷わせたけど、その結果小潘に拾われた。彼女はすごくよくしてくれた。お小遣いをくれ、高価な服を私に着せて、西洋人形みたいに世話をしてくれた。でも彼女を愛せなくて、しかも彼女の家に女の子を招待したから、それはあなたのことよ、彼女は怒って私を追い出してしまった。

ともあれ、少なくとも歌を歌ってお金を稼ぐことを覚え、そのうえこんなに長い間ちゃんと生活してこれた。それにあなたにも出会った。あなただって私といっしょになるためにたくさんのものを失うかもしれない、それでもあなたはやって来た。私はあなたと結婚もできないし、安定した仕事もなくて、しょっちゅう引っ越さなくちゃならないのに」

阿葉は話しながら私を抱いてベッドのところまで連れていき、そっとベッドの上に下ろした。そして嬉しそうに言った。

「ねえ、急いでやれば、レストランに行く前にちょっとできるよ」

「あなたが悶え乱れている隙に、私があなたから奪い尽くして逃げてしまわないか心配じゃないの？」

そう言って私は笑った。彼女こそ私を楽しくする力を持っている。心のいちばん奥に埋めて隠している恐れを一つ一つなだめて、私が自分から喜んで心を開き二度と閉じたいと思わないようにしてくれる。彼女といっしょにいたい、どんなに大きな代償を払っても決心を変えることはない。

「今日はここに泊まろうかな。明日は授業がないから、あなたを連れて山へ真真に会いに行きたいの」

私は言った、これからはここで暮らして、もう家には帰らないのがいちばんいいんだけど。

「またバカなこと言う。すべて片付いたら、あなたが出ていきたくても私が放さない。逃げておしまいにするのはいちばんひどいやり方、そうでしょ？　誰だってそんなことされたくないわ」

その通りだ、逃げておしまいにするのはいちばんひどいやり方だ。私はこうやって真真を傷つけたというのに、忘れたの？

片付けなければならないことは、阿明との婚姻のほかに、さらに久しく解けないでいるわだかまり、つまりあのとき真真が出家したことが残っている。私は必ずその原因を知る必要がある、そうしなければ心が休まらない。


その日は土曜日で、私が家に戻ったのはようやく八時になった頃だった。意外にも阿明はもう家に帰っていて、お酒を飲んでいないばかりか家のあちこちにたくさんのバラの花を飾り、テーブルの上には私の大好物のレモンパイとチーズケーキが置かれていた。それでようやく今日が私たちの結婚記念日だったのを思い出した。

彼は顔に微笑みを浮かべてパイを手に私のほうに歩いてきて、冷ややかに言った。

「僕が何をやろうと気にならなくなった、そうなんだろ！　毎日めかしこんで子連れで恋人に会いに行っているが、僕が酔いつぶれて路上で死のうがどうしようが関係ないってわけだ。自分の楽しみにばかり夢中になってよく平気な顔していられるな」

今日が対決の日だとわかった。これまで毎晩ベロベロに酔っぱらっていたので話し合いができなかったが、今日の彼は意気消沈しているけれど少なくとも頭ははっきりしている。これ以上引き延ばせばもっと苦痛が増すだけだ。私は勇気を振り絞って口を開いた。

「私たち離婚しましょう」

彼がいきなりパイを私に向けて投げつけた。急いで避けたが、太ももにあたり、スカートがすっかり汚れてしまった。彼は私のほうに突進してきて宝宝を奪い取ると、吠えるように叫んだ。

「君のほうからその言葉を言い出すのは許さない。永遠に許さない」

「どうかあなたにお願いしているのだと思ってほしい。このままいっしょに暮らし続けても誰にもいいことはない」

私は足の痛みを我慢しながら辛抱強く懇願した。突然何の前触れもなく離婚しようと言ったのだから彼はきっと耐えられないに違いない。だが口に出してしまった以上は面の皮を厚くして最後まで押し通すまでだ。

「君がなぜそれを口にできる？　僕は君に何か悪いことをしたか？　何か間違ったことをしたのなら言ってくれ、僕は君のためなら何だってする、わからないのか？　まさか僕は一人の女にも及ばないのか？　離婚さえ口にしなければ、君が好き勝手をしても、僕は干渉しないというのはどうだ？」

とうとう彼はなんと声を上げて泣き出した……私は彼のやつれた顔の上を涙が縦横無尽に流れるのを見ていた。まるで子どものように大声を上げて泣いている。あぁ、胸がナイフでえぐられる思いだ。どうすればいい？　私はいったい何人傷つければ気が済むの？

ひと晩じゅう眠れなかった。今の私は進退窮まり、二つの力に引っ張られて体が引き裂かれそうになっている。この感覚はとても馴染みのあるものだ。なぜいつもこんな状況に陥るのだろう？

翌日の朝早く阿明は出かけていった。私は宝宝を保母さんの家に送っていき、一日預かってくれるよう頼むと、真真に会いに行くことに決めた。

＊

「久しぶりね、小蝶」

そう言われてようやく三か月近くも会いに行っていなかったのに気づいた。以前は毎月必ず一、二度は行っており、彼女に会いに行くことが私の生活の不可欠な部分になっていた。彼女はより一層清楚になったように見える。歳月が彼女の顔に痕跡を残すことはなく、完璧に近い目鼻立ち、色白でつややかな肌は、まるで十六歳だったあのとき、天上に住む仙女のようだと私を驚かせたあのときのまま、いえそのときよりもっと美しくさえあった。以前彼女の顔に見られたある種の調和のとれない、ぶつかり合うような表情はすでに消え、いつも哀しみをたたえていた眼さえも澄みきってきらきらしたものに変わっている……まさか私の心境の変化が彼女を見る目を変えたのだろうか？　私にはわからない。

「ある女の子を愛してしまった。でも、どうしてもあのときのことをはっきりさせなければならないの。私は自分がまた間違いをするのではないか怖いのよ」

がまんできずに彼女の手を握りしめた。私はまだ変わらずに彼女を愛している、ただその愛は二度と激しく燃え上がることも人を傷つけることもない。彼女は私の心の奥にある小箱のようなもので、中には私が持ったことのある最も純粋な、真実の愛が入っていた。私は突然、彼女はもともと静かに心安らかに生きており、とっくに過去の出来事で思い悩むことはなくなっているのに気づいた。私だけがまだしつこくしがみついて離さず、たえず思い出しては自分を苦しめている。

「あなたが尋ねるだろうとわかっていたわ。ただ、口を開く勇気を持つのにこんなにも長い時間がかかるなんて」

彼女は続けて言った。

「今の私の身分で何か言うのはふさわしくないけれど、でもちゃんと話すことが私の心配ごとを片付けることにもなると思う。私が出家したのは逃避と報復のためだとみんな思っているんでしょうね。あなたもきっとそう思っている、だからいつまでも気がとがめて自分を責め、自分が許せない、そのうえ何かというとすぐ山に会いに来て私が幸せに暮らしているかどうか知りたくなる、そうでしょ?」

「けれども結局、私があのとき突然引っ越して、しかもすぐに男の人とつきあうようになったのは、やっぱりひどすぎたわ」

それは大学三年に進級する夏休みのときだった。暴走した街頭デモで真真は警察に捕まった。彼女の父親が身元引受け人になって保釈されたものの、父親と大げんかをして勘当されてしまった。その直後、今度は大学から退学勧告を受け取ったのに、期末試験をまったく受けず、追試にも行かなかったので、二十単位のうち十八単位を落としてしまい完全に救いようがなかった。そればかりか彼女が最も深く身を投じていた運動団体も権力闘争で二つの陣営に分裂してしまった……まさに弱り目に祟り目で、彼女は一日中部屋にカギをかけて閉じこもり音楽を大音量でガンガンかけて、私がどんなに説得しても役に立たなかった。

その頃、私の両親はある女が家にまで押しかけてきたため大騒ぎになり、母は荷物をまとめるとその日の夜のうちに私の部屋にやってきて暫く住むと言った。私はへとへとに疲れ悲鳴をあげそうだった。だがもっとまずかったのは母が私の手紙を盗み見して真真が以前私に宛てたラブレターを見つけたことだった……彼女たち二人は私の前で互いを攻撃し罵倒しあった。真真はもともと性格のいい子だったし、母もそれまで彼女によい印象をもっていたのに、まさか二人が私の奪い合いでもするかのように、突然様子が変わったので、ひどく驚いた。母は私に彼女と別れるよう迫り、さもなければ私の目の前で死んでやると脅し続けた。真真はというと、もし私が彼女から離れることがあれば生きていけないと言った……私はどうすればいい？　三日間もめて、私は崩壊寸前だった。母は私と真真の間を阻むためになんと家に戻って父と仲直りをし、二人でいっしょになって私のために新しい部屋を探してきた。そこは両親の知人の家で、その家の息子はちょうど私と同じ大学に通っていた。前々から私に好意をもってくれていたので、さらに彼に毎日車で私の通学の送り迎えまで頼んだのだった。一つの完璧にデザインされた包囲網が私をぐるりと取り囲み、私には反抗の余地すら残されていなかった。母は陰でまたしきりに哀願してきて、今頼れるのは私一人しかいない、自分のことばかり考えて彼女を見捨ててはいけないと言うのだった……私に何ができただろう？　母は実際、自殺しかねなかった。私が小学六年のとき母は病院に運ばれたことがあり、ほんとうに怖かった。私はずっと母が誤って死んでしまうのではないかと怯える悪夢の日々を過ごしてきたのだ。今度も自分の恋愛のせいで母を死なせたりできるだろうか？

　こうやって、私はまったく選択の余地なく真真をあきらめた。両親が準備した部屋に引っ越し、彼らが手配した男の恋人を受け入れたとき、真真は失踪した。

「あなたが去ったあと私は絶望のあまり死にたいと思った。でもわかってたの、あなたはお母さんが自殺するのを恐れてそれで彼らに同意したのだということは。あなたはお母さんの支配の下でずいぶん辛い思いをして過ごしてきたから、私は彼女のようにあなたを苦しませたくなかった」

　私たちはあずまやまで歩いていって、並んで腰を下ろした。彼女はゆっくりと往時を語り始めた。私は訊いた。

「じゃあなぜ出家したの？　私はその後、学校の寮に引っ越して、あなたをほうぼう探し続けて、卒業するころようやくあなたのお兄さんを探し当てた。あなたが山間に住んでいると教えられて、そのお寺を見つけたときには、あなたはもう出家していた」

　言いながら胸が痛んだ。剃髪して法衣を着た彼女の姿をはじめて見たときに涙を流した、あのときによく似た痛みだ。

「長い間あてもなくさまよい歩いていたの。あなたのせいだけではなくて、突然私自身がすっかり混乱してしまったからよ。街を当てもなく歩いていると、殴られたり、ひったくりに遭ったり、強姦までされて、身も心もボロボロだったのに、不思議と痛みが感じられなかった。過去の出来事が一つ一つ眼前によみがえってきて、なぜだかわからないけれど、小さい頃からずっと体の中のどこかがふさがれている感じがしていたのに気づいた。何をやっても平静になることができず、あなたといっしょのときでさえそうだった。

あなたはとても素晴らしくて私を大きく包み込んでくれたけれど、あなたに近づけば近づくほど自分が穢れているように思えてきた。だからしょっちゅうわざとあなたを傷つけて自分にバランスを取らせていた。ところがそれでもあなたは深く愛してくれた、だから私はさらに自責の念に苛まれた。ああ、まさに病《やまい》膏肓《こうこう》に入《い》るとはこのことね。その後、道端で偶然、寺へ巡礼に向かっている人たちに出会い、女の信者の人がなんと私を救うために、ずっと私を背負ってくれた。私は三跪九叩《さんききゅうこう》*3をして山頂まで行き、そこで顔を上げた瞬間、仏祖が見え、はじめて平静を体験した。私はすぐにこれこそが私の歩む道だと知った」

　真真の口調はたいへんおだやかで、泉の水で心が洗われるようだった。

「私を恨んでないの?」

　私は口ごもりながら言った。ひたすら自分を責め続けて、阿葉を愛することさえ真真を裏切っている気がしていた。だからこの間、彼女に会いに来る勇気がなかったのだ。彼女は言った。

「魔障《ましょう》〔悪魔の障害〕はあなた自身の心の中にあり、自分しか解けない。帰りなさい、ここはあなたが懺悔すべきところではないわ。もうここに来てはいけません」

　私はほとんど泣き笑いしながらそこを離れた。そして車を運転している間じゅう彼女の言葉を反芻していた。これまでの人生、私はびくびく怯えながら自分を責め続けて生きてきた。でももう二度とそうあってはならない。

*

山を下りてまっすぐ心眉の家に行くと、心眉の母親がちょうど彼女に食事をさせているのが見えたので、思わず悲しみが込み上げてきた。私は彼女の具合を尋ね、それから五万元を取り出して心眉の母親に差し出した。

「いりません、先生はこの前、葉という名前の生徒さんに三万元を持たせてくれたばかりじゃないですか？まだ使い終わってませんよ！　小眉は最近ずいぶんよくなりましてね、田舎の実家にやろうかと考えているんです。この子のお祖父ちゃんお祖母ちゃんが世話をしてくれますから、先生どうか安心してください」

それはきっと阿葉だ。彼女はほんとうに神通力がある、ここまで探しあてて来るなんて。なぜいつも私の心配事を見抜き、そのうえ私の身になってこんなに周到に考えてくれるのだろう？

しばらく彼女たちのそばに座っていると、心眉は私のことがわかっているような感じがしてきた。彼女はきっとよくなる、今は現実に向き合うことができないだけなのだ。現実はいつも残酷だが、しかし彼女はいつか勇気をもって向き合い、武皓のためにしっかり生きていく日が来るに違いない。

心眉の家を後にしてから、車で阿葉が仕事をしているレストランに向かった。時間は夕方の六時、彼女はここで歌っているはずだったが、歌声が聞こえない。嫌な予感がした。昨晩私が電話をしなかったから、まさかそれで仕事をさぼっているの？　わからない。もともと宝宝を迎えに行くつもりだったがそれどころではない、急いで彼女の住居に駆けつけた。ドアを開けると、阿葉が病気でぐったりしてベッドに横に

＊3　三度ひざまずいてから、九回頭を地面につける礼のしかたで、かつては臣下が皇帝に対して行った最敬礼。本作では仏教儀式をさす。

なっている。

「どうしたの？」

手を伸ばして額を触ると、とても熱い。昨日は元気で何ともなかったじゃない、どうして病気になったの？

「たぶん、女の子と浮気したとき、服を着なかったから風邪を引いてしまったのね。少し眠ればよくなる」

彼女はわざと平気な口調でこう言い、さらに無理に体を起こして私を抱こうとした。

「ほんとバカなんだから。よく冗談を言う気になれるわね、さあ病院に行くわよ」

私は思わず彼女を叱りつけ、抱きかかえてベッドから下ろした。彼女がこんなに軽くて、全身がぐったりしているとは思いもしなかった。


熱が四十度に届きそうなのに、彼女は病院で懸命に笑い話をして私に聞かせようとする。今日のお昼に歌を歌ったときにね、何度も間違えたのに、お客さんたらそれでも大きな拍手をしてくれた、きっと今日ミニスカートをはいていたからじゃないかな、チップをくれる人もいた。夜に行けなかったのはすごく残念、もしかするとスカウトが来てステージの下で聞いていたかもしれないじゃない？……

ほんとうにバカなんだから。こんなふうにすれば私が心配しないとでも思っているの？　私は急に自分が彼女のことをとても愛しているのに気づいた。彼女を失いたくない、失うことなんてできない。彼女は言わないけれど、でもきっと同じように私を必要としているはずだ。彼女は今まで何も要求したことがない。だから自分のために何かしてほしいと言えないだけなのだ。死にそうなほど苦しいくせして、大丈夫、私強いんだから、あなたは早く家に帰って、などとバカなことを言う……しかし私の心は反対に彼女に近づき、彼女に占領されるのを止めることができない。それは真真に対する愛をも超えていた。

彼女がどんなに家に帰るようせかしても、私は帰らなかった。保母さんに電話を入れると、阿明がたった今子どもを連れて帰ったばかりだと言う。家に電話をすると彼は私の声を聞くなりすぐに電話を切った。もうあれやこれやかまっていられない。今ほんとうに私を必要としているのは阿葉だ、私は彼女を放っておくことはできない。

病院で点滴をし終わると彼女はずいぶんよくなったようで、私がお粥を作って食べさせるとけっこう食べてくれた。私は、今日山へ行って真真に会ったことを話し、さらに過去のたくさんの出来事を話した。

「私の人生にはまるでたくさんの結び目が出来ているみたいで、自分でもいったい幾つあるのかわからない。でもあなたと出会ってようやく、一つ一つ探し出して、なんとか解いていこうという勇気が持てるようになった。私といっしょにいれば厄介なことが起こるかもしれない。私は時間が設定されていない爆弾のように、いつ爆発してもおかしくないのよ」

これはほんとうのことだ。阿明のほかに、母も父も厄介な人物だ。もしかしたら真真のことを処理したときよりもっと激しいかもしれない。だが私はあのときのように簡単には妥協しない、必ず徹底的に戦う。

「まだ覚えてる？　私が女の子をさがしてるって言ったこと。それはあなたのことよ。私はどれだけ時間がかかっても待つことができるし、たまにちょっとあなたに会うだけでも満足できる。私が一生懸命お金を稼いでいるのは、もちろんあなたの世話をしてあなたといっしょに暮らしたいからよ、でも私のために傷ついてほしくないの。それに、あなたには子どもがいる。離婚をすればあなたが子どもを失うのではないかと心配なの。阿明は子どもをあなたに渡すはずがない」

阿葉は弱々しく言った。正直なところ私も怖かった。未来はまったく予測できない。彼女であろうと宝宝であろうと失うのは耐え難い。それでも、ただこんなふうにこそこそ彼女と暮らすのも嫌だった。私だって同じように彼女と、そして宝宝といっしょに暮らしたいと思っている。それは私自身に属する生活になるだろうし、私が渇望するその形は彼女だけが私に与えることができる。

阿葉は薬を飲むとすぐに眠ってしまったけれど、私は眠れなかった。長い夜、私はベランダを行ったり来たりしていた。これからあといくつ荒波に直面するのだろう？　一つ決定を間違っただけなのに一生かけて償わねばならないのか？　私にはわからない。確かに自分で阿明との結婚を選択した、でもまさか私にはそれを放棄する権利がないとでもいうの？　母みたいに、何十年も苦しんだあげく年をとってからようやく離婚を切り出すようにはなりたくない。私は女が二人で子どもを育てることができないとは思わない。何をもって正常な家庭、正常な子どもだと言うのか？　悲劇が絶えず私の体の上で上演され続けたために、私はこれ以上他人の期待にやすやすと従うことも、傍観者のつまらない判定に満足することもできなくなってしまった。いつか子どもが父親のことを尋ねるかもしれない、人に笑われて傷つくかもしれない。しかし私はあの子にはっきりとわからせることができる、この世界はたった一つの形しかないのではない、ほかの人には父親がいるけれど、あなたにはあなたを愛する二人の母親がいるのだと。私は美しい嘘を作り上げてあの子を騙したりはしない。あの子に理解させようと思う、たとえ私たちがほかの人たちと違っていても、私たちは自分に属する世界を持っているということを。私たちにはさらにたくさんの勇気が必要であり、それでようやく歩いていける。でもけっして自分たちの希望をやすやすとあきらめたりはしない……

私は子どもの成長を見守る機会があることを、ともにあらゆる苦難を乗り越えていく機会があることをひたすら願った。

＊

問題は、夜が明けるとすぐ急いで家に戻ったのに、阿明と宝宝がいなくなっていたことだ。

焦る気持ちを抑えて授業を終わらせてから、一日中ひっきりなしに電話をかけてまわった。家にかけても誰も出ない。保母さんも今日は預かっていないと言う。阿明の店のアルバイトの学生につながったが、店長は彼にここ数日早番をさせて夜は店を閉めていると言った……阿明の何人かの友人のところにもいなかった……父に電話をすると、お前の母さんが離婚騒ぎを起こして出ていったと思ったら、今度はお前か、まったく腹が立つと言って、かんかんに怒った……

阿明はすぐには帰ってこないだろう、そんな予感がした。でも男一人で子どもを連れてどこに行けるというのか？　何か間違いを起こしてはいまいか？　なぜみんな何かというとすぐ失踪するの？　それで問題が解決できるとでも思っているの？

授業が終わると車で大通りや路地をくまなく探し回ったが、実際は無駄なことだった。私はようやく自分が長い間彼のことを確かに軽視していたのだとわかった。店と家以外、彼がどんなところに行くか知らないのだ。彼は普段、仕事をし、パソコンのキーを打つ以外、何をしていたのか？　とても不思議だった。彼は私を理解するためにあちこち私の友人を訪ねて回り、私の日記を盗み読みさえしたが、私は彼に対してまったく興味を持たず、ほとんど無関心だったといえる。私はどうしてこんなに残酷になれるのだろう？　彼はなぜ私のような妻を懸命に引き留めようとするのだろう？

家に帰って待っている間、電話で阿葉に来てくれるよう頼んだ。こんなときまた彼女のところに行くべきではないが、でもほとほと困り果ててしまったのだ。一人であれこれつまらないことを考えるのは得策ではない、彼女に会えば少しは気持ちが落ち着くもしれない。

「まずは焦らないこと。彼はもしかしたら気晴らしに出かけただけで、何日かしたら戻ってくるかもしれない。もしかしたらもうすぐ戻ってきて、そのとき私がいるのを見たら喧嘩をしかけてくるかもしれない」

彼女は落ち着いて言った。あぁ、もしそうならいいんだけど。私は突然、阿明が小さかったころ両親が喧嘩しているのを見て、何度もナイフで父親を切りつけようと思った、と言ったのを思い出した……彼の性格の中には常に憎しみと不満が充満しているのか？　なのに私がまたこうして徹底的に彼の心をずたずたに引き裂いてしまった。何が起こるか想像する勇気がない。

部屋という部屋をくまなく探し回ったけれど、彼は一言の書き置きも残さず、ただ宝宝の物と自分の服を何着か持って出ただけだった。彼はほんとうに宝宝を連れたまま戻ってこないつもりなのか？

彼女はずっと私に付き添ってくれて、さらにこうも言った、今日昼間の仕事をすべてキャンセルしてきたから今後は私の代わりに宝宝の世話をして、夜だけ歌いに行くことにしたと。

「そうすれば第一に保母さんを雇うお金の節約になるし、第二に私が宝宝と親しくなれる。あなただって安心して授業に出かけることができて、忙しく行ったり来たりしなくて済むでしょ」

「私の教員の給料で私たち三人くらい十分養えるから、あまり夜おそくまで歌って体を壊さないようにしてね」

実際、彼女は頑張りすぎる。風が吹いても雨が降ってもバイクに乗り、タクシー代を惜しんだりするから病気になったのだ。しかし、今こんな計画を立てても何の役に立とう。子どもは行方知れずで、外で辛い思いをしているかもしれないのだ。

十時まで待って、彼女は犬に餌をやりに帰らねばならないと言った。戸口まで送っていくと、彼女は私をいつまでも抱きしめて放そうとしない。

「ちゃんと眠るのよ。明日の昼間は私が探しに行って、夜は仕事が終わったらまたあなたの傍に来る。おかしなこと考えて自分を苦しめないこと。私たちはいっしょにどんな困難も乗り切るの、その前に疲れて倒れては元も子もないでしょ」

私は彼女がだんだん遠ざかっていくのを眺めていた。明日、明後日、そのまた翌日、私はいつまで待たねばならないのだろう？　阿明、私たちはどうしてもここまでやらねばならないの？　子どもに罪はないでしょうに。

三日目になっても、阿明からまったく音沙汰はなく、思いがけず母がやってきた。

とても奇妙な光景だった。母はある女の人を連れていた。見たところ四十を少し過ぎたくらいの、背が低くてひどく痩せた人で、シャツにジーンズというラフな格好をして、顔にたくさん皺があった。ちょうど阿葉が私のところにいたので、私たち四人は初対面なのにまるで旧知の間柄のように打ち解け合った。私はすぐにわかった、母は私と同じことに直面しているのだと。

母は彼女を引っ張ってソファーに座らせてから、紹介して言った。

「彼女の名前は高玉琴《ガオ・ユーチン》、私たちオーストラリアで知り合ったのよ」

私は訊いた、彼女のために父さんと離婚するの？　恋愛をしていると言ってたけど彼女のこと？

「自分自身のためよ。好きな人が出来たと言ったのはただ父さんに私を手放してほしかったから。あなたの父さんは自分が愛人を作るのは許すくせに、妻の心変わりは耐えられない種類の人なのよ」

母はきっぱりした口調で言った。母がどこか変わったのに気づいた。髪を短くしてカジュアルなスポーツシャツを着ているのでずいぶん若く見えるからではなくて、これまで母がこんなに自信をもって落ち着いて話すのを聞いたことがなかったからだ。以前はおいおい声を上げて泣くか、厳しく誰かを叱責するかのどちらかで、神経はいつも張り詰め、顔にはほとんど笑みがなかった。私には彼女たちが恋愛中かどうかは確定できないけれど、この女の人はきっと母に深い影響を与えているのだろうと思った。私は彼女を一目見て何とも言えない好感を持った。母を見るまなざしにも優しさがあふれている。母のことを深く愛しているのだ。

私は母に言った、父さんは離婚に応じるかしら？

「どのみち私は年だから再婚するつもりはないし、離婚してもしなくても同じことよ。それに、もうすぐ阿琴《アチン》〔高玉琴の愛称〕と一緒に大陸に行くことになっているの。彼女はそこに食品工場を持っていて、私はあちこち旅行するつもり。彼女がお供してくれるのよ」

母は前から旅行が好きで、毎年冬休みも夏休みも友人と海外に行っていた。彼女はほんとうはしっかり独立した女性だったのだ。ただずっと父の終わりのない女遊びに巻き込まれたせいで、徐々に自信を失い、気が変になって自虐的な行動に走っただけなのだ。私は母がこんなふうに変わったのを見て母のために喜んだ。

「母さんはずいぶん長いことあなたを巻き添えにしてきたわね。しかもしょっちゅう自殺を持ち出して脅して、あなたをさんざん苦しめてしまった。あなたは小さい頃からとても敏感で物わかりのいい子で、三人の子どもの中であなただけがいちばん私に親しかった。ほかの二人は父さんの側について私を口うるさい年寄り扱いした……阿琴がね、私があなたに依存しすぎて、あなたの人格を捻じ曲げたかもしれないって言うの。彼女は私より十歳年下なのに私より洞察力があって、いろんな事を私がわかるようにゆっくり話してくれる。彼女と知り合ってから、よく昔のことを話すようになったわ。彼女は中卒なのに、教師をしている私より物事の道理に通じていて、私、こんなに楽しい気持ちになれたのはほんとうに久しぶり……」

母が彼女のことを話すとき、その口ぶりには彼女を尊び敬う気持ちがあふれていた。彼女はちょうど部屋の片側で阿葉と煙草を吸いながら、小声でおしゃべりをしていたが、ときどき顔をこちらに向けて私たちを見ていた。私は彼女となら母は幸せになれると信じた。

その晩、私たちはお酒と簡単なおかずを買ってきて家で食べながら、たくさんおしゃべりをした。阿琴は十年前に離婚して、二人の子どもは父親が引き取ったが、彼女に敵意を漲らせているのが、いちばんつらいと言った。彼女は私に何があっても子どもの親権だけは手に入れなさい、そうしないと一生後悔することになると助言してくれた。そして阿明とはできるかぎり体面をつぶすほどやりあわずに、彼の心を動かしなさい、二人がたとえ離婚しても敵同士になってはいけない、あとで不幸な目に遭うのは子どもなんだからと言った……阿葉はしばしば笑い話をして母を喜ばせていた。彼女はいつも悲しい雰囲気を穏やかなものに変える力を持っている。

母がトイレに立ったときを見計らって、彼女に母の恋人なのかと訊いてみた。彼女は笑いながら言った。

「あなたのお母さんにこういう事を受け入れてもらうのは容易ではないわ。私は彼女を愛しているけれど、必ずしも彼女と恋愛をしなければならないとは限らない。愛し合うのにいろいろなスタイルがあってもいいと思う。私は彼女といっしょにいたいし、彼女をいちばんの友人だと思っているから、彼女の幸せな姿を見るのが私の望みでもあるの。知り合ったばかりのとき彼女は絶望の極限状態にあって、見ているとこっちが怖くなるくらいだった。私は自分の私心のために彼女が怖がって逃げ出すようなことはしない。私たちくらいの年齢になると、寄り添いあい、互いに理解しあうことができれば、それで十分なの」

愛し合うのにいろいろなスタイルがあってもいい。阿琴と阿葉は私にこの世の最も美しい愛を見せてくれる。彼女たちにくらべたら、私なんてただの身勝手で、愚かな人間でしかない。

＊

ほぼ十日間、阿明から何の消息もなかった。私は焦り、恐れ、ついには絶望に襲われた。阿葉は八方手をつくして探してくれ、友達にも協力を頼んだ。昼間私は授業をする気分になれなくて、いっそ仕事を辞めて彼女といっしょに探しに行きたくてたまらなかった。彼女はしきりに冷静になるよう勧め、仕事を辞めたりしたら収入がなくなり、たとえ子どもが見つかっても子どもを養うお金がないではないか、それに生徒に悪いと思わないのかと言うのだった。

意外にも、十日目の夜、阿明が帰ってきた。

彼は子どもを抱いていた。体が一回り痩せて、髭も剃らず髪はぼさぼさだ。そのときはちょうど阿葉と食事をしているところで、彼は阿葉を見るなり、子どもを私に渡して、冷ややかに言った。

「彼女が、君が離婚したい理由か？　離婚するかそれとも子どもを取るか、自分でよく考えろ。僕は自分の子を同性愛者に育てさせるのはまっぴらだ、そんなことしたら子どもが大きくなったとき同性愛者になるに決まっている。それにだ、君たちはどうやって子どもを養うつもりだ？　一人はアバズレ、もう一人は下手すると教師の職さえ危ういんだぞ。僕の子どもに君らといっしょに放浪生活をさせるつもりか、ふざけるな！」

話し終えると、彼はすぐに子どもを奪い取った。

「同性愛がなんだっていうの？　子どもはあなた一人のものではないわ！　私はどんなことをしてもこの子を養っていく」

私は大声で叫んでいた。なぜそんなふうに言うの？　阿葉はアバズレなんかではない。まさか同性愛者だと母親にも教師にもなる資格がないというの？　何を根拠にそんなことを言うの？

「君は彼女と出ていけばいい……できるんだったら君らが自分で産めよ。話があるなら裁判官に言うんだな。今、君が離婚したくなくても君が決めるのではない。僕のほうが君みたいな化け物を妻にしたいとは思わないんだ、出ていけ！　明日僕の弁護士が君を訪ねていくが、金も家も欲しいと思うな。君が先に僕を裏切ったのだから、僕のことを薄情だなんて恨むなよ」

彼は怒りに任せて私と阿葉を外に追い出した。

私と阿葉はドアの外に立ったまま、全身が固まって動けなかった。宝宝の泣き声がしたような気がする。ママはここよ、でもあの子は聞こえない、どれほどあの子を愛していてもどうにもならない。法律も世論もわたしたちの側には立たないだろう……

「ごめんなさい、私があなたを傷つけてしまった」

阿葉が泣いた。でも私は泣けなかった。泣いても何にもならない、もっと早くこうなることを考えておくべきだった、私たちは考えが甘すぎたのだ。

「私は後悔していない。阿葉、私は結婚すべきじゃなかったのよ。もしあなたに出会わなかったら、私はまた自分をどれだけ騙し続けたかしれない。

それに、今となってはもう彼のところに戻ることはありえない」

私はまるで自分の子を胸に抱くように、彼女を抱きしめていた。まさに明日になれば、私は自由を手に入れるかわりに子どもを失う。それだけの価値があるのか？

「こうするだけの価値があるの？」

阿葉が私に尋ねた。

私はわからない。私の一生は絶えず何かを失い続け、今は子どもさえ失おうとしている。しかし、私はまだ自分を持っている。おそらくこれが、私が唯一持つことのできる、唯一失うことができないものだ。

「阿葉」

私は彼女を呼んだ。周りは完全な暗闇だが、自分の目を開けて、見た。私は方向を見失ってはいない。

「明日私と一緒に弁護士に会いに行ってくれない？」子どもを失ってもあの子はずっと私の心の奥にいる。でも、あなたを失ったら私は心さえなくしてしまう。

「蝴蝶《フーディエ》」。彼女は言った、飛べなければ蝴蝶《チョウ》じゃないわ。

その通り、蝴蝶は私の名前だ。私は母や子どものために生きるのではない、こう言うと自分勝手が過ぎるかもしれない。でも、私が母親になる機会を奪ったのは誰？ 私たちが子どもを健康で幸せに育てられないなんて誰にそんなことを言う資格があるの？ 私はけっして阿葉のために自分の子を手放すのではない、こうするほかしかたがないからだ。

今はただぐっすり眠りたい。

ぐっすり眠ろう。

解説

白水紀子

本書には、およそこの四半世紀に書かれた台湾の女性作家八名の作品を収録している。これらの作品の題材は恋愛、結婚、家族、セクシャリティなど多岐にわたるが、どの作品も女性でしか見えない世界があることを私たちに教えてくれる。たとえば、「コーンスープ」や「冷蔵庫」では、男の恋人には理解不能な女性が登場して、男女の愛の非対称性が描かれているし、「静まれ、肥満」「モニークの日記」「色魔の娘」は、母娘関係を上手く築くことができなかった娘たちの「女になる」ことの困難が書き込まれている。また、「別の生活」では中年にさしかかった未婚女性の「母親になる」妄想が、「蝶のしるし」では「女同士の愛」が描かれている。そして「私のvuvu」は八篇の中では異色の作品であるが、原住民族の幼い少女が「パイワンの女」に成長していく最初の一歩がみずみずしく描かれている。これらの作品を通して、台湾の女性たちが自分にいちばん大切なものを求めて懸命に生きる姿が浮かび上がってくるだろう。

本書では作品を発表時期の新しい順に並べている。日本で初紹介の作家も多いので、以下、作家と作品について少し紹介していきたい。

なお、作品紹介の中でいわゆるネタバレが含まれることがあるので、読む順番を内容で決めたい読者には、まず短い「あらすじ」に目を通し、つぎに作品を読み、そのあとまたこの解説に戻っていただくことをおすすめしたい。

一　江鵝「コーンスープ」

〈あらすじ〉

二〇二〇年の春、新型コロナウイルスが世界中に大流行しているさなか、男性主人公の張さんは恋人の白さんにマスクを分けるのをしぶったのがきっかけで、突然白さんから別れを告げられる。別れ際に白さんが作ったコーンスープは二〇二一年春まで張さんの冷蔵庫の中に放置されたまま腐っていた。

この作品は二〇二〇年五月に発表され、いち早く新型コロナウイルスの感染拡大を題材にした小説である。舞台は台北。一年後の二〇二一年春、男性主人公の張さんが一年前に白さんとの別れのきっかけとなった「マスク事件」を振り返るというものだ。

二〇二〇年の春、現実世界では台湾の新型コロナウイルスの流行は早くも収束をみせていたが、反対に世界では感染拡大が止まらず、二〇二一年春の段階で世界の感染者数は一億を超えてしまった。長びくコロナ禍で人々のライフスタイルが大きく変化する中、日本のメディアでも本作「コーンスープ」に描かれているような、いわゆる「コロナ破局」や「コロナ離婚」という言葉が登場するようになった。

だがもちろん、張さんと白さんの破局の原因は新型コロナウイルスではない。

張さんは「愛してる」を連発するほど白さんにぞっこんだったが、彼女からはなかなか同じ言葉が返ってこない。しかし張さんは、「実際、人が恋愛をしているとき、いちばん緊張するのは抱けるかどうかだ。もしも見ているだけで食べることができないなら、……愛しているかどうかなどよりずっと苦しい」ので、現実路線を取り、白さんの満足げな表情がその何よりの返事だと思っていた。白さんのほうは、「彼といっしょにいるのはもともとただ好きだからで、ずっと好きでいられるなら、そのまま成り行きに任せ、どこにたどり着こうとどうでもよかった」と、相手に見返りを求めない自由で奔放な恋愛を楽しんでいるようだったが、どうも彼女は自分を愛してくれる人が好きなだけのように見えてくる。だから、張さんがマスクを分けるのを渋り、張さんの自分への愛が口ほどではないと感じた瞬間、「道は断たれ」、張さんとの間に「電線をつなぎなおすことができな」かったのだ。守る男と守られる女、愛する男と愛される女、これが白さんの描く愛の構図だとすれば、彼女の「今までの恋愛が実らなかったのは、真心を込めて作った料理をまずいと言われるのが許せなかったから」だけではないのかもしれない。一方の張さんのほうも、非常事態に直面したとき、恋人よりも「正々堂々とまず先に自分の命を守りたい」という思いが何よりも強くなることに気づいてしまった。再び平和が戻ったときに張さんが愛する人のために命がけで戦うようになるかどうかはわからないが、張さんはそれでも白さんへの気持ちに変わりはないと思っている。二人の愛の内実はこんなにも違うのだった。新型コロナウイルスの感染拡大で社会の前提が崩れゆく中で、これまで見せなかった面や隠れていたものが表出し、二人は同時に自分には何が大切なのか、なぜそれを大切にするのかを考えてしまった。白さんと張さんの別れはコロナ禍のせいで少し時期が早まっただけなのかもしれない。

作家の江鵝（こう・が、チアン・オー）は一九七五年生まれで、輔仁大学ドイツ文学科を卒業。二〇一三年頃、四十歳を目前にして突然、優秀なキャリアウーマンとしての職を捨て、フリーの翻訳家となり、創作を始めた。二〇一四年に初めてのエッセイ集『ハイヒールとキノコ頭（高跟鞋與蘑菇頭）』を刊行、二〇一六年に刊行した二冊目のエッセイ集『俗女養成記』は、二〇一九年に台湾でテレビドラマ化され（全十話。日本語タイトル『おんなの幸せマニュアル』）高視聴率をとった。このエッセイは七〇年代生まれの彼女が子どもの頃の家族の思い出を語るところから始まり、大人になった今、本当の自分の生き方を探すところまでを綴ったものだ。彼女が生まれたころは、日本の高度成長期のように、台湾を「アジア四小龍」の一角に押し上げた「十大建設」時期にあたり、七〇年代生まれの子どもたちは親の過大な期待を背負って上へ上へと追い立てられて育った世代である。彼女は親の理想とする淑女になれなかった「不完全」な自分を受け入れ、勇気をもって「俗女」になろうと心に決める。

彼女は今の自身の状態を「立ち止まってちょっと考える段階」にあると語っている。「コーンスープ」は、そんな彼女がコロナ禍から想像を膨らませ、人が生きていくのに本当に大切なものは何かと問いかける中で生まれた、彼女の初めての小説である。

二 章縁「別の生活」

〈あらすじ〉

上海で仕事をしている台湾出身の独身キャリアウーマンが、出張のため上海から乗車した高鉄（新幹線）で、二人の子どもを連れた若い母親と出会う。主人公は急に自分も子どものいる「別の生活」をしてみたいと心が動かされるが、母親が突然娘をひとり残したまま姿を消したことから、彼女の夢想は恐怖に変わる。

まず作品理解のために、主人公が「子どもの誘拐犯」にされるのではとパニックに陥る場面について少し補足したい。中国の社会事情をご存知の読者なら、列車が走り出して間もなく子連れの母親が主人公の隣の席に座ったところで、すぐに何やら不穏な予感がしてくるかもしれない。しかし主人公はすっかりリラックスしていてまったく警戒心がない。

二〇一三年、中国のメディアは毎年二十万人の子どもが誘拐されていると発表した。この人身売買の裏には巨大な犯罪組織が絡んでいるとされ、一人っ子政策で子どもの数が減少する中、様々な理由で子どものいない夫婦がこうした組織から子どもを買い取っていたという。中国映画『最愛の子』（日本公開は二〇一六年）は、子どもを誘拐された夫婦が国中を探し続けて三年後にようやく子どもを取りもどした実話に基づいた作品だが、映画が二〇一四年に中国国内で公開されると、児童誘拐問題は大きな反響を呼び、これを機に刑法が改正されて（二〇一五年十一月施行）、誘拐された子どもを買う側も犯罪とみなされるようになったのである。本作「別の生活」が中国の雑誌『小説界』に掲載されたのは二〇一六年で、まさに児童誘拐・人身売買が社会問題として大きな注目を集めていた頃だった。
人生は選択と決断の連続だが、主人公は自分の人生選択に自信をもち、女も多様な生き方があっていいはずだと、仕事をばりばりこなして充実した生活を過ごしてきた。ところが人生の折り返し点だと言われる四十代を目前にして、自分には「開発できるもっとたくさんの潜在能力が、演じることのできるもっとたくさんの役割があるはずだ。もっと別の生活をしてもいいはず」だと、この先の四十代をどう生きるか、ふと考えるようになってきた。ちょうどそのころ、隣の席に偶然乗り合わせた幼い少女と親しくなり、もしあのとき子どもを堕ろさないで産んでいたら、もしあのとき仕事をやめて家庭に入っていたら、もしこの子を養子にして台湾に連れて帰ったらと、人生の選択肢からとっくに消し去ったはずの「母親になる」夢を見る。だがその夢は誘拐犯にされかねない厳しい現実によってあっけなく消えてしまった。このつかの間の「別の生活」は神様がくれた贈り物だったのか、それとも気まぐれないたずらだったのか。

作家の章緣（しょう・えん、チャン・ユアン）は一九六三年生まれ。台湾大学卒業後、ニューヨーク大学大学院に留学。短篇「更衣室の女（更衣室的女人）」（一九九五）は、プールの更衣室で自由奔放な女たちを見た専業主婦が自らの欲望に気づいて家を出るまでを描いたもので、第九回聯合文學小説新人賞部門で短篇小説一等賞を受賞し、優れた女性文学として注目された。翌年、最初の短篇集『更衣室の女（更衣室的女人）』（一九九七）を刊行、アメリカ滞在中にはさらに三冊ほど著作を出しているが、内容はアメリカ華僑を題材にしたものが多くなる。二〇〇四年に夫の仕事の関係で北京に移動し、翌年から現在まで上海に在住、作品も中国社会を台湾女性の目で見たものへと変化している。本書で紹介した「別の生活」はまさにその代表作だと言える。こうした経歴から彼女の作品を「越境文学」の視点から論じる研究もある。現在までに十冊ほどの短篇集や長篇小説を刊行し、近作には主に上海を舞台にした短篇集『黄金の男（黄金男人）』（二〇二〇）がある。

三　ラムル・パカウヤン「私のvuvu」

〈あらすじ〉

五歳の安妮《アンニ》はパイワン族とアミ族の血を受けた女の子。母親が留守をする間、パイワン族のvuvu（外祖母）が彼女の世話をするために家にやって来た。だが言葉と文化の違いから、学校でも家でも泣くに泣けず笑うに笑えない出来事が起こる。

まず主人公の少女を取り巻く多文化環境について紹介しておきたい。少女のアイデンティティ形成に大きな影響を与えている民族についてだが、台湾には漢族以外に政府公認の十六の原住民族（山地に住む原住民族は山地人とも呼ばれた。なお、日本では「先住民」と表記するのが一般的だが、台湾では「原住民族」が公式名称であるので、本書でもそれを使用する）が住んでいて、人口の約二パーセントを占める。安妮の父は最も人口が多いアミ族、母は二番目に人口が多いパイワン族である。作品の中に入試で点数を多くもらえる、進学するとき奨学金がもらえる、などの話が出てくるのは、台湾政府が原住民族保護の一環として様々な配慮をしていることをさす。また、安妮の言語環境について整理すると、少女は家庭でも幼稚園でも中国語を話しているが、家庭では両親や祖父母たちの会話を通して、アミ語やパイワン語が耳に入ってくる。さらに日本語も戦後の台湾社会では意外なところで生きており、日本統治下で日本語を積極的に学習した原住民族のコミュニティでは特に多く残っているようだ。安妮も「水」「アブラムシ（ゴキブリのこと）」や中国語と日本語が混ざった「えびせん」「ワンワンせんべい」などの単語が自然に口から出ている。一方、幼稚園の先生と園児たちは漢族で中国語を話すが、家庭では、特に台湾の南方では、台湾語（閩南語《びんなん》）を話すことが多いので、園での会話にもときどき台湾語が混ざっている。こんな複雑な民族と言語の環境の中で、安妮の感性に大きな影響を与えたのは、いうまでもなく圧倒的な存在感のある祖母のvuvuだった。安妮は、パイワン語しかできないvuvuとの交流を通して、民族の違い、言語の違い、そして文化の違いにも気づき始める。

vuvuが朗唱してくれたパイワン族の民話はシャワーのように安妮の心に浸み込んでいき、漢族の儒教的色彩の濃い「二十四孝」、「孔融梨を譲る」、「愚公山を移す」など幼稚園の先生が話して聞かせてくれる物語よりも、vuvuのお話のほうがずっと好きだということを発見した」。「ババウニとセレピ」というこの話は、幼稚園で大喧嘩の元になってしまったが、安妮は老人の言うことを聞かない女の人がきれいになる話はとても面白いと思う。そして「ほかの子の物語のほうこそ変だわ――蛇が女の人に変わって、そのあと夫に高い塔の下に押し込められた話、夫が死んだので女の人が長城を泣いて崩した話、女の人が男に変装して勉強し、最後は死んで好きな人といっしょに蝶に変わった話――なぜここに出てくる女の人たちはみんなきれいで、でもみんなかわいそうなの?」と、漢族の四大民話である「白蛇伝」「孟姜女」「梁山伯と祝英台」に出てくる女性たちに比べて、「ババウニとセレピ」の女たちのほうがずっと生き生きしていると感じる。安妮の女性観に変化がみられ、取っ組み合いのけんかまでしてvuvuのお話を擁護するのだった。

パイワン族の社会は、男でも女でも最初に太陽を見た子どもが、男女の区別なく、一族の家名や財産の継承者となる第一子継承文化がある。この慣習は男女の間に能力差を認めていないことを意味し、女子も主体的に自分の考えをしっかり持つよう育てられる。民話「ババウニとセレピ」には主流社会とは真逆の価値観が描かれているが、安妮はパイワンの女であるvuvuへの絶対的な信頼からこの話は正しいと直感できるようになったのである。

ところで、パイワン族には著名な女性作家リグラヴ・アウ（父は漢族、母はパイワン族）がいる。彼女は男性中心社会のタイヤル族の男性（作家のワリス・ノカン）と結婚してタイヤルの部落で暮らすようになると、タイヤルの女たちの生き方がパイワンの女たちと大きく違うことを実感し、ますます女性意識に目覚めていく。彼女は祖母から聞き取った話をもとにパイワンの女の歴史をルポルタージュ「赤い唇のヴヴ（紅嘴巴的VuVu）」（一九九四年、邦訳は魚住悦子編訳『台湾原住民文学選2――故郷に生きる』草風館、二〇〇三所収）に描いているが、安妮もきっとこのあとは漢族だけでなく、原住民族間の違いにも出会って、様々な文化体験をしながらパイワンの女に成長していくにちがいない。本作には、そんな少女の最初の一歩がみずみずしくユーモアたっぷりに描かれている。

作者のラムル・パカウヤン（Lamulu Pakawyan、漢字表記：然木柔・巴高揚、中国語名：林嵐欣）は一九八六年生まれで、プユマ族。安妮のモデルは彼女自身のようだが、実際の父親はアミ族ではなくプユマ族（南王）で、母は作品と同じパイワン族である。ただ、彼女の両親のいずれかにアミ族の血が流れているらしく、彼女は自分にはプユマ、パイワン、アミの血が流れていると語っている。十歳まで高雄の都会と母親が属する屛東のパイワン部落の間で育ち、小学校四年のときに父親の属するプユマ部落に移り住んでいる。本作は彼女が台湾大学卒業後、台東大学大学院で学ぶ傍らプユマ族花環部落学校（小六から中学三年まで通う原住民族の学校、二〇一七年末に廃校）の助手をしていたころに書かれたもので、二〇一三年に第四回台湾原住民族文学賞の小説部門で二等賞を受賞している。その後しばらく創作を休んでいたが、昨年二〇二〇年十二月に発表された第十一回台湾原住民族文学賞では四つの部門で同時受賞するという快挙を成し遂げた。対象作品は短篇小説「フェイスブック（臉書）」、エッセイ「姓名学」、新詩「彼らが私を呼ぶ（他們叫我）」、報告文学「miyasaur、もう一度、一緒に（miyasaur、再、一起）」である。

四　盧慧心「静まれ、肥満」

〈あらすじ〉

コンビニでアルバイトをしている肥満にストップのかからない女性が、野球のボールで窓を割られたことがきっかけで高校の男子生徒と知り合いになり、その交流の中で自分の弟と継母のことを思いだす。

タイトルを見て若い女性がダイエットに励む物語だろうと思われたかもしれないが、実はそうではない。どんなに静かにしていても、肥満は静まらない、という二十六歳の一人暮らしの女性の話である。都会に住む若い女性なら恋愛とファッションとグルメ、それにダイエットは定番かもしれないが、この主人公はそのどれにも関心がなく、仕事も軽く流して毎日をやり過ごしている。そんな彼女の日常に、立て替えたお金を返しに来た高校生に雨宿りをしていくよう声を掛けたことから、小さな変化が生まれる。高校生との出会いがきっかけになって、父の再婚後に生まれた障害のある弟のこと、彼女に辛くあたった継母のこと、そしてたった一度だけ関係を持った男のことを思い出す。相手を許し忘れたつもりでも、彼らは静かなささやき声のように彼女を追いかけてくるのだった。そして今、新たに高校生の靴の「トントン」という音が、彼女のこれからの静かな生活に加わろうとしていた。この迷宮のような八十番地の片隅で静かに心を休めていた彼女はいつしか人にも安らぎを与えることができるようになっていたのだ。どんなに静かにしていても、彼女の人生はまるで肥満のように、徐々に重みを増してくる。だが彼女はもう走ったり逃げたりしないと決めているので、体を軽くしようとは思わない。「静まれ、肥満」と念じながら、もっとゆったりした服を探しに市場に出かけていくのである。

作家の盧慧心（ろ・けいしん、ルー・フイシン）は一九七九年生まれ。台湾芸術学院の夜間部で演劇を学ぶ傍ら、脚本制作の助手として働き始める。大学卒業後、ドラマのシナリオライターとして活躍し、同時に小説の執筆を始めた。二〇一三年に「出し子の阿白（車手阿白）」で第十五回台北文学賞を受賞。翌年にかけて時報文学賞などの各種文学賞を立て続けに受賞したことで注目を集め、二〇〇三年から書き溜めていた十一作品を収めた初めての短篇集『静まれ、肥満（安靜・肥滿）』（二〇一五）を刊行した。書名にもなっている「静まれ、肥満」は初期の作品で、二〇〇四年全国台湾文学営創作賞小説一等賞の受賞作である。ドラマの脚本家としての経験はこれらの小説の創作にも生かされており、まるで一本のテレビドラマのように情景が生き生きと描かれている。しかしドラマとの違いは、彼女が手掛けたトレンディドラマが美男美女による見どころたっぷりの恋愛物語であるなら、小説のほうは、「静まれ、肥満」のように、ごく普通の、あるいは周縁に押しやられた人々の、ささやかな日常に起こった一瞬の心の動きを、温かい目でとらえたものが多い。

盧慧心は現在、自分の時間を確保するためにフリーの脚本家になり、余った時間を使って精力的にフランス語、日本語、韓国語などを学んでいる。これらの語学学校で知り合う人たちも彼女の創作の「材料」になっているという。エッセイ「美女のように背を向けて、あなたと話す。あの冷たい日本語で」(拙訳『我的日本』白水社、二〇一九)には、彼女が日本語を学ぶために大阪に滞在していたときの「日本語体験」がコミカルに描かれている。日本語をマスターした彼女は絵本の中国語訳も手掛けていて、庄野ナホコの『ルッキオとフリフリ』シリーズ、石黒亜矢子『おおきなねことちいさなねこ』、どいかや『みけねこキャラコ』、『ハーニャの庭で』などの翻訳書を出版している。彼女自身も大の猫好きだ。

五　平路「モニークの日記」

〈あらすじ〉

娘のモニーク殺害の嫌疑をかけられた欣如《シンルー》は、身の潔白を証明するために、娘の洋服を買ったことから話し始める。その饒舌な語りから、欣如は幼少期に受けた傷によってある妄想に取りつかれていることが徐々にわかってくる。

中年の未婚女性は何かと煩わしい思いをさせられる。そんな彼女にとって娘のモニークは救世主だ。娘がいれば、世間のあらぬ噂に煩わされることもないし、若い人向けのブティックで、娘のものだと言って好きな服を買うこともできる。モニークは、欣如がふと口をついて出た、嘘からうまれた「娘」だったが、欣如は自分の幼少期に得られなかった母の愛情を、今度は自分がモニークに注ぐことで、その欠落感を埋めようとする。そして膨らんでいく妄想の中でモニークも成長していき、とうとう欣如を飲み込みそうになったとき、モニークは忽然と姿を消す。

作家の平路（へい・ろ、ピン・ルー）は一九五三年生まれ。台湾大学心理学科を卒業後、アメリカのアイオワ大学修士課程で学ぶ。一九八三年に人権活動家の謎の死を扱った「トウモロコシ畑での死（玉米田之死）」で聯合報短篇小説一等賞を受賞、九二年に台湾に戻って以来、現在でも旺盛な創作を続け、数々の文学賞を受賞している。サスペンス風の描写を得意とする彼女だが、テーマは多岐に及び、『天の涯までも（行道天涯）』（一九九五）では孫文と宋慶齢を、「百齢箋」（一九九八）では蔣介石夫人となった宋美齢を、『何日君再來』（二〇〇二）ではテレサテンの晩年を、そして『黒い水（黑水）』（二〇一五）では実際に起こった殺人事件を題材にするなど、女性の視点から政治、歴史、情愛を再解釈した作品が多い。

平路の自伝小説『露わな心（袒露的心）』（二〇一七）は、自らの出生の秘密を綴ったもので、彼女が五十歳を過ぎたころに大学教授だった父親が亡くなり、自分が使用人と父との間にできた子であることが母親から明かされる。成長するにつれ生母の顔そっくりになっていく平路を母親はどんな気持ちで見ていたことか。彼女は、犠牲者は自分ではなく母親だと思うようになり、母親の死に際に心からありがとうと言うのだった。本作の「モニークの日記」は平路の出生の秘密が明らかになる前に書かれたものだが、欣如の孤独な幼少期の記憶には平路自身の体験が影を落としているように思われる。本書の第四作「静まれ、肥満」や第七作「色魔の娘」にも、娘が母（あるいは継母）と良好な関係を築けず、それが女としての成長や自己肯定感の形成に大きな影響を与えていることが描かれており、台湾の女性文学においても「母娘関係」は永遠のテーマになっている。

六　柯裕棻「冷蔵庫」

〈あらすじ〉

「僕」の恋人のミカンは冷蔵庫が好きで、僕の浮気のせいなのかそれとも冷蔵庫のブーンブーンという騒音のせいなのか、ある日突然ミカンは自分を冷蔵庫の中に閉じ込めてしまった。

浮気がばれてもミカンは騒ぎ立てたりしないので、「僕」はむしろもっと嫉妬してほしいとさえ思っている。浮気の現場にミカンがたびたび姿を見せても、「僕」は「台北はなんて狭いんだ」と嘆いてみせるお気楽な男だ。本作を改編した同名の短篇映画（「冰箱」王明台監督、二〇一五）では、「僕」に「螞蟻《アリ》」という名前が付けられている。甘い物なら見境なく群がっていくこんなアリ男を、なぜかミカンは好きになってしまった。ミカンは二人の愛を胸に抱いて自分を冷蔵庫に閉じ込める。冷蔵庫の中にいれば、騒音も届かないし、二人の愛はいつまでも鮮度が保てるからだという。ミカンの突拍子もない行動に、「僕」は肝をつぶすが、ミカンが自分を冷蔵庫に閉じ込めた本当の目的は何だったのだろう。二人の愛を守るため、というのは「僕」の解釈にすぎない。女の捨て身の反撃のようでもあり、また女が巧妙に仕組んだ愛の罠のようでもある。

作者の柯裕棻（か・ゆうふん、コー・ユーフェン）は一九六八年生まれ。輔仁大学マスコミュニケーション学科を卒業後、アメリカのウィスコンシン大学マディソン校に留学、博士号を取得している。現在は政治大学准教授。一九九七年に短篇小説「ある作家の死（一個作家死了）」で第二十回時報文学賞を受賞した。エッセイに定評があり、都会の孤独や日常生活の中のささやかな幸せを描いたエッセイ集『甘い刹那（甜美的刹那）』（二〇〇五）、『浮生草』（二〇〇七）、『洪荒三疊』（二〇一二）、『冷蔵庫（冰箱）』（二〇一三）などのほか、短篇集『批判的連結』（二〇〇六）を刊行している。近作に短篇「田園詩」「遠雷」（ともに『ＩＮＫ印刻文学生活誌』二〇一九年十月号）がある。本シリーズ「台湾文学ブックカフェ」の編集顧問の一人。

七　張亦絢「色魔の娘」

〈あらすじ〉

主人公は父親から性的被害を受けるが、彼女を敵視する母親は守ってくれず、とうとう家をとびだして、レズビアンの世界で心身の解放を得る。

主人公は幼少期から父親による性的被害を受け続けてきたが、母親は彼女をかばうどころか、反対に彼女のほうが父親を誘惑しているのではないかと疑う。加害者は疑いなく父親だが、平気で本当を嘘に、嘘を本当にしてしまう父親に彼女が太刀打ちできるはずもなかった。そしてそんな父親から離れることのできない母もまたもう一人の加害者だった。娘が女としてのアイデンティティを形成するうえで母親の存在は大きいが、彼女の母親は娘を夫の愛を奪い合うライバルと見なし、彼女に有形無形の罰を与えることで夫との関係を維持しようとした。そのため彼女は発育していく自分の体を受けいれることができなくなり、心と体が分離したまま大人になってしまった。彼女は家族という抑圧に満ちた空間から脱出すると、女性の解放、とりわけ性の解放運動に共鳴し、レズビアンの世界で初めて性の喜びを知り、徐々に自分の心と体を取り戻していった。

本作「色魔の娘」は聯合文學賞の選考過程で審査委員の間で評価が分かれ、作品に何の意義があるのか見出せないと否定的な意見もあったが、感動的なエクリチュール・フェミニンだと絶賛する声や、作家の李昂から「私の一押し」だと高い評価を得て、一九九六年第十回聯合文學小説新人賞を受賞した。本作のモチーフは、彼女がのちの作品でセクシャリティやジェンダーの問題を、家族、政治、歴史など複数の軸とからめて描く際にたびたび登場し、彼女の創作の原点になっている。

作家の張亦絢（ちょう・えきけん、チャン・イーシュアン）は一九七三年生まれ。政治大学歴史学科を卒業後、パリ第三大学の大学院に進学し映画視聴覚研究所の修士課程を修了した。政治大学在学中は女子学生の組織団体である女性主義研究社の代表を務め、フェミニズム運動に積極的に参加している。本作「色魔の娘」が書かれた九〇年代半ば頃は、フェミニズム運動の陣営内で主流派である婦権派と性解放・多元的な性を求める性権派との間で激しい論争が起こっていたときで（例えば廃娼問題）、彼女自身も女性の性をめぐる問題に真剣に向き合い始めた時期に当たる。

作品には、長篇小説では台北国際ブックフェア大賞を受賞した『続かぬ愛（愛的不久時）』（二〇一一）や『別れの書（永別書）』（二〇一五）、短篇集には『壊れた時（壞掉時候）』（二〇〇二）、『最高の時（最好的時光）』（二〇〇三）、『性意識史』（二〇一九）、エッセイ集の近作には『私の嫌いな大人たち（我討厭過的大人們）』（二〇二〇）などがある。

八　陳雪「蝶のしるし」

〈あらすじ〉

恋愛結婚をして、子どもが生まれ、幸せな家庭を手にしたはずの主人公が、「よき娘」「よき妻」を演じてきた人形のような過去に別れを告げて、同性への愛に生きる決心をする。

「蝶のしるし」は一九九〇年代半ばに書かれ、その後の台湾レズビアン文学に大きな影響を与えた陳雪の代表作の一つである。二〇〇四年に香港の映画監督・麥婉欣によって「蝴蝶」のタイトルで映画化されている。

九〇年代の台湾はＬＧＢＴ解放運動が急速な勢いで発展した時期にあたるが、主人公・小蝶《シャオディエ》の同性愛を、夫の阿明《アーミン》が、女学生間に生じる一時的な傾向で、いずれは治るものだと考えたり、病気扱いしたり、はては化け物扱いしたりしたように、当時はまだ同性愛に対する偏見が強く残っていた。そんな時期に「蝶のしるし」は小蝶と新しい恋人である阿葉《アーイエ》の女同士の深い愛情を描いて、同性愛か異性愛かで「愛」に優劣をつけることの無意味さを訴え、多様な家族のありかたを提示してみせたのである。

作家の陳雪（ちん・せつ、チェン・シュエ）は一九七〇年生まれで、国立中央大学中文学科卒業。一九九五年に初めての短篇集『悪女の書（惡女書）』を出版して以来、長篇、短篇、さらにエッセイ集も含めると、毎年ほぼ一冊のペースで著書を刊行し続けている。代表的なものに、長篇小説では『橋の上の子ども（橋上的孩子）』（二〇〇四）、『悪魔憑き（附魔者）』（二〇〇九）、『迷宮の恋人（迷宮中的戀人）』（二〇一二）、『摩天楼（摩天大樓）』（二〇一五）、短篇集には上記の『悪女の書』（一九九五）や本作を収録した『夢遊1994』（一九九六）のほか『幽霊の手（鬼手）』（二〇〇三）などがある。その内容は、バイセクシャル、レズビアン、トランスジェンダーなど性的マイノリティの愛の行方を描いたものから、近親相姦、父親による性的暴行など家族の中のセクシャリティを題材にしたものまで多岐におよび、台湾の代表的なクィア作家だとみなされている。

陳雪は早くからLGBT解放運動にも積極的に関わっており、私生活でも同性のパートナーと二〇〇九年に結婚式を挙げ、一昨年二〇一九年に台湾で同性婚が認められると、初日に役所に出向いて結婚登記をしている。この間の経緯はエッセイ集『同性婚十年（同婚十年）』（二〇一九）や『私のようなレズビアン（像我這樣的一個拉子）』（二〇一七）、パートナーとの共著『人妻日記』（二〇一二）などに詳しい。二〇一九年九月に来日して松浦理英子氏と対談した際、陳雪はこれらの作品はいずれもレズビアンカップルのごく普通の日常を描いたもので、性的マイノリティの人々に向けられる興味本位の視線に対する肩透かしの返答なのだと語っている。本作「蝶のしるし」では女同士で新たな家族を作ろうと家を出るところで物語は閉じるが、それからおよそ二十五年、陳雪は私生活においてもそれを実践し続けているのである。

最後に本書の刊行に際しては、本シリーズの企画責任者であり編集委員でもある政治大学准教授の呉佩珍さんから全面的な協力を得た。心からお礼を申し上げたい。

また本書の刊行を快諾してくださった作品社と編集担当の倉畑雄太さんにも大変お世話になった。ここに感謝の意を表したい。

本選集は、国立台湾文学館の「台湾文学進日本」翻訳出版計画の助成金を得、出版されたものです。

［編者］呉佩珍（ご・はいちん）

1967年生まれ。国立政治大学台湾文学研究所准教授。日本筑波大学文芸言語研究科博士（学術）。専門は日本近代文学、日本統治期日台比較文学、比較文化。東呉大学日本語文学系助教授の教歴がある。現在、国立政治大学台湾文学研究所所長。著書に、『真杉静枝與殖民地台灣』（聯經出版）、訳書に、Faye Yuan Kleeman『帝國的太陽下』（Under an Imperial Sun: Japanese Colonial Literature of Taiwan and the South, University of Hawaii Press, 麥田出版）、津島佑子『太過野蠻的』（原題：あまりに野蛮な、印刻出版）、丸谷才一『假聲低唱君之代』（原題：裏声で歌へ君が代、聯經出版）、柄谷行人『日本近代文學的起源』（原題：日本近代文学の起源、麥田出版）、『我的日本』（共編、白水社）などがある。

［編者・第1巻訳者］白水紀子（しろうず・のりこ）

1953年、福岡生まれ。東京大学大学院人文科学研究科中国文学専攻修了。専門は中国近現代文学、台湾現代文学、ジェンダー研究。横浜国立大学教授を経て、現在は横浜国立大学名誉教授、放送大学客員教授。この間に北京日本学研究センター主任教授（2006）、台湾大学客員教授（2010）を歴任した。台湾文学の翻訳に、陳玉慧『女神の島』（人文書院）、陳雪『橋の上の子ども』（現代企画室）、紀大偉『紀大偉作品集「膜」』（作品社）、『新郎新「夫」』（主編、作品社）、甘耀明『神秘列車』、『鬼殺し　上・下』、『冬将軍が来た夏』（以上、白水社）、『我的日本』（共訳、白水社）などがある。

［編者］山口守（やまぐち・まもる）

1953年生まれ。東京都立大学大学院人文科学研究科中国文学専攻修了。専門は中国現代文学、台湾文学及び華語圏文学。現在、日本大学文理学部特任教授、日本台湾学会名誉理事長。著書に、『黒暗之光——巴金的世紀守望』（復旦大学出版社）、『巴金とアナキズム——理想主義の光と影』（中国文庫）など、編著書に、『講座 台湾文学』（共著、国書刊行会）など、訳書に、『リラの花散る頃——巴金短篇集』（JICC）、史鉄生『遥かなる大地』（宝島社）、張系国『星雲組曲』（国書刊行会）、白先勇『台北人』（国書刊行会）、鍾文音『短歌行』（共訳、作品社）、阿来『空山』（勉誠出版）、『我的日本』（共訳、白水社）などがある。

台湾文学ブックカフェ〈1〉

女性作家集　蝶のしるし

二〇二一年一二月一五日　初版第一刷印刷
二〇二一年一二月二〇日　初版第一刷発行

著者　江鵝　章緣　ラムル・パカウヤン　盧慧心
　　　平路　柯裕棻　張亦絢　陳雪

訳者　白水紀子
編者　呉佩珍　白水紀子　山口守
顧問　柯裕棻　黄麗群

発行者　青木誠也
発行所　株式会社作品社
〒一〇二-〇〇七二　東京都千代田区飯田橋二-七-四
電　話　〇三-三二六二-九七五三
ファクス　〇三-三二六二-九七五七
振替口座　00160-3-27183
ウェブサイト　https://www.sakuhinsha.com

装幀・本文レイアウト　山田和寛（nipponia）
カヴァー作品　藤倉麻子
本文組版　米山雄基
編集担当　倉畑雄太
印刷・製本　シナノ印刷株式会社
Printed in Japan
ISBN978-4-86182-877-5　C0097